Le cœur d'une romancière

Pour un je t'aime de plus

SHERI WHITEFEATHER

Le cœur d'une romancière

Traduction française de
TATIANA ANDONOVSKI

PASSIONS

HARLEQUIN

Collection : PASSIONS

Titre original :
A CONVENIENT TEXAS WEDDING

Ce roman a déjà été publié en 2019

HARPERCOLLINS FRANCE
83-85, boulevard Vincent-Auriol, 75646 PARIS CEDEX 13
Service Lectrices — Tél. : 01 45 82 47 47 - www.harlequin.fr
ISBN 978-2-2805-0122-4 — ISSN 1950-2761

Composé et édité par HarperCollins France.
Imprimé en décembre 2023 par CPI Black Print (Barcelone)
en utilisant 100% d'électricité renouvelable.
Dépôt légal : janvier 2024.

MIXTE
Papier issu de sources responsables
FSC® C159065

Pour limiter l'empreinte environnementale de ses livres, HarperCollins France s'engage à n'utiliser que du papier fabriqué à partir de bois provenant de forêts gérées durablement et de manière responsable.

1

Allison Cartwright était dans une situation épineuse. Son visa temporaire de trois mois allait bientôt arriver à expiration et elle n'avait aucune envie de retourner dans la ferme familiale située à Kenmare, en Irlande.

Elle était assise sur la banquette arrière d'un taxi qui l'avait prise à l'adresse où elle vivait à Dallas pour l'emmener à l'hôtel Bellamy, dans la ville de Royal.

En cet après-midi d'été étouffant, elle avait revêtu un chemisier sans manches et une longue jupe plissée. Sa chevelure rousse et épaisse tombait librement sur ses épaules, encadrant son visage dont le teint pâle était tout ce qu'il y avait de plus naturel. Elle n'avait jamais été portée sur le maquillage ou les tenues sophistiquées. Son style était à l'opposé du glamour.

Cependant, un élément de sa garde-robe comptait plus que tout à ses yeux. Ses bottes de cow-boy. Cuir marron, couture bleue et bouts pointus. Elle les avait achetées dès son arrivée au Texas, l'endroit où elle avait toujours rêvé d'habiter.

Pendant son enfance, elle avait entretenu ce rêve à travers des séries, des films et des romans. À l'adolescence, tout en aidant dans la ferme familiale, elle avait suivi un cours d'écriture à distance.

Arrivée à l'âge adulte, elle avait commencé à vendre des articles à des magazines tout en étant serveuse dans un restaurant. Elle avait travaillé d'arrache-pied, économisant chaque sou gagné, dans le but d'aller un jour s'installer aux États-Unis pour y écrire un roman sur un fringant héros texan.

Quelques mois auparavant, elle avait eu l'occasion de partir aux États-Unis, mais elle avait joué de malchance.

Pensant être tombée sur la perle rare, elle avait suivi un homme rencontré à Kenmare dans le restaurant où elle était serveuse, mais cet homme s'était avéré être un escroc. Il avait mystérieusement disparu du jour au lendemain, sans avoir pris le temps de lui rembourser les économies qu'il lui avait empruntées. D'après les premiers résultats de l'enquête de la police, elle n'était pas la première victime de cet homme qui s'était fait passer pour un certain Rich Lowell.

Cependant, malgré ses déboires amoureux et financiers, l'idée de repartir en Irlande lui nouait le cœur.

En désespoir de cause, intrépide, elle avait décidé de prendre le risque de se rendre à un rendez-vous fixé par un inconnu. Habituellement, ce n'était pas son genre de se jeter dans la gueule du loup, mais là elle n'avait plus rien à perdre.

En effet, quelques jours auparavant, elle avait reçu un message anonyme lui donnant rendez-vous devant la statue de Diane dans les jardins de l'hôtel Bellamy.

La note était brève.

J'ai appris que votre visa allait arriver à expiration. Voulez-vous une carte verte ? Si oui, j'ai une proposition intéressante à vous faire. Bien à vous. M. X.

Elle ignorait qui pouvait bien être ce M. X et comment il avait su qu'elle avait besoin d'une carte verte pour rester aux États-Unis. Et elle s'étonnait de la mise en scène. En effet, il aurait pu tout aussi bien passer chez elle, puisqu'il lui avait envoyé le message à son adresse. Mais il lui avait donné rendez-vous dans un lieu insolite, sûrement pour mettre un peu de piment dans sa démarche.

Elle n'était pas de nature peureuse et le Bellamy était un établissement réputé dont elle pouvait compter sur le service de sécurité, mais elle s'était néanmoins munie d'une petite bombe lacrymogène, au cas où elle aurait affaire à un psychopathe ou un tueur en série. Une jeune femme seule n'était jamais trop prudente.

Accepter de rencontrer un inconnu comportait en soides risques et la rendait vulnérable, mais elle voulait à tout prix une carte verte pour pouvoir rester aux États-Unis. Autrement dit, de son point de vue, le jeu en valait la chandelle. Elle saurait se montrer forte pour surmonter cette épreuve et faire de sa rencontre avec M. X une réussite fructueuse.

Arrivée à l'hôtel Bellamy, elle remercia le chauffeur de taxi et sortit du véhicule.

En entrant dans le hall de l'hôtel, elle regarda son smartphone pour vérifier l'heure. Elle avait encore vingt minutes devant elle.

Elle alla à la réception pour demander une carte des lieux. L'hôtel Bellamy était connu pour ses jardins luxuriants et un domaine s'étendant sur une superficie d'environ vingt hectares. Pour trouver la fontaine de Diane, elle allait avoir besoin d'un peu d'aide. Elle ne voulait surtout pas être en retard au rendez-vous.

Heureusement, elle repéra facilement la statue de marbre. Diane, la déesse romaine de la Chasse, de la Lune et de la Nature. Belle et puissante, représentée en train d'attraper une flèche dans son carquois.

Alors qu'elle avançait en direction de la fontaine, Allison remarqua un homme à la stature remarquable. Il se tenait debout, imposant, devant la statue, ses cheveux bruns brillant au soleil. Il portait une chemise aux manches retroussées et une cravate. Son aura était telle qu'on l'eût dit en train de mettre la déesse au défi de lui tendre l'une de ses précieuses flèches.

Allison sentit sa gorge s'assécher et les battements de son cœur s'accélérer. Il ne regardait pas dans sa direction mais elle reconnut son profil.

C'était Rand Gibson, un homme qu'elle avait eu l'occasion

de croiser au Country Club où son amie Megan l'avait invitée à plusieurs reprises. Megan était la seule vraie amie qu'elle s'était faite depuis son arrivée au Texas. Et elle était la seule à connaître son histoire avec le dénommé Rich.

Rand se retourna soudain, la surprenant alors qu'elle traversait la pelouse qui la séparait de la fontaine. Elle manqua de perdre l'équilibre, mais se rattrapa juste à temps pour ne pas s'écrouler devant cette célébrité locale. En effet, Rand Gibson était un play-boy millionnaire qui faisait souvent parler de lui dans la rubrique mondaine.

Dès qu'elle l'avait rencontré, il lui était apparu comme le parfait héros texan du livre qu'elle voulait écrire. Le genre d'homme qui faisait fondre les femmes au moindre regard.

À l'instant où elle avait posé son regard sur lui, elle avait été attirée par cet homme, mais elle s'était bien gardée de donner libre cours à ses sentiments farfelus. Ce n'était pas un homme pour une femme dans son genre. Elle n'évoluait pas dans son cercle, elle ne correspondait pas à ce qu'il attendait de la gent féminine et elle était sur le point de devoir repartir en Irlande. Trois bonnes raisons pour garder ses distances et ne pas compliquer sa situation déjà précaire.

Au fil des derniers mois, ils s'étaient croisés quelques fois au Country Club de Royal. Allison n'était pas membre du club, mais son amie Megan l'y avait invitée.

Décidant de laisser de côté ses fantasmes pour Rand Gibson, elle revint à l'instant présent et à son rendez-vous avec le mystérieux M. X.

L'espace d'une seconde, une idée saugrenue lui traversa l'esprit. Était-il envisageable que Rand Gibson soit le M. X en question ?

Impossible. Il n'avait a priori aucune raison de l'aider à obtenir une carte verte. Et pourquoi lui aurait-il envoyé un message anonyme ?

Non, décidément, ce scénario ne tenait pas la route.

Pourtant, il avait l'air d'attendre quelqu'un. Sûrement

l'une de ses multiples conquêtes. D'un moment à l'autre, une créature de rêve allait apparaître à l'autre bout du jardin et venir se jeter dans ses bras.

Que faire ? Rand l'avait vue. Elle pouvait difficilement feindre de ne pas le connaître ou aller se cacher derrière un arbre en attendant qu'il parte.

Il se pouvait aussi qu'elle soit la victime d'un indélicat et que la personne qui lui avait donné rendez-vous ne vienne pas.

Elle était prête à tout.

Chassant ses doutes et ses interrogations, Allison releva le menton et repoussa sa chevelure rousse en arrière pour se donner du courage. L'allure fière, elle avança d'un pas décidé vers la fontaine.

Ce faisant, elle remarqua que Rand s'était mis en mouvement, lui aussi, marchant dans sa direction d'un pas allègre, le sourire aux lèvres. Allison jeta rapidement un coup d'œil derrière elle pour s'assurer que Rand ne souriait pas à une autre femme.

Elle était la seule femme à l'horizon.

Après tout, Rand était peut-être l'homme qui lui avait donné rendez-vous.

Quand ils se retrouvèrent face à face, le cœur d'Allison battait déjà la chamade. Il la fixa de ses yeux d'un vert électrique, dont la nuance devait être presque identique à celle des siens.

C'était impressionnant. Même si chez lui la lueur semblait plus intense. Il était d'une beauté époustouflante, à la limite du surnaturel.

Le voilà qui se tenait devant elle, les épaules larges, la carrure majestueuse, un visage aux traits irréprochables, des sourcils touffus lui donnant un air ténébreux, un nez au profil parfaitement dessiné, une mâchoire saillante couverte d'une barbe façonnée à la perfection.

L'élément clé de ce visage, c'était une bouche suprêmement alléchante, faite, lui semblait-il, pour être embrassée. Un attribut de rêve.

— Vous êtes en avance, constata-t-il.

— Vous aussi, répliqua-t-elle, perplexe, même si elle n'avait plus aucune raison de douter.

Rand Gibson était M. X !

— On dirait que vous êtes surprise de me voir.

Elle était déboussolée. Elle n'arrivait pas à ôter son regard de cette bouche sensuelle, éprouvant une profonde envie de lui lécher les lèvres.

— En effet. Je ne comprends pas.

— Quoi donc ?

— Pourquoi avoir signé M. X ? s'enquit-elle, tout en essayant de chasser les pensées étrangement érotiques qui l'animaient.

— J'ai ouï dire que vous écriviez, donc je me suis dit que vous seriez attirée par le message anonyme envoyé par un homme mystère.

— En effet, vous avez réussi à attiser ma curiosité.

Il montra du doigt un banc situé à côté de la statue.

— On peut s'asseoir là, si vous voulez, ou bien marcher dans les jardins.

— Je préfère m'asseoir.

Marchait, parler et respirer calmement en sa compagnie lui semblait tout simplement impossible.

En s'asseyant sur le banc, elle remarqua qu'il était beaucoup plus petit que ce à quoi elle s'attendait et qu'ils étaient d'une taille assez proche, l'un et l'autre. Elle eut envie de proposer de marcher, mais n'osa pas changer les plans, de peur de paraître inconstante.

— Avant qu'on entre dans le vif du sujet, je tenais à vous dire que j'adore votre accent. Saviez-vous que l'accent irlandais a été désigné comme l'accent le plus sexy du monde ?

Son esprit vacilla. Tiendrait-elle le choc de la conversation alors qu'il était déjà en train de flirter ?

— Ah non. Je l'ignorais.

Elle trouvait son accent texan tout aussi charmant, mais se

garda bien de lui avouer. Chaque fois qu'il ouvrait la bouche, elle sentait monter en elle des vagues de désir.

Curieuse de connaître la raison de ce rendez-vous incongru, elle attendit qu'il l'éclaire.

Au lieu de cela, il lui posa une question.

— Vous connaissez le rôle que j'occupe chez Spark Energy Solutions ?

Son amie Megan lui avait vaguement raconté l'histoire compliquée de la direction de cette compagnie. Mais elle n'en avait retenu que quelques bribes, ne pensant jamais être testée sur ses connaissances en la matière.

— D'après ce qu'on m'a dit, vous occupez le poste de P-DG. Mais je ne vois pas en quoi cela peut-être lié à mon besoin d'une carte verte, répondit-elle, prudente.

— Figurez-vous que j'ai besoin d'une femme, Allison.

— D'une femme ? s'exclama-t-elle.

— Oui, de quelqu'un qui pourrait m'aider à combattre ma réputation de play-boy et me fournir une image de stabilité. Avant, quand j'étais encore à l'arrière-plan, ça n'avait pas trop d'importance mais, maintenant que j'ai été nommé au poste de P-DG, les directeurs m'ont posé un ultimatum. Ils veulent que je me range et que je ne fasse plus parler de moi dans la rubrique mondaine et sur les réseaux sociaux. Ou disons, uniquement pour amener de nouveaux clients.

Allison, stupéfaite, le fixa, les yeux écarquillés.

— Si je comprends bien, vous suggérez que nous nous mariions ?

— C'est ça. Et avec les contraintes de temps, on devrait le faire sans tarder.

Elle n'en revenait pas.

Rand Gibson était un célibataire endurci qui entretenait son profil de don Juan à travers les réseaux sociaux où il était principalement suivi par des femmes. De nombreuses femmes. Allison le savait pour être allée elle-même sur ses pages à quelques reprises, depuis qu'elle l'avait aperçu la première fois au Country Club.

Il continua.

— Au début, les gens vont se demander ce qui a bien pu nous attirer l'un vers l'autre, puisque nous venons de deux univers aux antipodes, mais on pourrait organiser des apparitions publiques pour donner plus de légitimité à notre couple et convaincre notre entourage proche ou lointain de l'authenticité de notre amour.

Elle n'en revenait pas.

Un don Juan des temps modernes séduisant à couper le souffle venait de la demander en mariage ! Un mariage blanc, certes, mais qui nécessiterait néanmoins un rapprochement entre eux. Or l'idée de se rapprocher de Rand Gibson la pétrifiait. En était-elle capable ? Pouvait-elle faire le poids face à cet homme beau comme un dieu, tombeur de ces dames et très fortuné ?

— J'imagine que vous vous êtes renseigné sur les modalités et la durée des démarches ?

— En effet. Il faut en général environ trois mois pour obtenir un entretien avec les services d'immigration. Mais j'ai un ami qui travaille pour l'USCIS donc, avec son intervention, nous pourrions obtenir un rendez-vous plus tôt.

Elle ne fut pas étonnée qu'un homme aussi aisé et aussi bien connecté que Rand ait dans ses relations quelqu'un travaillant aux services d'immigration.

— Et pour le contrat de mariage ?

— Il faudra qu'on trouve un accord satisfaisant pour tous les deux. Je ne veux pas que ce soit compliqué quand nous nous séparerons.

— Donc vous connaissez déjà la durée du mariage ?

— Une fois que vous aurez votre carte verte et que les directeurs de Spark Energy Solutions seront rassurés sur ma vie personnelle, nous pourrons décider ensemble de la date de notre séparation. Ce sera un divorce à l'amiable. Dès qu'il sera rendu officiel, nous pourrons reprendre notre vie, chacun de notre côté. Et personne ne saura rien de notre arrangement. Alors qu'en dites-vous ?

Elle s'empêcha de faire la grimace.

— J'avoue, je suis perplexe. Votre proposition consiste à enfreindre la loi. Si les services d'immigration apprenaient que c'est un coup monté, il pourrait y avoir des poursuites judiciaires et je perdrais toute chance d'obtenir un jour une carte verte. Or je pense que votre ami n'apprécierait pas que vous l'ayez embarqué dans une situation pareille.

— J'en suis conscient. C'est pour ça que personne dans notre entourage ne doit être au courant de notre accord. Pour que tout le monde marche dans la combine, nous devons jouer le jeu à cent pour cent.

— Et vous trouvez que le jeu en vaut la chandelle ?

— Oui, car la pression exercée par le comité des directeurs est très forte. Ils sont persuadés que si j'étais marié, j'aurais plus de chance d'attirer de nouveaux clients.

— Vous pensez vraiment qu'une femme pourrait vous aider à décrocher des contrats ?

— Je n'en sais rien, mais je tiens à mon poste et pour l'instant on m'a fait comprendre que c'était la seule solution envisageable pour améliorer rapidement mon image. L'ironie de la situation, c'est que mon père m'a toujours dit que ma vie dissolue finirait par me jouer des tours. Il avait raison. Même s'il ne m'a pas donné le bon exemple et que je n'ai jamais aimé sa façon de critiquer le moindre de mes faits et gestes.

Elle fut étonnée que Rand se livre aussi facilement alors qu'ils se connaissaient à peine.

— Et où est votre père ?

— Il est mort l'an passé.

— Oh ! je suis désolée.

— Il n'y a pas de quoi. Nous n'avons jamais été très proches. J'imagine que s'il avait été là, il m'aurait dit : « Je t'avais prévenu. »

— Vous pensez vraiment que notre couple sera crédible ?

— A priori, nous n'avons rien en commun, mais n'oubliez pas qu'on dit souvent que les contraires s'attirent. Si l'on s'en tient à cette théorie, je crois qu'on arrivera à duper les gens. Surtout si on leur montre qu'on ne peut pas se passer l'un de l'autre.

Allison fut saisie de panique.

Que suggérait-il avec cette dernière phrase ? Pensait-il qu'il l'aurait dans son lit tous les soirs ? Cela faisait-il partie de son plan ?

Elle avait très envie de rester aux États-Unis et elle avait besoin d'une carte verte. Mais était-elle prête à tout pour cela, même épouser Rand Gibson ? Pouvait-elle lui faire confiance alors qu'elle le connaissait à peine ?

2

— Alors, Allison ? Que dites-vous de ma proposition ? Voulez-vous bien m'épouser ?

Allison ne sut quoi répondre.

Un Texan séduisant comme un dieu et sur qui elle avait flashé au premier coup d'œil lui proposait de l'épouser et de l'aider ainsi à obtenir une carte verte dont elle avait un besoin urgent.

Une autre femme n'aurait pas hésité un instant. Pour Allison, ce n'était pas aussi simple. Surtout s'il essayait de l'attirer dans son lit.

— Si j'accepte votre offre, pas question d'intimité entre nous. Et surtout pas question pour moi de...

— Pas question de partager mon lit ?

— Oui, c'est ça, vous avez lu dans mes pensées.

Il éclata de rire.

— Franchement, je n'y avais pas pensé un seul instant.

C'était la conversation la plus gênante qu'elle ait jamais eue.

— Vraiment ? Pourtant, d'après vos propos, j'ai cru comprendre que...

— Que quoi ? Que j'allais essayer de vous séduire et de vous attirer dans mon lit ?

— En quelque sorte.

— Rassurez-vous. Je vous trouve charmante, mais je sens aussi que vous n'êtes pas du genre à vous lancer dans une aventure à la légère. Vous avez un air très... innocent, conclut-il enfin avant de lui caresser la joue.

Pour quelqu'un qui n'était pas censé la séduire, il n'y allait pas par quatre chemins.

Le fait de sentir ses doigts contre sa joue la mit dans tous ses états.

— Vous ne devriez pas faire ça.

— Excusez-moi.

— Je n'ai pas encore décidé si j'allais accepter votre proposition.

— Pourquoi ?

— Je n'aime pas l'idée d'enfreindre la loi.

Pouvait-elle vraiment lui faire confiance ? Était-elle trop prudente ?

Si elle acceptait de l'épouser, elle commettrait un crime. Si elle refusait, elle devrait rentrer à Kenmare.

— J'ai besoin d'une réponse assez rapide mais vous pouvez y réfléchir jusqu'à demain, si vous voulez.

— Ce ne sera pas plus facile de prendre ma décision demain.

— Alors prenez-la aujourd'hui.

Elle réfléchit quelques instants.

Deux solutions s'offraient à elle. Rester aux États-Unis et vivre sa vie comme elle avait toujours rêvé de le faire. Ou retourner en Irlande, dans la ferme familiale. À ce stade, elle préférait tenter sa chance avec Rand plutôt que rentrer chez elle et renoncer à son rêve.

Elle ferma les yeux une petite minute puis les rouvrit, prête à lui répondre.

— J'accepte votre proposition.

Il eut un léger moment de doute.

— C'est vrai ? Vous acceptez ?

— Oui.

Elle allait relever le défi et devenir la femme de Rand Gibson. Pour réaliser son rêve et dans l'espoir de pouvoir construire son avenir de femme indépendante comme elle l'entendait.

— C'est formidable !

— Mais n'oubliez pas la clause essentielle du contrat : pas question d'intimité entre nous.

— Je comprends tout à fait, mais nous devrons quand même nous montrer tendres l'un envers l'autre. On ne peut pas se comporter comme des étrangers. Ce ne serait pas crédible.

— Ne vous inquiétez pas pour ça. Je m'engage en connaissance de cause.

Elle remplirait sa part du contrat, elle ferait le nécessaire pour duper les gens et leur faire croire qu'elle était follement amoureuse de Rand, mais elle connaissait la limite de cet engagement. Pas question pour elle de finir dans son lit.

Il la regarda, le visage éclairé d'un sourire empreint de sous-entendus.

— Je ne m'inquiète pas. Je sens que le courant passe entre nous. C'est plutôt de bon augure.

En parlant de courant, elle fut surprise de ressentir une vague de chaleur lui envahir le corps, mais se rassura en se disant que toute femme normalement constituée réagirait comme elle face à cet apollon.

C'était un homme séduisant qui avait la réputation d'accumuler les conquêtes. Pas question pour elle de se laisser prendre au piège. Même s'il lui faisait beaucoup d'effet.

— Allison ?

— Oui ?

— Il faut qu'on mette au point le scénario de notre rencontre. Ainsi que celui de notre coup de foudre. Mais j'ai une idée.

— Ah bon ? Vous avez aussi pensé à ça ?

Il attendit qu'un petit groupe de gens les dépassent pour continuer leur échange.

— On pourrait raconter qu'on se voit en secret depuis un petit moment.

— Mais pourquoi nous serions-nous conduits de cette façon ?

— J'y viens. À cause de mes aventures passées et de ma

réputation, j'ai voulu vous préserver des médias et attendre de vous demander en mariage avant de l'annoncer à tout le monde.

Elle réfléchit quelques instants.

— Oui, ça devrait marcher. Je pourrais ajouter que j'ai été échaudée par une liaison passée qui ne s'est pas bien terminée et que je ne voulais pas que ma famille apprenne notre relation par des voies détournées, afin de ne pas les inquiéter.

— Je trouve que c'est tout à fait crédible. Je vous félicite de votre contribution à l'élaboration de ce scénario créé de toutes pièces.

— Je suis étonnée que ce soit aussi simple. Et vous voulez que je vous dise quelque chose d'assez amusant ?

— Je vous écoute.

— Enfant, je rêvais de quitter l'Irlande pour épouser un Américain. J'ai toujours été attirée par votre pays. À l'adolescence, j'avais même pris pour habitude d'écrire des poèmes à mon futur mari, où je lui ouvrais mon cœur sans retenue.

Il lui tapota légèrement la main.

— Vous pourriez faire part de votre rêve lors de l'entretien pour la carte verte. Plus votre scénario sera proche de la réalité, plus vous aurez de chance de l'obtenir.

— Vous ne pensez pas que ce serait un peu naïf ?

— Non, pas du tout. Et j'apprécie le fait que vous partagiez naturellement avec moi des informations personnelles à votre sujet. On va devoir se raconter beaucoup de choses pour apprendre à se connaître et être prêts pour l'entretien avec les services d'immigration.

— J'avoue que pour moi, le plus dur, ce ne sera pas de mentir aux services d'immigration, mais à ma famille. Je vais devoir les appeler, leur raconter notre fausse rencontre, leur faire croire que j'ai trouvé l'homme de mes rêves.

— Vous préféreriez leur dire la vérité ?

— Non, ce serait pire. Ils ne comprendraient pas que je sois prête à duper les autorités américaines.

— De mon côté, c'est mon frère qui va représenter le plus gros obstacle. Il ne croira jamais que je suis prêt à abandonner mes habitudes de play-boy pour devenir un mari aimant et fidèle.

— Il s'appelle comment ?

— Trey. Hormis notre grand-mère maternelle, il est la seule famille qui me reste. Notre mère est décédée il y a longtemps.

— Je suis désolée, murmura-t-elle, remarquant la tristesse dans ses yeux.

— Et vous ? En quoi consiste votre famille ?

— J'ai mes parents, mon frère et des grands-parents du côté de mon père. Les Cartwright vivent à Kenmare depuis six générations.

— Votre père est-il un homme traditionnel ?

— Oui. Il s'appelle Angus. Il m'adore, et je peux parier qu'il sera déçu que vous ne l'ayez pas contacté pour lui demander ma main. Mais je sais aussi que je ne peux pas vous demander ça.

— Ça n'a rien d'impossible, si ça peut vous simplifier les choses, répliqua-t-il, le plus naturellement du monde.

Elle le scruta, bouche bée.

— C'est vrai ? Vous seriez prêt à faire ça pour apaiser mon père ?

— Je préfère l'apaiser plutôt que de lui donner à penser que vous avez épousé quelqu'un qui ne respecte pas ses valeurs.

— Si ça ne vous dérange pas, je pense que ce serait mieux. Ma mère et lui ont des idées très arrêtées sur certains sujets. Je les adore, mais parfois ils me traitent encore comme une petite fille. Papa a des côtés traditionnels très stricts, et maman aime se mêler des questions qui ne la regardent pas.

— C'est sûrement parce qu'ils vous aiment et veulent vous préserver. Pour ma part, je ne peux pas dire que mon père se soit mêlé de mes affaires ou qu'il m'ait témoigné de la tendresse.

Son cœur se serra à l'idée que Rand n'ait pas eu d'amour

en grandissant, alors que ses parents à elle l'avaient toujours choyée, au point parfois de l'étouffer.

— Votre père utilise Skype ? Je pourrais peut-être le contacter par vidéo pour lui demander votre main.

— Oui, il utilise Skype. Et ma mère aussi. D'ailleurs, si vous appelez, elle voudra également vous rencontrer. Mais au préalable je dois les appeler pour les préparer. Ils seront forcément étonnés d'apprendre notre intention de nous marier de façon aussi précipitée.

— Je crois que la nouvelle va en choquer plus d'un. Vous avez encore les poèmes que vous avez écrits à votre futur mari ?

— Non, mais j'aurais dû les garder, répondit-elle, sur un ton mélancolique.

Il la fouilla du regard, comme s'il voulait connaître le moindre de ses secrets.

Puis il se pencha vers elle.

— Je pense qu'on devrait s'embrasser, lui souffla-t-il à l'oreille.

Elle tressaillit.

— Pardon ?

— On devrait s'embrasser. On va devoir s'y habituer. Surtout pour le jour du mariage.

Il avait raison, mais elle ne savait pas quoi dire.

Son regard pénétrant lui avait donné le vertige et elle s'était accrochée au banc de toutes ses forces, de peur d'être déséquilibrée.

— Vous voulez faire ça maintenant ?

Il s'approcha un peu plus.

— Pourquoi pas ?

Elle tenta de rester calme tout en se préparant à l'assaut charnel.

Il se pencha vers elle.

Son cœur fit un bond dans sa poitrine, puis se mit à battre à une vitesse anormale. Non, décidément, elle ne pouvait pas rester calme.

Dès que les lèvres de Rand touchèrent les siennes, elle ferma les yeux, happée dans une dimension inconnue, comme s'il lui avait jeté un sort que, pour sa part, il maîtrisait parfaitement.

La sensation était fabuleuse. De toute évidence, embrasser faisait partie de ses compétences et il semblait exceller en la matière.

Un véritable expert.

Alors qu'il la titillait du bout de sa langue, elle gémit tout en pensant qu'elle était sur le point de devenir sa fausse femme.

La prenant par la nuque, il l'attira à lui pour enfouir des doigts impérieux dans sa chevelure. L'espace d'un fol instant, elle s'imagina faire l'amour avec lui, alors même qu'elle avait bien spécifié ne surtout pas vouloir finir dans son lit.

Elle s'agrippa au banc de plus bel. Non pas pour éviter de perdre l'équilibre, cette fois, mais par peur de poser les mains sur Rand.

Se rapprocher de cet homme séduisant et charmeur n'allait pas lui faciliter la vie. Bien au contraire. Si un petit baiser lui faisait autant d'effet, elle allait devoir puiser dans ses réserves de self-control pour réussir à garder ses distances et résister à l'attirance qu'il lui inspirait.

Rand avait envie d'enfoncer sa langue dans la bouche d'Allison, pour la fouiller plus avant. Mais il se retint, désireux de respecter l'accord qu'ils avaient conclu.

C'était un véritable délice de pouvoir déguster cette jeune femme ravissante. Elle avait un goût de miel, doux et sucré, qui le fit chavirer, provoquant dans son esprit des images érotiques et féeriques.

Avant de laisser son désir monter au point de non-recul, il ouvrit les yeux et s'arracha à elle, secoué par l'expérience. Ce baiser venait de lui prouver qu'il aurait du mal à maîtriser son désir charnel en présence d'Allison.

Elle avait expressément formulé le souhait qu'il n'y ait

pas de relations sexuelles entre eux, et il n'avait d'autre choix que de s'y plier. Certes, il avait besoin d'une femme pour redorer son blason, changer d'image et garantir son avenir professionnel, mais il n'était pas question pour lui de profiter d'Allison.

Il aurait sûrement pu demander en mariage une jeune femme de son cercle, mais il l'avait choisie, elle. Non seulement parce qu'elle avait besoin d'une carte verte, il le savait, mais aussi parce que sa nature douce et sincère aiderait à gommer son image de cador.

Après avoir rouvert les yeux, il l'avait scrutée, longuement, étonné de constater à quel point elle paraissait innocente. Il l'avait entendue gémir, avait senti son avidité pendant leur baiser, et malgré tout elle gardait à ses yeux une image d'ingénue.

Quand il la vit lâcher le banc, il comprit qu'elle s'y était agrippée pendant la durée de leur baiser.

— Voilà. C'était notre premier baiser, plaisanta-t-il pour briser la glace.

Trouvant le moment malcommode, il avait choisi de le commenter plutôt que de s'enfoncer dans un silence gênant. Elle acquiesça, les joues pivoine.

Les yeux toujours rivés sur elle, il la scruta, lui laissant le temps de reprendre ses esprits. Au passage, il se fit la réflexion qu'il n'avait jamais rencontré quelqu'un aux yeux aussi verts et aussi purs. Tout en elle semblait pur.

— On pourrait dire que ça fait office de préliminaires.

— C'est une drôle d'expression.

— J'ai appris ça en regardant les films américains.

— Pas les westerns, en tout cas.

— Non, les histoires d'amour.

— Vous êtes une fan de comédies romantiques ?

— Oui.

— J'avoue ce n'est pas mon genre préféré.

— Vous préférez les films à suspense ?

— Pourquoi dites-vous ça ?

— Parce que je me demande comment vous avez pu en arriver au scénario abracadabrant de votre demande en mariage.

— C'est tout simple. J'assistais à un événement au Country Club. J'étais seul, broyant du noir au sujet de ma carrière professionnelle. Vous étiez non loin de moi, parlant à une de mes connaissances, Megan Philips. J'avoue, j'ai un peu prêté l'oreille à votre conversation et je vous ai entendue dire que vous aviez besoin d'une carte verte. Plus tard, invoquant un prétexte, j'ai demandé à notre connaissance commune de me trouver votre adresse. Puis je vous ai envoyé un message signé M. X.

— J'avais assez peur en venant au rendez-vous, avoua-t-elle, en sortant un petit objet noir de la poche de sa jupe.

Il reconnut aussitôt qu'il s'agissait d'une minibombe de gaz lacrymogène.

— Vous alliez vous en servir contre moi ?

— Oui. Au cas où M. X soit un fou qui tenterait de m'attaquer.

— Je suis peut-être fou, après tout.

Il ne fallait pas avoir toute sa santé mentale pour vouloir se marier dans le but de se réinventer.

— Moi aussi, je suis folle. J'avais la bombe dans une poche et quelques objets essentiels dans l'autre. Je n'ai pas pris de sac, pour garder les mains libres au cas où je devrais me défendre contre M. X. J'étais prête à crier à pleins poumons pour alerter la sécurité.

— C'est bien, on peut être fous à deux ! constata-t-il d'un air amusé.

— Je ne trouve pas ça drôle, le réprimanda-t-elle.

— Pardon. Je suis désolé de vous avoir causé ce stress. Je n'ai pas réfléchi à l'impact que mon mystérieux rendez-vous aurait sur vous.

— Merci. C'est gentil de le reconnaître, lâcha-t-elle, sortant un baume à lèvres de sa poche.

Elle l'appliqua avec une dextérité et une rapidité déconcertantes.

Il la regarda, hypnotisé.

— J'ai une question qui va peut-être vous sembler bizarre.

— Je vous écoute.

— Est-ce un baume au miel ?

— Oui. Comment le savez-vous ?

— Je l'ai goûté quand on s'est embrassés.

Elle tressaillit, les joues cramoisies.

— Vous n'aimez pas ?

— Au contraire. J'ai trouvé ça très plaisant.

Un peu trop, probablement.

— Je pense que je vais avoir du mal à vous embrasser en public. Ce n'est pas dans mon habitude.

— Je comprends votre point de vue, mais du mien j'ai besoin de prouver à tout le monde que je suis complètement épris de vous, sinon notre mariage ne sera pas crédible. Et j'ai toujours été habitué à ce que ma vie privée soit étalée au grand jour.

Elle le regarda, l'air circonspect.

Visiblement, elle ne le comprenait pas plus qu'il ne la comprenait. Ils semblaient avoir des vies et des personnalités aux antipodes.

— Votre vie privée a toujours été relatée dans la presse.

— Disons que ça a commencé comme une rébellion. Une façon à moi de faire un pied de nez à mon père et de me moquer de la société. Puis j'ai pris l'habitude de voir mes frasques dans la presse à scandale, certes, mais je n'ai jamais eu un comportement indécent non plus. Je n'ai jamais mené personne en bateau et je n'ai jamais figuré dans une vidéo érotique.

Elle le dévisagea, atterrée.

— Me voilà rassurée ! lança-t-elle avec une pointe d'ironie.

Voyant qu'elle réagissait au quart de tour, il décida de la taquiner.

— Enfin, du moins, je ne pense pas. Même s'il y a quelques trous noirs dans ma vie. Vous en avez déjà vu une où je figurais ?

— Mais non ! Je ne regarde pas ce genre de choses, dit-elle en croisant les bras sur sa poitrine généreuse.

Si par ce geste elle pensait dissimuler ses formes féminines, c'était raté. Cela ne fit qu'attirer son attention sur ses seins dont la courbe était délectable.

— Vous êtes sûre de ne pas être amatrice de ce genre de vidéo ?

— J'ai comme l'impression que vous êtes en train de vous moquer de moi.

— Excusez-moi, je n'ai pas pu résister à la tentation. Cela dit, avec toutes les informations qui circulent sur moi, ce ne serait pas dans le domaine de l'impossible. Mais je promets de ne plus jamais me moquer de vous. Surtout quand on sera mariés.

— Et quand on sera mariés, je promets de ne pas me retrouver dans une vidéo érotique, répliqua-t-elle, pince-sans-rire.

Si elle se détendait au point de plaisanter, c'était bon signe.

Quand il la vit sourire, il sourit à son tour puis ils éclatèrent de rire en chœur. C'était agréable de sentir un lien se créer entre eux, même si leur relation était vouée à n'être qu'éphémère.

— Alors dites-moi, vous écrivez quoi, au juste ? s'enquit-il, curieux d'en savoir plus sur elle.

— J'écris des articles dans des magazines féminins. Mais j'ai aussi dans l'idée d'écrire un roman.

— Sur quoi ?

— Sur une jeune femme irlandaise qui part au Texas et trouve l'amour de sa vie. Au départ, quand j'étais encore en Irlande, je pensais écrire un roman historique, situé au XIXe siècle. Mais, depuis que j'ai fait l'expérience de la vie ici, je me dis que j'ai plutôt intérêt à opter pour une histoire moderne. En tout cas, quelle que soit la période, je veux que l'héroïne réussisse à apprivoiser le héros et non l'inverse.

— Alors je ne suis pas fait pour être le héros de votre livre car avec moi jamais ça ne pourrait marcher.

— Oui, je m'en doute bien. Mais ça fonctionne avec certains hommes qui tombent éperdument amoureux. J'ai toujours été une romantique. J'aime ce trait de ma personnalité. Je tiens à le garder. Je veux rester ouverte aux possibilités qui s'offrent à moi. Et ne pas rater ma rencontre avec l'homme de ma vie.

— Pour ma part, je n'ai pas l'esprit romantique pour un sou. Mais, d'après ce que vous dites, vous serez parfaite dans le rôle de ma femme fictive.

Il n'était jamais tombé amoureux et il ne croyait pas qu'une âme sœur l'attendait quelque part sur cette terre. Pour lui, les grands sentiments n'existaient que dans les contes de fées, loin de la réalité.

— Je ne sais pas si j'aime le titre de « femme fictive », mais j'espère que je serai à la hauteur. En plus de jouer le rôle de votre femme, je ne dois pas oublier de garder du temps pour ma carrière.

— Sur quoi travaillez-vous en ce moment, à côté de votre roman ?

— L'un des magazines pour qui je travaille régulièrement m'a commandé une série d'articles, donc j'attends le contrat. J'en ai besoin pour vivre. J'ai dû emprunter de l'argent à mes parents ce mois-ci et je n'aime pas l'idée de ne pas être indépendante financièrement, dit-elle, les traits quelque peu tendus.

— Vous m'avez dit que vous n'aviez pas besoin d'un contrat de mariage, mais si vous changez d'avis je veux bien qu'on ajoute une pension dans la clause de divorce.

— Non, merci, ça ne sera pas nécessaire. Ce ne serait pas logique. Comme je vous l'ai dit, j'aspire à l'indépendance, donc je ne veux surtout pas vous être redevable.

— Entendu, mais pour la durée du mariage j'aimerais couvrir vos frais, insista-t-il, regardant en direction de ses mains.

— Vous allez aussi m'ordonner d'aller me faire faire une manucure plus à la hauteur de la femme de Rand Gibson ? rétorqua-t-elle, aussitôt sur la défensive.

— Non, pas du tout ! J'allais vous demander de porter le diamant que je vais vous offrir.

— Un diamant ? ! s'exclama-t-elle, abasourdie.

— Je ne me suis jamais fiancé, mais je pense que c'est la coutume.

— En effet.

— Vous voulez venir chez moi ? demanda-t-il de but en blanc.

Sa question parut la choquer.

— Attention, il ne s'agit pas d'une proposition indécente. Sur ce banc, nous ne sommes pas très à l'aise. Je pensais que vous pourriez venir chez moi pour qu'on fasse mieux connaissance et qu'on discute de l'organisation de notre mariage de manière plus détaillée et plus confortable. Si vous avez faim, je peux commander un repas que je ferai livrer chez moi.

— Merci, c'est gentil. J'accepte volontiers votre offre. Pour tout vous dire, je suis affamée. J'avais l'estomac trop noué pour avaler quelque chose, ce matin.

— Vous venez avec moi ou vous avez une voiture de location ?

— Je n'ai pas de voiture. Je n'ai pas conduit depuis que je suis arrivée ici, car devoir rouler de l'autre côté de la route me terrifie. Je ne me déplace qu'en taxi.

— Alors on y va ? s'enquit-il en lui tendant la main.

— Je vous suis, déclara-t-elle alors qu'il l'aidait à se lever.

— Venez, allons récupérer ma voiture.

Le voiturier ne tarda pas à arriver avec sa Porsche rouge.

S'il changeait de voiture de sport tous les deux ans, pour ce qui était des femmes, son engagement n'allait jamais au-delà de quelques mois.

Son regard se posa sur Allison.

Elle était comme une étrangère à ses côtés. Et pas seulement parce qu'elle venait d'un autre pays. Pourtant, il allait l'épouser. C'était un sentiment étrange. Mais une nécessité. Si le plan qu'il avait échafaudé fonctionnait, cette femme lui permettrait de tirer un trait sur son ancienne réputation et de se racheter une conduite.

Il ne leur restait plus qu'à se montrer proches en public et distants en privé. Ce ne serait pas évident. Il avait tellement l'habitude de jouer les beaux parleurs et de séduire les femmes qu'il aurait du mal à respecter son engagement envers elle.

Arriverait-il à suivre la règle qu'elle lui avait imposée, lui qui par définition aimait enfreindre les règles ? Ce serait une véritable épreuve puisque, jamais encore, il n'avait dû résister aux charmes d'une jolie jeune femme.

Une fois qu'ils furent installés dans la voiture, il prit la direction de son domicile.

— Qu'aimeriez-vous manger ? s'enquit-il alors qu'ils étaient en route.

— J'avoue que j'ai un faible pour la pizza aux pepperoni à pâte épaisse qu'on ne trouve qu'aux États-Unis. Et, de façon générale, j'adore manger. Je ne supporte pas de rater un repas.

Il fut amusé par la candeur de sa déclaration. Elle avait le don pour dire des choses que d'autres personnes n'oseraient dire ouvertement.

— Votre enthousiasme pour l'art culinaire est rafraîchissant.

— Tant mieux, car je ne rigole pas avec la nourriture.

Ils éclatèrent de rire, puis ils échangèrent, parlant de tout et de rien, décidant de se tutoyer pour augmenter le degré d'intimité entre eux et rendre leur relation plus crédible.

Ils révélèrent aussi chacun leur date de naissance. Elle avait trente et un an, lui trente-sept.

Ils étaient tous les deux Bélier. Il ne s'était jamais penché sur les signes du zodiaque, mais elle semblait s'y connaître. Elle lui apprit que les gens du signe du Bélier étaient apparemment très décidés.

Cela ne l'étonna pas, dans la mesure où ils semblaient tous deux bien résolus à faire réussir leur mariage fictif.

Ils arrivèrent devant la barrière du quartier privé de Pine Valley. Un vigile était en service.

— C'est ici que tu habites ?

— Oui.

— Donc tu as une maison tout entière pour toi ?

— Oui.

Pine Valley était une communauté privée avec un parcours de golf, des restaurants huppés et un tas d'autres services exclusifs.

— Tu as du personnel ?

— Non. Je fais appel à un chef qui vient régulièrement me cuisiner des plats et j'ai une femme de ménage. C'est tout. Je ne supporterais pas d'avoir quelqu'un à mon service sous mon toit. Ce n'est pas mon genre.

Arrivés devant chez lui, une bâtisse en briques rouges dans le style Tudor entourée d'une pelouse à l'anglaise impeccable, il se gara dans le garage où séjournait déjà une berline blanche luxueuse. Une autre voiture en leasing.

Dans la vie de Rand, rien n'était permanent et encore moins éternel.

— Tu pourras conduire la berline quand on sera mariés.

— Non, merci, sans façon.

— Pourquoi ? Si tu prévois de rester aux États-Unis, autant t'habituer à la conduite avec le volant à gauche.

— Oui, tu as raison, mais pour le moment, je ne me sens pas prête.

Une fois la voiture arrêtée, il scruta Allison, curieux de savoir si elle hésitait toujours autant avant de faire quelque chose.

Revenant à l'instant présent, il la fit entrer chez lui et lui fit visiter le rez-de-chaussée de la maison, passant d'une pièce spacieuse à l'autre.

— Quelle maison magnifique !

— Merci. Je vais commander la pizza et je te ferai visiter le reste plus tard.

Après avoir passé la commande, il prévint le garde à l'entrée.

En attendant la livraison, il lui fit visiter l'étage, là où se trouvaient les chambres. L'une des pièces avait une vue imprenable sur le jardin.

— Quand tu emménageras chez moi, tu pourras prendre cette chambre. Il y a une salle de bains avec une douche et une baignoire à sabot. Quand j'ai des petites amies, c'est ici qu'elles dorment.

Elle se tourna vers lui.

— Quand tu as une petite amie, tu ne partages pas ta chambre avec elle ?

Il lui désigna des portes en bois sculptées.

— Cette chambre communique avec la mienne. Donc si j'invite une femme chez moi, on peut partager l'espace, mais on peut aussi fermer les portes quand on a chacun envie d'intimité. Autrefois, les femmes avaient leur boudoir. J'ai voulu recréer cet effet. Je trouve ça assez érotique d'attendre que mon amoureuse se prépare de l'autre côté. Parfois, elles viennent me rejoindre ; parfois, c'est moi qui passe dans leurs appartements.

Elle balaya l'espace du regard, observant les meubles aux tons clairs, la coiffeuse exquise, le lit accueillant.

Alors qu'elle posait les yeux sur lui, il la dévisagea, fasciné de voir cette femme chez lui alors qu'il en savait si peu sur elle et qu'elle lui inspirait pourtant une attirance inouïe.

— Tu veux qu'on se marie ici ?

— Dans cette chambre ?

— Non, dans la maison.

— Ah oui, dans la maison, bien sûr. Quelle idiote, fit-elle, rougissant comme une pivoine.

— Comme on doit se dépêcher, on pourrait organiser une cérémonie civile intime. Mais si tu veux quelque chose de plus traditionnel, c'est possible.

— J'aimerais quelque chose de traditionnel, même s'il s'agit d'un faux mariage. Et je sais que si je me mariais pour de vrai à l'homme de ma vie, j'aimerais que ma famille soit présente. Sauf que là, ce n'est pas le cas. Cela dit, si on veut vraiment jouer le jeu, il faut s'attendre à ce que ma famille insiste pour qu'on organise une seconde cérémonie à Kenmare, dans l'église où j'ai été baptisée. Mais je ferai tout ce qui est en mon pouvoir pour l'éviter.

— Pourquoi ?

— Car le mariage est une institution trop sacrée à mes yeux pour que nous renouvelions nos vœux à l'église alors que nous allons divorcer peu de temps après.

Rand n'aimait pas l'église. Cela lui rappelait sa mère et c'était trop douloureux.

— Tu as raison. On ne peut pas se permettre d'organiser une seconde cérémonie, surtout à l'église. Ce serait risquer de trop décevoir nos proches. Voyons déjà comment se déroulera la première.

— Je suis d'accord, mais ne sois pas surpris si mon père suggère de nous remarier en Irlande quand tu lui parleras.

— Au départ, je pourrais acquiescer à ce qu'il dit pour ne pas le contrarier. Ensuite, on verra plus tard ce qui est faisable en pratique et ce qui ne l'est pas.

— Bonne idée. Inutile de le froisser dès le départ.

— Et ta mère ? Quelle sera sa réaction, d'après toi ?

— Elle pleure facilement, donc je pense que si je lui annonce que je vais épouser l'homme de ma vie, elle versera forcément quelques larmes.

— Tu fais bien de me prévenir qu'elle risque de pleurer. Comme je te l'ai dit, je ne fais pas dans la comédie romantique et je ne m'y connais pas trop en histoire d'amour. Et, sans vouloir jouer les victimes, je te rappelle que j'ai perdu ma mère et que mon père n'a jamais été très affectueux. Autrement dit, question réactions émotionnelles, je suis un novice.

— Elle va pleurer quand je vais lui annoncer la nouvelle et quand tu feras ta demande à mon père. Elle va sûrement me proposer de retoucher sa robe de mariée et de me l'envoyer. Comme elle est couturière, ça ne lui posera pas de problème.

Rand n’avait pas pris conscience de l’ampleur que revêtirait l’annonce du mariage dans la famille d’Allison.

— Si tu veux, je peux m’arranger pour que ta famille participe à la cérémonie par Skype.

— Ce serait formidable. Je suis sûre qu’ils seraient ravis. Merci pour cette suggestion.

— De rien. Viens, redescendons. Le livreur ne va pas tarder. On reparlera des détails du mariage en mangeant.

Elle le suivit, refermant brusquement la porte comme si elle voulait oublier cette pièce et tout ce que cela engendrait dans son esprit.

3

Allison se rassasia de la délicieuse pizza commandée par Rand. Tout en partageant ce premier repas avec son futur époux, elle repensa aux dernières heures et aux chamboulements qui allaient se produire dans sa vie. Des chamboulements qui ne manqueraient pas de laisser des traces, voire des blessures émotionnelles.

Elle repensa aussi au « boudoir » de Rand. Sa future chambre en tant que femme temporaire.

Comment survivrait-elle à ce mariage fictif ? Arriverait-elle à dormir dans une chambre mitoyenne à celle de Rand sans nourrir de faux espoirs ?

Ses sentiments pour Rand évoluaient à mesure que les secondes passaient. Depuis leur rencontre au Bellamy et sa demande en mariage incongrue, son cœur n'avait eu de cesse de battre la chamade pour cet homme. Elle se sentait dangereusement attirée vers lui depuis qu'elle avait posé les yeux sur lui.

— Quand comptes-tu appeler tes parents ?

La question la tira de ses rêveries.

— Demain matin à la première heure.

Elle ne pouvait pas les appeler aujourd'hui, à cause du décalage horaire.

— Bien. Je vais m'occuper de ta bague. Je pensais contacter une amie spécialisée dans les bijoux anciens. Si ça te convient.

— Oui, bien sûr. Fais comme tu veux.

— C'est une amie de ma grand-mère Lottie. D'ailleurs, j'inviterai ma grand-mère à notre mariage, comme ça, tu pourras faire sa connaissance. Elle a quatre-vingts ans et vit dans une résidence pour retraités à Royal. C'est un endroit superbe. Très luxueux.

— Quatre-vingts ans ?

— Oui. Elle commence à perdre un peu la tête, malheureusement. Il faut répéter les choses plusieurs fois, mais on s'y fait.

— Elle habite seule ?

— Non, quelqu'un s'occupe d'elle, heureusement.

— À t'entendre, on devine que tu es très proche d'elle.

— Je tiens beaucoup à elle. Elle a toujours été là pour moi, pour nous. C'est elle qui nous a élevés quand maman est décédée. J'avais dix ans, et Trey seulement quatre. Il se souvient à peine de maman.

— Je suis triste pour vous deux, mais c'est formidable que ta grand-mère ait été là pour vous.

— Oui, c'est aussi ce que je pense. Sans elle, je ne sais pas ce qu'on aurait fait. Mes parents étaient déjà divorcés quand maman est morte. Donc notre père était habitué à être père le week-end seulement et à nous voir quand ça l'arrangeait. Il n'a jamais essayé de reprendre notre garde. Il nous a laissés chez notre grand-mère tout en critiquant la façon dont elle nous élevait. Il trouvait qu'elle n'était pas assez sévère.

Allison n'arrivait pas à cautionner cette éducation aux antipodes de la sienne.

— Mes parents m'ont toujours choyée. Trop, peut-être. S'ils ne m'avaient pas autant couvée, j'aurais peut-être été moins naïve. Surtout concernant les hommes.

— Tu fais référence à ta dernière liaison avec un homme qui s'est volatilisé ?

— Oui, c'est ça. Comment le sais-tu ?

— J'en ai entendu parler.

— Ah bon ?
— Tu pourrais me raconter l'histoire ?
— Maintenant ?
— Pourquoi pas ?
— Je trouve ça assez gênant.
— Pourquoi ?
— Parce que je me trouve stupide d'avoir été dupée.
— Tu ne pouvais pas le savoir.
— Si, je pense que quelqu'un de plus averti aurait su repérer les signes qui clochaient.
— Comment vous êtes-vous rencontrés ?
— Dans le restaurant où j'avais été embauchée comme serveuse, en Irlande. J'y travaillais depuis quelques années, en plus de mon activité de journaliste, pour économiser le maximum d'argent et pouvoir partir aux États-Unis. Kenmare est une destination touristique, donc il y a beaucoup de pubs et de cafés.
— Qu'était-il venu faire en Irlande ?
— Il a prétendu qu'il était en voyage d'affaires. Je l'ai trouvé très charmant. Il s'est tout de suite intéressé à moi.
— Tu as cherché à savoir s'il était marié ?
— Il a affirmé qu'il était en instance de divorce et que sa femme était assez fragile émotionnellement.
— Donc il n'en parlait à personne, ni à sa famille ni à ses amis ? Pratique.
— Tu vois, toi, tu ne serais pas tombé dans le panneau. Tu aurais vu qu'il y avait une ou plusieurs failles dans son scénario, mais pas moi. J'ai tout avalé.
— Votre liaison a commencé quand ?
— On s'est rapprochés quand il était encore en Irlande, mais je n'en ai rien dit à mes parents. Ils n'auraient pas vu d'un bon œil que je sorte avec un homme marié, même s'il était en instance de divorce, ou prétendument en instance de divorce. Après son retour aux États-Unis, on a échangé des

mails et des textos. Il m'a fait miroiter qu'il pourrait m'aider à avoir une carte verte et je l'ai cru.

— Tu voulais à tout prix réaliser ton rêve.

— C'est ça.

— Il a proposé de t'épouser ?

— Non. Comme son divorce n'était pas officiel, ce n'était pas une solution envisageable, donc j'ai attendu.

— Alors comment proposait-il de t'aider à l'obtenir ?

— Il m'a dit qu'il connaissait quelqu'un au bureau de l'immigration. Comme toi, finalement.

— Sauf que connaître quelqu'un ne suffit pas.

— Ce qui ne fait que confirmer l'étendue de ma naïveté.

— Donc tu es venue ici ?

— Oui. J'ai obtenu un visa de quatre-vingt-dix jours et je suis partie de chez moi pour venir à Dallas. Avec toutes mes économies.

— Ce que tu lui as confié ?

— Au sujet de mes économies ? Oui. Tu vois là, on ne peut même plus appeler ça de la naïveté. C'est tout simplement de la stupidité. À aucun moment je n'ai soupçonné qu'il allait essayer de me voler. D'après ce que je croyais, il était très riche.

— Tu n'étais sûrement pas sa première victime. Son scénario avait plutôt l'air bien ficelé.

— C'est ce qu'ont dit les autorités.

— Quand tu es arrivée à Dallas, qu'as-tu fait ?

— J'ai loué un appartement, et il venait me voir quand il était en ville. À aucun moment, il ne m'a présentée à des amis ou de la famille.

— Il y a de fortes chances pour qu'il ne soit pas de Dallas.

— Tout porte à le croire, en effet.

— Tu n'as pas trouvé que tu étais isolée ?

— Si, mais à l'époque, comme on apprenait à se connaître, ça ne me gênait pas plus que ça. Et puis, au bout de deux mois, il a commencé à avoir un comportement bizarre et il a refusé de m'expliquer ce qui se passait. Après quoi, il s'est mis à me raconter des histoires à dormir debout sur de prétendus problèmes financiers. Enfin, je dis « à dormir debout » avec le recul, parce que sur le coup j'ai voulu l'aider et je gobais tout ce qu'il me racontait. À aucun moment je n'ai pensé que j'avais affaire à un arnaqueur. Il m'a d'abord emprunté de petites sommes, puis les montants ont augmenté, mais je n'avais aucune raison de mettre sa parole en doute. D'autant qu'il n'arrêtait pas de me promettre qu'il allait tout me rembourser dès que ses comptes seraient débloqués.

— Quand as-tu su qu'il t'avait dupée ?

— Quand il a disparu et que j'ai compris qu'il n'existait pas réellement. Ou, du moins, que l'homme qu'il prétendait être n'existait pas.

— Tu en as parlé à tes parents ? Ils savent que c'est à cause de lui que tu as dû leur emprunter de l'argent ?

— Disons que je leur ai servi une version édulcorée. J'ai dit que j'étais venue aux États-Unis pour rejoindre un homme qui avait abusé de ma confiance en me volant mon argent et qui avait ensuite disparu dans la nature. Je ne suis pas entrée dans les détails. Ils ont compris que j'avais souffert et que ce n'était pas la peine d'en rajouter une couche en me faisant la morale.

— Et maintenant tu vas leur raconter que je t'ai aidée à passer le cap et que tu es tombée amoureuse de moi ?

— Oui.

Même si l'idée de mentir à ses parents sur un événement qui aurait dû être le plus beau jour de sa vie — celui où elle acceptait la demande en mariage de l'homme de sa vie — ne la réjouissait pas.

Il la coupa dans ses rêveries mélancoliques.

— Tu as une préférence pour la bague ?

— Je pensais que tu souhaitais choisir un bijou ancien chez ton amie.

— C'est le cas, mais c'est la première fois que je vais acheter une bague pour une femme autre que ma grand-mère, donc je préférerais ne pas commettre d'impair.

— Je suis sûre que ton choix sera parfait. Et n'oublie pas que je te la rendrai à la fin du mariage, donc tu devrais opter pour quelque chose qui se revend bien, afin de ne pas trop perdre sur la valeur.

Son air se renfrogna.

— Je ne veux pas que tu me la rendes. Je vais l'acheter pour toi et je veux que tu la gardes.

— Ce ne serait pas moral de la garder.

— Au contraire. D'ailleurs, c'est toi qui devrais la revendre, si tu le souhaites.

— Non. Je t'ai déjà dit que je ne voulais pas me sentir redevable envers toi.

— Je t'assure que tu n'auras pas à te sentir redevable. Et je trouve normal que tu hérites d'un diamant en témoignage de ma reconnaissance.

Elle n'avait que faire d'un diamant. Elle voulait une carte verte, rien de plus.

— Et si on en reparlait une autre fois ? Je n'ai pas envie qu'on se dispute dès notre première rencontre.

— Tu as raison. Dernière question sur le sujet. Tu connais la taille de ton doigt ?

— Non.

Elle n'avait jamais porté de vraie bague.

— Il doit bien y avoir un moyen de mesurer ton annulaire, dit-il en sortant son téléphone.

— Tu crois ?

Il fit une recherche Internet.

— Oui, voilà, j'ai trouvé. Je dois imprimer quelque chose. Attends-moi, j'arrive.

Quelques instants plus tard, il la rejoignit avec une feuille de papier et des ciseaux.

— Quand comptes-tu annoncer nos fiançailles ? demanda-t-elle alors qu'il découpait la feuille de papier.

— Tu veux dire publiquement ? Je pense attendre après le mariage. Pour l'instant, on a trop à faire pour organiser un mariage aussi rapidement. Si on commence à être bombardés par les médias, on n'arrivera jamais à rien.

Elle tressaillit quand il lui prit la main pour mesurer la taille de son doigt.

Heureusement, il n'eut pas l'air de remarquer son émoi.

— Si tu le veux bien, je vais rentrer chez moi.

— Je te raccompagne.

— C'est gentil, mais je préfère garder mes habitudes et prendre un taxi.

Elle avait besoin de se retrouver seule et de faire le tri dans les angoisses qui l'assaillaient.

— Entendu, consentit-il, légèrement surpris.

— Tu peux venir me rendre visite demain, si tu veux.

— D'accord. Je viendrai après avoir acheté ta bague. D'ailleurs, on devrait aussi aller à la mairie pour prendre rendez-vous et demander notre licence de mariage. Tu auras besoin de ton certificat de naissance et de ton passeport.

— Pas de problème, marmonna-t-elle, perplexe.

— C'est amusant, mais j'ai justement l'impression qu'il y a un problème.

— Non, enfin... J'espère que toutes tes admiratrices ne lanceront pas une vendetta contre moi.

— Pourquoi penses-tu à ça ?

— Je m'inquiète, car aux yeux des femmes qui ont des vues sur toi je vais avoir le rôle de celle qui t'a ôté du marché des célibataires les plus en vue.

— Mais non, ne t'inquiète pas, Allison, tout ira bien.

Elle n'aurait pas dû se sentir aussi rassurée par les paroles de Rand, mais malgré tout ce fut l'effet que ses mots eurent sur elle.

Ensuite, elle commanda son taxi. En attendant que la voiture arrive, ils échangèrent leur numéro de téléphone. Puis il attendit avec elle sur le trottoir. Pas de baiser, pas d'étreinte. Aucun signe d'affection ne passa entre eux.

Au moment où elle allait monter dans la voiture, il replaça une mèche de cheveux derrière son oreille.

Cet effleurement provoqua en elle une vague de chaleur qui perdura longtemps.

Même quand elle fut rentrée chez elle.

Le lendemain, Allison s'affaira dans son appartement, balayant les sols, aspirant les tapis et époussetant les cousins sur le canapé.

Comme prévu, Rand l'avait prévenue qu'il était en route pour venir lui montrer la bague qu'il avait trouvée et l'emmener à la mairie.

Après avoir terminé le ménage et le rangement, elle enfila une robe en coton toute simple et se coiffa. Lorsqu'elle se regarda devant la glace, elle se trouva aussi ordinaire que d'habitude, si ce n'est que ses joues étaient un peu plus colorées.

Dix minutes plus tard, la sonnette retentit.

C'était Rand, plus magnifique que jamais, sa large carrure remplissant l'embrasure de sa porte.

Elle l'invita à entrer.

— C'est un joli studio.

— Merci.

— Très lumineux.

— J'ai besoin de lumière, surtout pour écrire.

— Penses-tu garder ce logement et y revenir après le divorce ou envisages-tu d'habiter ailleurs ?

— Je pensais le garder. Pourquoi me demandes-tu ça ? Tu crois que ce n'est pas une bonne idée vis-à-vis des services d'immigration ?

Il réfléchit quelques instants.

— À mon avis, tu peux le garder. On pourrait déclarer qu'on va s'en servir comme lieu de résidence à Dallas, quand j'y viens en mission professionnelle. Comme Spark Energy a des bureaux ici, je ne pense pas que ça devrait poser problème.

— Tant mieux. J'aime vraiment bien ce petit pied-à-terre. Tu veux boire quelque chose ? J'ai du thé glacé au frigo.

— Non, merci, ça va.

Il fouilla dans la poche avant de son jean pour en sortir un petit étui en tissu.

— J'ai trouvé ta bague.

— Je peux la voir ?

Il sortit le bijou de son étui.

— Regarde. C'est une bague qui date de l'époque edwardienne avec une coupe européenne. C'est une pièce indépendante, donc elle ne fait pas partie d'une parure, même si j'aurais aimé que ce soit le cas.

— Mon Dieu ! C'est absolument divin ! s'exclama-t-elle, scrutant l'objet brillant dans sa paume.

La pierre centrale était montée sur une bague en platine sertie d'émeraudes.

— La personne qui les vend m'a raconté qu'à l'époque edwardienne les femmes ne portaient pas leur bague de fiançailles sur le même doigt que leur alliance, car les deux bagues étaient rarement assorties. C'est pour cette raison que celle-ci ne fait pas partie d'une parure. Mais j'ai acheté un anneau en platine serti de diamants afin que tu puisses les porter toutes les deux. Je n'ai pas pris l'anneau avec moi. Je me suis dit que j'allais le réserver pour le jour du mariage.

— Tu veux que je passe cette bague maintenant ?

— Oui. Comme ça, on verra si j'ai bien mesuré la taille de ton doigt ou si je dois ramener la bague.

Elle l'enfila sur l'annulaire de sa main gauche. La bague lui allait parfaitement.

— Regarde.

— Je l'ai choisie parce qu'elle contenait des émeraudes. Je me suis dit que c'était idéal pour une femme aux yeux verts épousant un homme aux yeux verts.

— C'est très attentionné de ta part.

Cependant, chaque fois qu'elle pensait au côté factice de ce mariage, son cœur se soulevait dans sa poitrine et elle en avait des vertiges.

— Promets-moi de la garder après notre divorce. Je ne veux pas que cette bague finisse aux oubliettes. Je voudrais qu'elle ait une valeur sentimentale et que tu la gardes en souvenir de notre rencontre.

La requête de Rand ne fit que renforcer son malaise. Comment refuser ?

— D'accord, mais dans ce cas ça doit marcher dans les deux sens. Si j'accepte de garder ta bague, tu dois accepter que ce soit moi qui t'achète ton alliance. Et tu dois me promettre de la garder après notre divorce.

— Si tu veux, je n'y vois pas d'inconvénient.

Contemplant le diamant étincelant à son doigt, elle regretta de s'être lancée dans un pacte l'engageant à garder la bague.

Elle ignorait encore de quoi l'avenir serait fait, mais étant donné les sentiments grandissants qu'elle éprouvait pour Rand, il se pouvait que ce bijou la poursuive telle une malédiction et non la bénédiction d'une union éternelle.

— Tu as téléphoné à ta famille ? Tu leur as parlé de nous ?

Sa question la tira de son questionnement. Elle l'invita à s'asseoir sur le canapé.

— Oui. Je leur ai parlé à la première heure, ce matin. Maman a pleuré, comme je l'avais prédit. Elle a proposé de retoucher sa robe de mariée et de me l'envoyer. Elle a affirmé qu'elle entendait à ma voix que j'étais amoureuse. J'avoue avoir mis le paquet, car je n'ai pas l'habitude de mentir.

— Et ton père ?

— Il n'a pas réagi de manière aussi enthousiaste. Il a peur que je me précipite dans cette relation et que je souffre de nouveau.

— Je comprends son inquiétude.

— Je lui ai dit que tu étais quelqu'un de bien et que tu ne chercherais pas à me faire de mal.

Intérieurement, elle pria pour que ce soit vrai.

— Tu as eu raison de le rassurer.

— Je lui ai quand même parlé de ta réputation de don Juan, car je ne voulais pas qu'en allant farfouiller sur Internet il la découvre par lui-même.

— J'espère que tu l'as convaincu que je m'étais vraiment rangé.

— J'ai essayé. Je pense qu'il sera plus rassuré après t'avoir parlé.

— Je ferai tout ce qui est en mon pouvoir pour dissiper ses inquiétudes, je te le promets.

— Merci.

— Je me disais que tu pourrais préparer un sac avec quelques affaires pour commencer à t'installer chez moi.

— Tu veux que j'emménage déjà chez toi ?

— Pourquoi pas ? On doit s'habituer à vivre à deux. Et puis ce sera plus facile de planifier le mariage si on vit sous le même toit.

Il avait raison. Cela ne rimait à rien de faire l'aller-retour entre Dallas et Royal. Autant emménager chez Rand.

— Je pourrais venir à partir de demain ?

— Entendu.

Comme elle comptait garder l'appartement, elle n'avait pas besoin de déménager toutes ses affaires.

— Je peux apporter mes plantes ? J'ai des jardins de fées. Si je les laisse sans soin, tout va périr. Et je ne vois pas à qui je pourrais demander de venir arroser.

— Apporte ce que tu veux. Je t'aiderai à tout transporter. Mais, pour ne rien te cacher, j'ignore ce qu'est un jardin de fées.

— Viens, je vais te montrer.

Elle le fit passer par une porte vitrée qui donnait sur la petite terrasse.

— Tu vois, chaque petit pot en terre est un jardin miniature conçu pour accueillir les fées.

— Je n'avais jamais vu ça.

— Il y a quelque temps, j'ai écrit un article sur la mode du jardin de fées aux États-Unis. En faisant mes recherches, j'ai été tellement fascinée que j'ai décidé de m'adonner moi-même à ce passe-temps.

Il s'agenouilla pour s'approcher des pots et voir son travail de plus près.

Elle le regarda inspecter les petites pierres brillantes, les petites maisons recouvertes de mousse verte, les ponts en bois et les petits champignons en verre. Ainsi que les fées miniatures parsemées dans le décor.

— En Irlande, certaines de nos fées peuvent être ténébreuses. Ces fées-là ne sont pas comme ça. Elles sont douées de bonté. Mais ce n'est pas parce qu'elles sont gentilles qu'elles ne montrent pas espiègles parfois. Si on ne fait pas attention, elles pourraient nous enlever le jour de notre mariage et nous transporter dans un lieu enchanté.

— Un lieu enchanté ?

— Un royaume surnaturel où la beauté et la jeunesse sont éternelles.

Il leva les yeux vers elle.

— Cette histoire fait partie du folklore irlandais ou tu viens de l'inventer ?

— Si je te disais que j'y croyais, tu accepterais quand même de m'épouser ?

— Je vais tenter ma chance, répondit-il, amusé.

— À tes risques et périls, ajouta-t-elle.

Puis ils éclatèrent de rire.

— Bon, plus sérieusement, je pense qu'on devrait aller au Bellamy pour notre nuit de noces. Je suis sûr que ce sera assez romantique pour toi. D'ailleurs, j'envisage de poster quelques photos sur Instagram pendant qu'on sera là-bas. Ce sera ma façon d'annoncer au monde que nous nous sommes mariés.

Elle n'avait pas réfléchi au lieu où ils dormiraient pour leur nuit de noces, mais lorsqu'il avait abordé le sujet son corps s'était soudain enflammé.

— Tu pourrais aussi faire publier un communiqué dans la presse écrite ?

— Oui, mais je préfère opter d'abord pour les réseaux sociaux. Je crois que ça aura plus d'effet. Surtout avec les photos.

— Quel genre de photos ?

— Des photos qui montreront que nous sommes un couple amoureux. À moins qu'on ne soit kidnappés vers un royaume imaginaire...

4

Rand sirotait un verre de jus d'orange dans sa chambre. Vu son état, il aurait bien ajouté de la vodka mais il était encore tôt pour un cocktail.

Son appel vidéo avec les parents d'Allison s'était très bien passé. Presque trop bien. Ce qui lui valait maintenant de se sentir mal à l'aise. En effet, en l'espace de quelques minutes, il avait pris conscience du rôle important qu'il jouait désormais dans la famille d'Allison.

Il regarda la porte qui le séparait de la chambre où celle-ci était en train de prendre ses quartiers. Il l'avait aidée à apporter ses affaires le matin même, y compris ses jardins de fées qu'ils avaient mis dans le jardin à l'arrière pour qu'Allison puisse les voir de sa chambre.

Il posa son verre sur la table de chevet, puis alla frapper à la porte qui communiquait avec la chambre d'Allison.

— Entre !

Aucune hésitation dans sa voix. Elle attendait le compte rendu de son appel avec ses parents.

Il entra dans sa chambre, laissant les portes de communication ouvertes.

C'était étrange de voir cette jeune femme ravissante dans ces lieux. Une queue-de-cheval toute simple, pas de maquillage, toujours aussi fraîche et innocente. Et il n'avait pas le droit de s'approcher d'elle, contrairement aux autres femmes qui étaient venues dans cette chambre.

Elle était en train de ranger ses vêtements dans le dressing, faisant l'aller et retour entre le lit où elle avait posé ses affaires et la penderie.

En voyant le lit, il l'imagina sous la couette, ce soir. Dormait-elle en pyjama, en chemise de nuit ou toute nue ? Cette pensée le fit frissonner. Il aurait donné n'importe quoi pour le savoir.

— Alors, comment ça s'est passé ? s'enquit-elle, le tirant de ses rêveries.

— Tu avais raison, ton père t'adore. Il m'a fait promettre de te protéger envers et contre tout.

— Je t'avais prévenu. Il ne fait pas dans la demi-mesure.

— J'ai eu l'impression d'être un chevalier du Moyen Âge jurant de protéger sa dulcinée. Je ne m'étais jamais retrouvé dans cette position. Je pense que je m'en suis plutôt bien sorti.

En faisant une promesse qu'il ne tiendrait pas et en passant pour quelqu'un de plus honorable qu'il ne l'était.

— Le résultat des courses ?

— Il m'a donné sa bénédiction pour t'épouser.

— Dieu merci, souffla-t-elle en s'asseyant sur le lit.

— Le courant est bien passé entre nous. Ton grand-père a tenu à faire ma connaissance, mais je n'ai pas compris un traître mot de ce qu'il m'a dit. Il a un accent très fort, et je le soupçonne d'avoir intercalé quelques mots de gaélique pour me troubler davantage.

Elle éclata de rire.

— Mon grand-père est un vrai farceur.

— Oui, c'est ce que j'ai cru deviner, convint-il avant de rire à son tour.

— C'est tout ?

— Tu avais bien fait de me prévenir concernant le second mariage. En effet, ton père m'en a parlé et a exprimé le souhait qu'on se remarie en Irlande.

— Et qu'as-tu répondu ?

— Qu'on pourrait envisager ça l'an prochain, pour nous laisser le temps de voir venir. Il a suggéré qu'on organise la cérémonie pour notre premier anniversaire de mariage. Donc j'ai accepté.

— En effet, étant donné les circonstances, tu t'en es bien sorti.

— Quand ton père m'a présenté ta mère, elle n'arrêtait pas de me dévisager et de me répéter qu'elle me trouvait très beau. Elle a dit que nos enfants auraient forcément les yeux verts.

— Là aussi, je t'avais prévenu. Elle aime se mêler des affaires des autres. Et faire des projections. De son point de vue, le fait que sa fille se marie signifie qu'elle va bientôt avoir des petits-enfants.

— Oui, tu m'avais prévenu. Je n'ai pas été gêné qu'elle complimente mon apparence physique, mais j'avoue que lorsqu'elle a commencé à parler de notre progéniture, j'ai un peu paniqué. Faute de savoir quoi répondre, j'ai enchaîné sur la bague que je t'avais offerte et que j'avais spécialement choisie parce qu'elle comportait des émeraudes. C'est à ce moment-là qu'elle s'est mise à pleurer en disant que c'était un geste très romantique.

— Donc, si je comprends bien, le courant est très bien passé avec ma mère aussi.

À ce stade de leur projet, ils devaient d'abord être sûrs de pouvoir duper leurs familles avant de duper les autres.

— En effet. Elle m'a aussi rappelé que je n'avais pas le droit de te voir dans ta robe avant la cérémonie. Elle a précisé qu'elle t'enverrait un petit fer à cheval en argent à ajouter au bouquet pour te porter bonheur. Elle m'a expliqué que dans la tradition celtique les femmes portaient des vrais fers à cheval le jour de leur mariage, mais qu'à l'heure actuelle c'était devenu symbolique.

— Maman a toujours été très superstitieuse.

— C'est ce que j'ai cru comprendre. Elle a l'air d'avoir le cœur sur la main. Tu as de la chance.

Allison sourit de fierté.

— D'ailleurs, tu lui ressembles beaucoup, reprit-il. C'est normal qu'elle veuille te voir porter sa robe de mariée.

— Tu as parlé à ma grand-mère ou à mon frère ?

— Ta grand-mère m'a fait signe à l'arrière-plan, pendant que ta mère me parlait. Ton frère n'était pas là. Je leur ai promis qu'ils pourraient tous assister à la cérémonie par Skype, et ta maman a pleuré de nouveau.

— Dis donc, tu as eu la totale.

— Heureusement que tu m'avais prévenu, sinon je pense que j'aurais été déstabilisé. Je ne suis pas habitué à ce genre de manifestation émotionnelle.

— Plus je t'écoute et plus je me dis que je redoute le moment où je devrai leur annoncer notre divorce.

— Tu as déjà réfléchi à la façon dont tu pourrais le leur présenter ?

— Oui, j'y ai pensé, car ça me tracasse. Je pense que je leur dirai que ni toi ni moi n'étions prêts pour la vie de couple, qu'on s'est précipités mais qu'on a décidé d'un commun accord de se séparer. Mon père dira qu'il avait raison donc au moins de ce point de vue-là, il sera moins déçu.

— On pourra se servir de ce scénario pour tout le monde même si, malgré tout, les gens penseront que c'est moi qui ai fait capoter notre union.

— Non, personne ne portera le chapeau, surtout si on se quitte bons amis.

— C'est gentil de dire ça, mais je sais d'avance que ta famille m'en voudra quand nous divorcerons.

— Ils m'en voudront peut-être aussi de ne pas avoir donné une chance à notre mariage. Mais jamais je ne leur dirai la vérité.

— En parlant de vérité, j'ai encore pas mal de mensonges à faire aujourd'hui. Je vais aller voir mon frère.

— Il attend ta visite ?

— Oui. Je ne lui ai pas donné la raison de mon passage,

mais je lui ai précisé que c'était important. Je n'en ai pas soufflé mot non plus à ma grand-mère. Je le lui annoncerai ce soir. Même si demain elle aura déjà oublié.

— Que va-t-elle penser de ce mariage ?

— Je suis sûr qu'elle sera ravie pour moi.

Allison se leva du lit et alla s'asseoir près d'une des fenêtres, le regard tourné vers le jardin.

Il prit un moment pour la contempler à la lumière naturelle. Au départ, il n'avait pas été frappé par sa beauté, mais plus il l'observait plus il la trouvait jolie.

Subitement, il ressentit une impatience démesurée de la voir en robe de mariée. Étonné de ce sentiment, il le refoula en bloc, se reconcentrant sur l'instant présent.

— Ta réputation de play-boy ne l'a jamais dérangée ?

— Non. Elle m'a toujours encouragé à suivre mes envies et mon instinct, à écouter mes impulsions si cela me plaisait et à vivre ma vie comme bon me semblait, tant que ça me rendait heureux.

Présentement, il avait d'ailleurs une envie irrésistible de suivre son instinct et de céder à son désir pour Allison. Mais il n'avait pas le droit de profiter de son innocence.

— Ta grand-mère a toujours eu l'esprit ouvert ?

— Disons qu'elle a toujours eu une approche marginale de la vie. Elle a eu ma mère sans être mariée. Imagine un peu le scandale à son époque. D'autant qu'elle venait de la haute société. Pourtant, elle a assumé. C'était son choix d'être mère célibataire. Elle n'a même pas prévenu le père.

— Ah bon ? Pourquoi ?

— Elle savait qu'elle ne pourrait pas faire sa vie avec lui, donc elle a jugé que ce n'était pas la peine de l'en informer. Elle n'a jamais révélé son identité à personne. Comme c'était un Européen qu'elle a rencontré lors d'un voyage, il ne faisait pas partie de son entourage. Mais dans son pays, cet homme était quelqu'un de très connu.

— Comment le sais-tu, si elle n'en a parlé à personne ?

— Elle m'a révélé son identité quand je suis parti à l'université. C'était un matador espagnol. Elle l'a aussi dit à Trey, mais on lui a promis de garder ça entre nous.

— Il est encore en vie ?

— Non, il est mort il y a des années donc il y a prescription.

— En effet.

— Bon, je dois vraiment y aller avant que mon frère ne m'appelle pour me demander où je suis passé.

— On dirait que tu n'as pas très envie d'y aller.

— Pas du tout, en effet.

— Tu veux que je vienne avec toi ?

— C'est gentil, mais je préfère y aller seul.

Son frère avait parfois des réactions imprévisibles et il ne voulait pas qu'Allison se retrouve dans une situation inconfortable.

— C'est une blague ? lança Trey, incrédule.

— Non, ce n'est pas une blague, répliqua Rand qui avait rejoint son frère à Houston pour lui annoncer la nouvelle.

Comme prévu, Trey n'en croyait pas un mot. Il était appuyé contre le comptoir de sa cuisine, dans sa tenue de course, pas rasé, les yeux rivés sur lui.

Dans sa jeunesse, il avait excellé à tous les sports et avait même eu l'occasion de faire une carrière professionnelle, mais il avait refusé, préférant s'engager dans l'armée pour sauver la terre entière.

En règle générale, Rand et son frère s'entendaient bien, même si de temps à autre il y avait de petits couacs liés à des divergences de points de vue.

Comme l'annonce de son mariage avec Allison, par exemple.

— Arrête ton cinéma et raconte-moi ce qui se passe réellement.

— C'est ce que je viens de faire, mais on dirait que tu ne

m'as pas écouté ou que tu ne m'as pas cru. Je suis tombé amoureux de cette fille et je vais l'épouser.

— Qui est-ce ? Une pin-up fille à papa ?

— Pas du tout. Je vais épouser une Irlandaise.

— Une Irlandaise ? Et où l'as-tu rencontrée ?

— Au Country Club.

— Tiens donc. Et elle s'appelle comment ?

— Allison Cartwright.

— Tu es sérieux ? insista Trey avant de boire une grande gorgée d'eau.

Son frère se montrait méfiant, à juste titre.

— Elle a eu des déboires amoureux et financiers. Je me suis rapproché d'elle, on a sympathisé et puis...

— Depuis quand tu « sympathises » avec les femmes ?

— Je me suis montré à l'écoute et je l'ai aidée à revenir dans la partie.

— Tu l'as « aidée » ? Excuse-moi, mais j'ai du mal à te croire.

— À t'entendre, je ne suis qu'un goujat. Pour ta gouverne, je participe souvent à des événements caritatifs en donnant de mon temps ou en effectuant des dons conséquents.

— D'accord, mais là, on parle d'une femme. Je t'ai toujours vu passer d'une aventure à l'autre sans t'arrêter, et maintenant tu me dis que tu vas épouser une jeune femme qui n'est même pas ton genre ?

Rand se raidit.

— Tu ne connais pas Allison.

— Parce que toi, si ?

— Très drôle. Oui, nous avons appris à nous connaître.

— Tu viens à peine de la rencontrer ! Et si elle t'épousait uniquement pour obtenir une carte verte ?

Rand tiqua.

— Écoute, j'ai besoin d'elle, elle a besoin de moi. On se voit en secret depuis quelque temps, mais on a envie d'officialiser notre relation.

Son frère ne lâchait pas le morceau.

— Que tu couches avec elle, soit, mais de là à tomber amoureux d'elle et à l'épouser, il y a un monde. Je n'y crois pas un seul instant.

Son frère avait tort sur un point... Pour son plus grand malheur, Rand n'avait pas encore réussi à attirer Allison dans son lit même si plus le temps passait, moins il n'excluait cette possibilité.

— Tu ferais bien d'y croire, car on est en train de planifier notre mariage.

— Ce n'est pas un peu précipité ?

— Précipité ou pas, je te demande de l'accepter.

— D'accepter quoi ?

— Que j'ai changé, qu'elle m'a changé, qu'on est amoureux et qu'on a hâte de vivre notre vie à deux.

— En théorie, j'aurais envie de me réjouir pour toi... enfin, pour vous. Mais dans la pratique je trouve qu'il y a quelque chose qui cloche dans cette histoire. C'est trop soudain. Tu es sûr que tu me dis la vérité ? Tu n'es pas en train de monter un coup ?

Son frère se montrait plus coriace que prévu. Il était temps d'utiliser une autre tactique.

— Tu te souviens quand on était petit et que je me déguisais toujours en Batman et toi tu me suivais en Robin ? Là, c'est la même chose, mais en plus grand. Donc crois-moi et arrête de tout remettre en question. Je suis venu te demander d'être mon témoin. J'ai besoin de savoir que tu seras à mes côtés.

Trey le dévisagea, abasourdi.

— Donc tu es sérieux ? Tu vas vraiment te marier ?

— Je suis tout ce qu'il y a de plus sérieux. On va célébrer notre mariage au plus vite. Sûrement après la fête nationale du 4 juillet.

— Dans ce cas, tu peux compter sur moi. J'accepte d'être ton témoin. Cela ne m'empêchera pas d'avoir des doutes sur le bien-fondé de ton mariage. Même si tu as décidé de suivre ton cœur, je redoute le moment où tu vas paniquer et où tu prendras tes jambes à ton cou en avisant la sortie de secours la plus proche.

Rand n'en revenait pas de la perspicacité de son frère.

— Tu penses vraiment que j'en serais capable ?

— Oui.

— La confiance règne.

— Figure-toi que je ne pense pas à toi mais à Allison. J'ai peur qu'elle se fourvoie et qu'elle tombe de haut quand tu la quitteras. Elle risquerait de souffrir.

Rand éprouva le même sentiment de panique que lorsqu'il avait parlé au père d'Allison.

Se ressaisissant, il tenta de sauver la face.

— Arrête de dire que je vais la quitter. Je te promets que je ferai tout pour ne pas faire souffrir Allison.

Cette fois au moins, il ne mentait pas.

— Donc tu vas vraiment t'engager à aimer, honorer et protéger Allison comme un mari est censé le faire, et ce, pour le restant de tes jours ?

— Oui, affirma-t-il, regardant son frère sans ciller.

— C'est un engagement qui fait peur à beaucoup d'hommes, mais je pense que dans ton cas ça relève du défi.

— Je sais, mais je suis prêt à le relever.

Pour la seconde fois dans la journée, il s'engageait dans une promesse en sachant qu'il ne la tiendrait pas.

Allison se réveilla, l'esprit confus. Elle n'avait pas bien dormi, ayant passé la majeure partie de la nuit à penser à Rand et au fait qu'il était dans la chambre d'à côté.

À l'aube, elle avait même imaginé pénétrer dans sa chambre et se glisser sous la couette à côté de lui. Cette pensée lui avait donné envie d'explorer sa sexualité plus avant et d'avoir une liaison torride avec l'homme qu'elle allait épouser.

Revenant à la raison, elle en était arrivée à la conclusion

que, même si le projet était tentant, cela restait néanmoins une très mauvaise idée.

Si elle devenait la maîtresse de Rand, la situation n'en deviendrait que plus compliquée. Or pour sa survie mentale et physique, elle devait à tout prix éviter de compliquer le scénario qu'ils étaient en train de concocter. Elle devait se montrer réaliste et faire taire ses idées romantiques pour affronter la réalité. Elle allait épouser Rand dans le but d'obtenir une carte verte, point final.

Bien entendu, l'attirance physique qu'elle éprouvait pour lui était réelle et elle devrait tout faire pour la refouler.

Enfin décidée à faire face à cette journée, elle entra dans la somptueuse salle de bains attenante à sa chambre. Peu de temps après, elle enfila un chemisier et un pantalon cigarette puis descendit au rez-de-chaussée.

Elle trouva Rand dans la cuisine en train de faire du café. En le voyant, elle manqua de faire demi-tour.

Il n'était même pas complètement habillé. Sa chemise était sortie de son pantalon et déboutonnée, si bien qu'elle eut une vue imprenable sur son torse musclé et son estomac impeccablement plat. Et, ce qui ajoutait encore à son pouvoir de séduction, ses cheveux bruns étaient toujours mouillés et en pagaille.

Elle ignorait où regarder. Son corps s'enflamma, ses sens s'embrasèrent et ses tétons se dressèrent sous son soutien-gorge.

— J'ai préparé du café. Tu en veux ?

— Non, merci. Je bois du thé.

— Ah, désolé, mais je n'en ai pas.

— Je m'en doutais. Donc j'en ai apporté. Je l'ai mis dans ce placard, dit-elle en ouvrant une porte.

— Ah bon ? Quand t'es-tu occupée de ça ?

— Pendant que tu es allé chez ton frère, hier.

— La visite a été houleuse, mais au moins il a accepté d'être mon témoin. Même si ce n'était pas gagné d'avance et s'il reste persuadé que dans peu de temps je vais prendre mes jambes à mon cou.

Allison ne répondit pas, se concentrant sur la préparation de son thé. C'était une nouvelle cuisine, elle devait prendre ses repères.

— Il y a une *frittata* aux poivrons rouges et aux champignons dans le congélateur. Et des fruits frais tropicaux. Tu penses que ça ira pour notre premier petit déjeuner ensemble ?

— Je pense que c'est parfait. J'imagine que la *frittata* a été préparée par le cuisinier dont tu loues les services ?

— Oui, j'avoue qu'elle n'est pas de mon cru.

— Je pourrai cuisiner pour nous, quand nous serons mariés.

— Si tu veux, mais ne te sens pas obligée.

— J'adore autant manger que cuisiner. Mais je fais aussi beaucoup de sport.

— Je n'en doute pas.

— Je faisais même partie d'une équipe de rugby jusqu'à mon départ au Texas.

— Ah bon ? Décidément, tu es pleine de surprises. Je jouais au football américain à l'université, j'étais défenseur. Il faudra qu'on s'affronte en duel, plaisanta-t-il en ouvrant le congélateur.

Elle ne fut pas étonnée de sa déclaration. Il avait tout à fait la carrure pour le jeu. Pendant qu'il lui tournait le dos, elle admira son derrière magnifiquement sculpté. Dès qu'il se tourna vers elle, elle baissa les yeux, même si elle aurait aimé admirer son torse sculptural.

Après avoir glissé la *frittata* au micro-onde, il la rejoignit pour boire son café alors qu'elle sirotait son thé. Quand la minuterie retentit, il servit deux assiettes et mit les fruits dans un plat de présentation.

Ils mangèrent tous les deux autour de l'îlot central en marbre, assis sur de hauts tabourets en bois recouverts de cuir.

Elle aurait aimé qu'il boutonne sa chemise, mais il n'en fit rien et elle n'osa pas le lui demander.

— Tu cuisines quoi, en général ?

— Un peu de tout.

— Même des plats traditionnels irlandais ?

— Oui.

— Je te pose la question parce qu'il faut qu'on sache un maximum de choses l'un sur l'autre. Ce sera utile quand on passera l'entretien avec les services d'immigration.

— Ah, je vois. Et toi ? Tu cuisines quoi ?

— La réponse est simple. Je ne sais pas cuisiner. Et je n'ai jamais mangé un repas traditionnel irlandais. Et pourtant j'aime découvrir des nouvelles cuisines. Et des nouveaux pays.

— Tu voyages beaucoup ?

— Pour le travail, oui. J'ai un jet privé avec un pilote en stand-by. Mais je ne m'en sers pas assez souvent pour mon plaisir.

— Tu es déjà allé en Irlande ?

— Non.

— Pourquoi ?

— Parce que je ne suis jamais sorti avec une Irlandaise.

— Donc je vais être la première au tableau ?

— Oui, enfin, aux yeux de mon entourage. Parce que, même si je vais t'épouser, tu ne seras pas ma femme dans le sens biblique du terme.

Elle rougit.

Si elle décidait de céder à la tentation, elle pourrait être sienne. L'idée était alléchante, mais il en était hors de question. Elle se réprimanda.

— Je vois...

— Bref, changeons de sujet. Quelle est ta couleur préférée ? Je dirais que c'est le rose, car j'ai vu pas mal d'habits roses pendant que tu rangeais tes vêtements hier.

— Oui, j'aime le rose, mais je préfère le vert.

— Comme la couleur de tes yeux ?

— Oui. Et toi ?

— Je n'ai jamais eu de couleur préférée. En revanche, il y a une expression que j'adore.

— Ah bon ?

— C'est un peu grivois.

— Alors je ne préfère pas la connaître.

— Imagine que les services d'immigration nous posent des questions sur notre vie sexuelle ?

— C'est impossible, protesta-t-elle, devenue rouge comme une pivoine.

— Qu'en sais-tu ?

— Rien du tout, mais je préfère ne pas m'imaginer une éventualité pareille.

Surtout après avoir passé la nuit à échafauder les scénarios les plus fous et avoir laissé libre cours au désir naissant qu'elle éprouvait pour lui.

— J'ai déjà entendu dire qu'ils pouvaient poser des questions sur le moyen de contraception utilisé au sein du couple. Des choses comme ça.

Pour démasquer des couples comme eux qui ne partageaient pas le même lit ? Pourquoi Rand semblait-il soudain si pressé de parler de leur relation sexuelle fictive ? Était-il en train de lui faire passer un message ?

— Tu penses vraiment qu'on doit en parler ? s'enquit-elle, malgré elle.

— On ne sait jamais. Je préfère qu'on aborde le sujet.

— Entendu, consentit-elle, mal à l'aise.

C'était vraiment le dernier sujet qu'elle avait envie d'aborder. Surtout avec un homme.

— Moi j'utilise des préservatifs. Mais si tu prends la pilule il vaut mieux les en informer, car ça figurera dans ton dossier médical.

— Je ne prends pas de moyen de contraception, donc on peut prétendre qu'on utilise des préservatifs. Et les enfants ? Ils vont peut-être nous demander si on prévoit d'en avoir ?

— Tu en veux ?

— Oui. J'adorerais avoir des enfants. Deux ou trois.

— D'accord. Alors deux ou trois marmots. Avec des yeux verts, comme l'a prédit ta maman.

Elle vit soudain surgir une image de Rand et elle entourés de trois enfants aux yeux d'un vert éclatant.

Pour chasser cette vision, elle se resservit en fruit.

— Et toi ?

— Moi quoi ?

— Tu as une expression que tu aimes employer ou un mot préféré ?

— J'aime tous les mots ! Selon les périodes, j'aime plus ou moins certains mots ou certaines expressions. Et j'adore découvrir de nouveaux mots, répondit-elle avec enthousiasme, désireuse de ne plus avoir à parler de contraception ou d'enfants.

— Moi, c'est un peu pareil, mais avec les femmes, renchérit-il sur le ton de plaisanterie.

— Oui, enfin, en tant que mari, c'est un peu délicat de s'en vanter, non ?

Un mari n'était pas censé s'intéresser à d'autres femmes. De même qu'une épouse fictive n'était pas censée tomber amoureuse de son futur mari temporaire.

— Tu as raison. Je dois bien me tenir.

— Tu n'as pas le choix.

— Je sais, on doit songer au mariage. Et d'ailleurs ça me fait penser que tu n'as pas de témoin.

Allison soupira.

Si elle avait été à Kenmare, elle aurait eu une flopée d'amies d'enfance et de cousines qui aurait voulu occuper ce rôle.

Au Texas, elle commençait à peine à connaître deux ou trois personnes.

— Je pourrais demander à mon amie Megan qui m'a introduite au Country Club. Nous ne sommes pas très proches, mais je pense qu'elle acceptera.

— Excellent idée. Il s'agit de viser une cérémonie intime.

— Les témoins ont le droit de venir avec leur conjoint ?

— Oui, bien sûr.

Une fois le repas terminé, il se leva de son tabouret.

— Je vais monter finir de me préparer. Je dois aller au bureau aujourd'hui, mais je tâcherai de rentrer tôt.

— Moi aussi, je vais aller appeler Megan.

Ils rangèrent la cuisine à deux, puis montèrent à l'étage. Au milieu des escaliers, il s'arrêta.

— On devrait s'en servir pour le mariage.

— De quoi ?

— De l'escalier.

— Comment ça ?

— Tu pourrais descendre dans ta robe de mariée et je t'attendrais en bas. J'ai déjà vu ça dans des mariages à la télé.

— Très bonne idée, approuva-t-elle, impressionnée.

— Et pour la cérémonie ?

— On pourrait aussi la faire à l'intérieur.

— Si tu veux. Mais pour la petite réception, j'aime autant que ce soit dehors.

— Je suis d'accord avec toi. Ce sera formidable de pouvoir manger et boire en extérieur, après la cérémonie.

— Y a-t-il autre chose dont il faille discuter ?

— Je trouve que ce serait judicieux de fixer une couleur dominante.

— Tu penses à quoi ?

— On pourrait opter pour les couleurs qui sont dans ma bague ?

— Parfait, ça me va. Pour le reste, on en reparle en fin de journée quand je rentre, d'accord ?

— Oui, je dresserai une liste. Il va déjà falloir s'occuper des fleurs, de la décoration et du buffet.

— J'ai un très bon traiteur qui pourra nous concocter une sélection succulente.

— Formidable. Mais tu crois qu'il aura la possibilité de nous caser à la dernière minute ?

— Ça ne devrait pas poser de problème et, sinon, on trouvera quelqu'un d'autre.

Soudain, elle fut paniquée à l'idée de tout ce qu'il allait falloir mettre en place pour une aussi petite cérémonie, et un mariage blanc de surcroît !

— Quand j'étais enfant et que je rêvais de me marier à mon prince charmant, je n'aurais jamais imaginé que ça se passerait comme ça.

— Et moi alors ? Il ne m'a pas traversé l'esprit un seul instant que je me marierais un jour… Même pour de faux !

5

Pendant que Rand était au bureau, Allison essaya de rentabiliser son temps. Elle fit quelques courses puis rencontra Megan pour le déjeuner. Quand elle l'avait appelée dans la matinée, elles s'étaient donné rendez-vous au Royal Diner, un restaurant décontracté au décor rétro.

Pour Allison, les alcôves aux tables recouvertes de vinyle rouge et le sol à carreaux la faisaient penser à une scène de film. Afin de rester dans l'ambiance, elle commanda un cheeseburger, des frites et un milk-shake au chocolat. Megan opta pour une soupe et une salade.

Elles prirent place dans une alcôve à l'écart des autres. Dans l'ensemble, le restaurant était assez vide. Il était tard, donc les gens venus manger pour leur pause déjeuner étaient déjà repartis.

Allison réprima l'envie de dire la vérité à Megan. Cela aurait été tellement plus simple d'avouer qu'elle épousait Rand pour obtenir une carte verte.

Megan était une très belle femme à l'allure glamour, aux yeux bleus, à la longue chevelure brune et aux tenues toujours impeccables. Elle était très indépendante et dirigeait sa propre compagnie.

— Merci d'accepter d'être mon témoin. Je suis vraiment touchée, dit Allison, chagrinée de devoir mentir à l'unique amie qu'elle avait au Texas.

— Mais je suis ravie que tu me l'aies demandé, ma chérie !

— Désolée de te prévenir à la dernière minute.

— Ne t'inquiète pas. Ce n'est vraiment pas un problème. En revanche...

Elle s'arrêta net, les joues légèrement roses.

— Tu allais dire quelque chose ?

— Oui, mais finalement je ne sais pas si je devrais.

— Ne t'en fais pas. En plus, je crois deviner, ajouta Allison pour mettre son amie à l'aise.

Après tout, s'il y avait quelqu'un qui devait se sentir mal à l'aise, c'était elle, car elle dupait les gens.

— Eh bien, pour être franche, j'avoue que j'étais très étonnée d'apprendre que Rand et toi formiez un couple. Je ne vous aurais jamais imaginés ensemble, mais je trouve ça formidable.

— Je comprends ton étonnement. Nous avons été les premiers surpris ! Et nous savions que les gens seraient choqués d'apprendre qu'on avait eu le coup de foudre l'un pour l'autre, développa-t-elle, tentant de prendre son air le plus amoureux.

Elle était censée jouer les fiancées aux anges, même si elle savait que dans un futur proche elle devrait se séparer de son « mari ». Rand le beau gosse, charmeur, séducteur, sexy à souhait. Pour qui elle éprouvait une attirance démesurée. Si seulement elle pouvait cesser de fantasmer à son sujet !

— Quelle couleur avez-vous choisie pour le mariage ?

— J'ai opté pour du vert et de l'argenté, enfin, de l'or platine, pour assortir le décor à ma bague, ajouta-t-elle en montrant le diamant serti à son amie.

Le bijou brilla de tout son éclat.

— Quelle belle bague de fiançailles ! Elle te va à merveille.

— Merci.

Allison n'était pas encore habituée à ce bijou luxueux, surtout à son poids.

— Tu veux que je porte quel genre de robe ? s'enquit Megan.

— Tu peux mettre ce que tu veux, mais ce serait formidable si ta robe pouvait être dans les couleurs du mariage.

— Entendu. Et toi, quel genre de robe vas-tu porter ?

— Une robe très traditionnelle puisqu'il s'agit de la robe de mariée que ma mère a portée quand elle a épousé mon père.

— Et la cérémonie va se dérouler où ?

— On a décidé qu'on voulait une cérémonie intime qui se déroulera dans la maison de Rand. Mais tu peux venir accompagnée, si tu le souhaites.

— Merci, je suis vraiment ravie de participer à ce mariage.

— C'est un peu précipité, pourtant je pense que notre organisation de dernière minute devrait tout de même porter ses fruits.

— C'est formidable que vous ayez tous les deux décidé de vous marier. C'est une occasion tellement joyeuse. Et le coup de foudre, il n'y a rien de plus beau.

Allison s'en voulait de mentir à Megan, malheureusement elle n'avait pas le choix.

Pour l'heure, ce qui l'inquiétait le plus, c'était que chaque fois qu'elle parlait du mariage elle devait se rappeler qu'il était fictif et temporaire, et chaque fois, son cœur sombrait plus bas.

Quels que soient ses sentiments, elle devrait trouver le moyen de maîtriser ses émotions pour que son mariage avec Rand soit réussi et qu'elle obtienne sa carte verte le plus vite possible.

La veille du mariage, Rand n'arrivait pas à trouver le sommeil. Une multitude de pensées assaillaient son esprit et la plupart tournaient autour d'Allison.

Il regarda les portes qui séparaient leurs chambres. Elle devait être éveillée, car la lumière brillait encore. Décidant d'en avoir le cœur net, il frappa à la porte. Elle ne tarda pas à venir lui ouvrir.

— Rand ? Que se passe-t-il ?

— Je voulais juste te parler quelques instants.

— Viens, je t'en prie, dit-elle en le laissant passer.

Il fut content d'avoir la réponse à la question qu'il s'était posée dès qu'elle était venue s'installer chez lui.

Elle portait un pyjama la nuit. Rand, lui, dormait nu.

— Comment vas-tu ? demanda-t-il en chassant ses pensées grivoises.

— J'ai le trac, répondit-elle en lui montrant ses mains tremblantes.

Il remarqua qu'elle s'était fait faire les ongles de mains et de pieds. Avec du vernis blanc brillant.

— Moi aussi, j'ai peur. J'espère qu'on n'a rien oublié.

Ils avaient travaillé d'arrache-pied pour que tout soit prêt à temps. Même le jour de la fête nationale, qui était pourtant un jour férié. Ils avaient refusé les invitations de pique-nique et ils n'étaient pas allés voir les feux d'artifice.

— Il m'a semblé que tu étais émue, ce matin, quand ta robe est arrivée.

— À l'instant où j'ai ouvert le paquet et que j'ai vu la robe de maman, j'ai été triste à la pensée que j'allais la porter pour un mariage qui ne durera pas. Je m'en veux. J'aurais dû trouver une excuse pour la refuser, marmonna-t-elle, jouant avec sa bague.

— Moi j'ai hâte de te voir dans cette robe.

— Ah bon ? Pourquoi ?

— Je trouve l'idée assez touchante, car c'est un objet unique qui fait partie de l'histoire de ta famille. Et j'apprécie le fait que nous apprenions à nous connaître et que nous soyons en train de nous rapprocher, en tant qu'amis.

Pour lui, l'amitié était la seule façon de décrire le lien qui s'était créé entre eux pendant la préparation de leur mariage fictif.

Le silence qui s'ensuivit devint vite gênant. Il avait une

envie irrésistible de la toucher, de l'embrasser et de voir ce qui se cachait sous son pyjama.

— Tu sais ce qui pourrait nous détendre ?

Elle le regarda, légèrement effrayée.

— Non, quoi ?

— On devrait s'embrasser. En guise de préliminaires au mariage, ajouta-t-il pour alléger le moment.

— On s'est déjà embrassés une fois le jour de notre première rencontre, balbutia-t-elle, la voix tremblante.

— Justement, je trouve que nous n'avons pas assez pratiqué en vue de la cérémonie de demain. Donc on devrait recommencer une fois, pour voir l'effet que ça fait.

— Tu penses vraiment ?

— Oui. Et à mon avis, ce baiser devrait être plus long et plus profond que la dernière fois. Tu veux bien essayer ?

— D'accord.

Tout d'abord, il la prit dans ses bras.

— Que dis-tu de ça ? murmura-t-il alors qu'il l'étreignait.

— C'est parfait, souffla-t-elle.

— Moi, je trouve que tu t'imbriques parfaitement dans mes bras. J'aime que tu sois proche de moi.

— Moi aussi.

Il lui caressa le dos.

— J'avais très envie de te toucher. Et j'aime ton corps de pin-up des années 1950.

Même sous son pyjama, il sentait ses courbes rondes et féminines à souhait.

— Personne ne m'a jamais comparée à une fille de calendrier.

— Pourtant, tu as le physique pour, répliqua-t-il en lui prenant les fesses.

Puis il s'empara de ses lèvres à pleine bouche, fougueusement, impérieusement, la faisant haleter dès les premiers instants.

L'ayant prévenue que ce baiser serait plus long et plus profond que la première fois, il ne s'arrêta pas dans sa course. Il laissa sa langue venir titiller la sienne en un tourbillon de chaleur. Elle s'accrocha à lui, enfonçant les ongles dans sa chemise. Pour mieux la garder contre lui, il lui empoigna les fesses plus vivement.

Ils reprirent leur respiration l'espace d'un court instant, puis il repartit à l'assaut de sa langue, cherchant à la pénétrer plus profondément encore, la réclamant tel un prédateur.

Il se frotta contre son corps, lui tirant des gémissements de plaisir. Il adorait la façon dont elle réagissait à tout ce qu'il lui faisait. Son goût de miel explosa en lui, déclenchant des sensations inouïes, exacerbant le désir qu'il éprouvait pour elle.

S'ils avaient été amants, il lui aurait déjà ôté son pyjama. Mais, comme il lui avait promis de ne pas dépasser les limites, il devait mettre fin à leur étreinte avant de perdre le contrôle de la situation.

Il s'arracha à elle, puis ils restèrent quelques secondes à se dévisager en silence.

Elle recula de quelques pas.

— Je dois t'avouer quelque chose.

— J'écoute.

— J'ai toujours eu un petit faible pour toi...

— Toujours ?

— Enfin, avant même de t'avoir rencontré au Bellamy.

— Comment c'est possible ?

— Après t'avoir aperçu au Country Club, j'ai craqué sur toi. Tu correspondais exactement à la description du héros texan que j'avais en tête. J'ai tout de suite été fascinée et j'ai commencé à te suivre sur Instagram et dans la presse.

Elle avait un faible pour lui ?

Cet aveu attisa son désir, mais il tenta de diminuer la réaction physique qui montait en lui.

— Je veux bien te servir de modèle pour ton héros, mais je n'ai aucune envie d'être apprivoisé par l'héroïne.

— Mon livre est un roman fictionnel. Exactement comme notre mariage.

— Je vois. Bon, je vais te laisser.

Il avait déjà dépassé les limites et il ne donnait pas cher de son self-control s'il restait dans la même chambre qu'Allison.

— Oui, bonne idée. On a tous les deux besoin de repos.

La cérémonie aurait lieu le lendemain matin d'assez bonne heure pour que sa famille puisse la suivre depuis Dublin.

— À demain. Fais de beaux rêves.

— Bonne nuit, Rand.

Rand était sur le point d'épouser Allison. Il était en bas de l'escalier, vêtu de sa queue-de-pie, une rose blanche à la boutonnière.

Il prit une profonde inspiration, s'apprêtant à devenir un mari temporaire pour montrer qu'il avait changé. Un mari qui ne pouvait pas faire l'amour à sa femme.

Il avait le dos tourné aux invités. Ces derniers ainsi que la famille d'Allison sur Skype avaient une vue parfaite sur l'escalier. Grand-mère Lottie était là avec son aide-soignante, et Trey était venu accompagné d'une amie. Megan avait choisi de venir seule. Son ami meilleur ami, Will, n'avait pas pu se joindre à eux car il avait eu une urgence familiale à régler.

Rand leur avait demandé à tous de laisser leur téléphone portable à l'entrée. Il ne voulait pas que les gens prennent des photos et des vidéos et qu'ils les postent avant qu'il ait eu l'occasion d'annoncer publiquement l'événement sur les différents réseaux sociaux.

Pour immortaliser la cérémonie, il avait engagé un photographe qui mitraillait l'assistance. Un vidéaste professionnel filmait aussi.

Une fois que la musique se fit entendre, le cœur de Rand se mit à battre furieusement dans sa poitrine.

Il avait engagé une harpiste pour jouer une chanson celtique qu'Allison avait choisie. La même harpiste se chargerait de la musique de fond pendant la réception qui aurait lieu dans le jardin, juste après la cérémonie.

Pour l'heure, il se concentra sur l'arrivée de sa future femme.

Elle descendit l'escalier dans une robe en dentelle blanche d'une délicatesse inouïe. Le col remontait assez haut dans le cou et les manches étaient longues. Elle avait l'air aussi innocente et fraîche qu'une jeune demoiselle de la campagne. Une couronne de fleurs ornait sa magnifique chevelure rousse, et des mèches bouclées encadraient son doux visage. Il imagina que la mère d'Allison devait être en train de pleurer face à un spectacle aussi beau et une fille aussi ravissante.

Il sourit à Allison, espérant les détendre tous les deux. Elle lui rendit son sourire et finit de descendre les escaliers.

Il la prit par le bras, et ils se tournèrent tous les deux vers les invités. La chanson celte n'étant pas terminée, ils avancèrent vers l'officier de l'état civil qui les attendait devant une baie vitrée donnant sur le jardin.

Quand le silence se fit, Rand et Allison étaient en position et Allison tendit son bouquet de roses blanches à Megan. À l'intérieur du bouquet se trouvait le fer à cheval miniature qui était censé agir comme porte-bonheur.

Les vœux furent rapides à échanger.

Trey était chargé des bagues et il fut prêt à intervenir quand on le lui demanda. Rand enfila l'anneau serti de diamants au doigt d'Allison qui vint compléter la bague de fiançailles qu'il lui avait donnée.

À son tour, Allison lui enfila un anneau d'or au doigt. Il remarqua qu'il n'était pas aussi simple qu'elle ne l'avait laissé entendre, puisqu'un motif floral était gravé à l'intérieur. Sur le moment, il n'en comprit pas la symbolique. Il l'interrogerait plus tard, quand ils se retrouveraient à deux.

Bientôt vint le moment du baiser.

Après celui qu'ils avaient échangé la veille, s'incliner pour prendre possession de la bouche d'Allison lui parut aussi naturel que ce à quoi il s'attendait.

Il laissa échapper un léger gémissement. C'était absolument parfait et réaliste à souhait.

Une fois le baiser terminé, ils firent face aux invités.

Allison adressa un petit signe à sa famille sur Skype. Sa mère pleurait, comme prévu. Sa grand-mère aussi. Rand remarqua que sa grand-mère Lottie avait les larmes aux yeux alors qu'elle connaissait à peine Allison.

Elles avaient fait brièvement connaissance le matin même pendant qu'Allison se préparait pour la cérémonie. Lottie n'avait pas manqué de dire à Rand à quel point Allison lui plaisait et à quel point elle la trouvait charmante.

Il sentit son cœur se serrer. Tous ces gens qui se réjouissaient de cette union seraient inévitablement déçus lors de leur divorce. Même Trey, alors qu'il avait dès le début émis des doutes quant à la longévité de cette union.

Mais Rand et Allison faisaient front, ils avaient chacun à y gagner et lors de la réception ils jouèrent le jeu au point de duper tout le monde.

Pendant le dîner, il prit la liberté d'embrasser sa mariée entre deux bouchées. Elle lui rendit volontiers ses baisers. Puis ils coupèrent le gâteau à deux, léchant chacun son tour les doigts de l'autre pour goûter le glaçage.

Personne n'aurait pu douter de la complicité brûlante entre les nouveaux mariés.

Plus tard, il entraîna Allison sur la piste de danse improvisée, et ils oscillèrent au son de la musique, comme un véritable couple d'amoureux.

— Merci pour la gravure dans mon anneau. C'était une jolie surprise, mais je n'ai pas reconnu ce que c'était.

— C'est une branche de bruyère. Puisque ce mariage est en partie placé sous le signe de l'Irlande, j'ai pensé qu'une gravure celte donnerait un peu d'exotisme à l'anneau. La bruyère est synonyme de rêve, d'amour et d'attirance.

— Tout un programme.

Elle pressa ses lèvres contre son oreille.

— Je sais que rien de tout cela n'est vrai, mais grâce à ce mensonge mon rêve de m'installer aux États-Unis va se réaliser. Et avec le petit faible que j'ai pour toi en tant que héros texan, je me suis dit que ce symbole d'amour et d'attirance cadrait tout aussi bien dans l'équation.

Son explication ne fit qu'approfondir le désir qu'il éprouvait pour elle, lui donnant envie d'avoir la possibilité de consommer leur mariage le soir même. Mais ils n'allaient pas partager la même couche. Elle dormirait dans le lit tandis qu'il occuperait le canapé.

— Je te trouve absolument exquise dans cette robe. Si douce, si pure.

— À t'entendre, on croirait que tu décris une vierge.

— Il n'y a pas de mal à ça, surtout la veille d'une nuit de noces.

— En tout cas, la nuisette que Megan m'a offerte n'a rien de virginal. Elle est même assez sexy. Mais je ne vois pas pourquoi j'en parle, puisque je ne la mettrai pas.

— Megan t'a offert une nuisette sexy ?

— Oui.

— Tu veux bien l'emporter à l'hôtel pour me la montrer ?

— Je peux la glisser dans ma valise et te la montrer, si tu veux.

— Je pourrais la toucher ? Et peut-être la frotter contre moi ?

Elle parut choquée.

— Rand, je n'arrive pas à croire que tu aies dit ça.

Lui non plus n'en revenait pas, mais cette femme lui faisait perdre la raison.

— Elle est de quelle couleur ?

— Vert émeraude, pour aller avec la bague.

— Rappelle-moi de remercier Megan, lança-t-il avant de la faire tourbillonner.

Il l'embrassa une dernière fois sur la piste de danse.

Langoureusement, sans oublier d'enregistrer la moindre sensation que cela provoquait en lui.

Même s'il ne se passerait rien entre eux ce soir, il pouvait au moins donner l'impression d'être sur le point de faire l'amour à sa femme.

6

L'architecture de l'hôtel Bellamy était inspirée d'un château de la Renaissance française et le décor luxueux de la suite où logeaient Allison et Rand reflétait le thème, mais avec une note plus moderne.

Les meubles en bois sur mesure arboraient des ornementations métalliques aux allures contemporaines. Tous les gadgets dernier cri étaient disponibles ainsi qu'une connexion wi-fi à haut débit. C'était indéniablement une lune de miel placée sous le thème de la modernité.

Peu après leur arrivée, ils entreprirent de prendre des photos pour les pages des réseaux sociaux de Rand. Il mit en scène une séance de selfies, et elle suivit le mouvement.

Il proposa qu'ils se photographient en tenue de bain avec les peignoirs de l'hôtel. Elle avait un maillot une pièce, car elle avait trop de formes pour porter des bikinis. Mais pour la photo elle ferma son peignoir. Ayant déjà du mal à se retrouver en maillot de bain devant Rand, elle ne s'imaginait pas s'afficher devant des inconnus. Même pour obtenir une carte verte.

À présent, ils étaient assis sur le canapé du salon de leur suite nuptiale et ils passaient en revue les photos qu'ils avaient prises.

— Tiens, regarde, celle-là est vraiment superbe. C'est ma préférée, dit-il, en lui tendant son téléphone.

— Oui, tu as raison, c'est une belle photo.

On aurait dit deux amoureux emmitouflés dans des peignoirs le soir de leur lune de miel, avec une bouteille de dom Pérignon entre eux.

Il fit défiler d'autres clichés.

— Tiens, regarde, j'aime aussi beaucoup celle-là.

Il s'agissait d'un gros plan de leurs mains entrelacées avec leurs bagues étincelantes.

— Oui, elle est très jolie. Tu vas en poster combien ?

— Ces deux-là et c'est tout. Ce sera suffisant pour alimenter ma page. Je vais faire un hashtag tout simple. Je vais aussi écrire un petit texte enthousiaste sur le fait que ma femme est absolument sensationnelle et qu'elle a fait de moi un homme nouveau.

— Moi, je posterai des choses demain, mais fais-le ce soir, si tu veux.

— Oui, je préfère m'en occuper maintenant. Toi, en revanche, pourquoi tu ne vas pas te plonger dans le jacuzzi et je viendrai t'y rejoindre dès que j'aurai fini ?

— Bonne idée.

Le jacuzzi était situé sur un balcon privatif communiquant avec leur chambre. La suite que Rand avait louée était absolument exceptionnelle. Son monde était très différent du sien.

Elle prit des serviettes et alla sur la terrasse en bois, alluma les jets, enleva son peignoir et se glissa dans l'eau. Elle ferma les yeux, perdant la notion du temps, ne cherchant pas à savoir quand Rand viendrait la rejoindre.

Allison repensa néanmoins à l'effet que l'annonce du mariage de Rand aurait sur les réseaux sociaux. Elle craignait que les gens ne la trouvent pas assez glamour. Rand avait décidé de promouvoir son côté ingénue irlandaise, mais elle aurait donné n'importe quoi pour être comparable à ses conquêtes habituelles. Pour une fois dans sa vie, elle aurait aimé sentir avoir le pouvoir de faire tourner la tête des hommes.

— J'ai apporté le champagne.

Elle ouvrit les yeux.

Rand se tenait debout, un plateau à la main contenant deux flûtes et le champagne dans un seau glacé. Il posa le plateau à côté du jacuzzi.

— Je me suis dit que mieux valait en profiter, plutôt que de s'en servir uniquement comme accessoire sur nos photos.

— Tu les as postées, ça y est ?

— Oui. Et j'ai déjà commencé à recevoir des commentaires, surtout sur celle où on est à deux. Tu veux du champagne ?

— Et comment !

Elle n'en avait bu que quelques gorgées pendant la réception. Peut-être que cela l'aiderait à se détendre et à arrêter de penser aux réactions des gens qui suivaient Rand sur les réseaux sociaux.

Il ouvrit la bouteille, versa du champagne dans les deux flûtes et lui en tendit une.

Elle prit une gorgée, puis gémit.

Il sourit et, sans crier gare, il ôta son peignoir, exposant son corps d'apollon. Il portait un caleçon de bain qui était aussi chic que tous les autres éléments de sa garde-robe.

Puis il se glissa dans l'eau, à côté d'elle. Il était tellement près qu'elle sentit son parfum viril sur sa peau au clair de lune.

— J'aurais dû apporter un petit en-cas. J'ai mis les fraises recouvertes de chocolat préparées par l'hôtel dans le frigo, car j'avais peur qu'elles fondent. Mais je peux aller les chercher, si tu veux.

— Non, ça ira, merci.

Tout ce qui l'alléchait, c'était ce mari nouvellement acquis, sauf qu'il n'était pas au menu.

— Dis donc, c'est une révolution ! Madame refuse quelque chose à manger ?

— Et du chocolat, en plus.

— C'est inquiétant. Je crois que tu as perdu la tête, plaisanta-t-il.

Cela ne faisait aucun doute. Elle avait bel et bien perdu

la tête. À force de vouloir Rand et de s'interdire de céder à la tentation.

Pourtant, quel que soit l'angle sous lequel elle envisageait la chose, finir dans le lit de Rand était une très mauvaise idée. Elle le savait en acceptant de l'épouser et elle en était toujours aussi persuadée.

Utilisant le champagne comme son lot de consolation, elle vida son verre, puis se resservit du champagne. Au bout du quatrième verre, elle commença à sentir l'effet vertigineux de l'alcool agir sur son corps et ses sens.

— Je pense que tu devrais arrêter, suggéra-t-il, l'air inquiet.

— Pourquoi ? Je suis un peu pompette, mais ça va.

Il la prit par la taille.

— Je ne devrais pas te laisser faire.

Ignorant son ton inquiet, elle l'embrassa, à l'assaut de sa langue, avidement.

L'instant d'après, elle vint se plaquer contre lui et sentit son sexe durcir sous son caleçon de bain. Était-ce vraiment elle qui avait cet effet sur lui ? La sensation était incroyable. L'eau les entourait, les jets projetant des courants de chaleur vers eux.

À présent, ils baignaient dans une luxure torride, se dévorant l'un l'autre, se laissant aller à un plaisir coupable. Mais cela ne dura pas.

Après de somptueux baisers, il s'arracha à sa bouche.

— On doit s'arrêter là.

— Pour ma part, je trouve qu'on devrait continuer. Et même aller plus loin.

Il gémit, à l'agonie.

— Pas question d'aller plus loin. J'aurais trop peur que tu le regrettes demain.

Même si le monde était pour le moment plus confus dans son esprit enivré, elle savait qu'il avait raison de refuser ses avances. Elle n'était pas en mesure de prendre la bonne décision.

Pourtant, avec les fantasmes qu'elle avait nourris à son

sujet depuis leur rencontre, c'était normal d'avoir envie d'aller plus loin. Ou alors c'était uniquement le champagne qui la poussait à vouloir dépasser ses limites ?

— J'ai lu une étude scientifique qui disait que l'alcool pétillant rendait plus vite soûl.

— Oui, c'est un fait, répondit-il, entourant toujours aussi fermement sa taille.

Était-ce pour l'empêcher de bouger ou pour savourer ses formes avant de la lâcher ?

— Je pense que les bulles sont montées directement dans ma tête, constata-t-elle avant de l'embrasser.

Elle sentit qu'il frémissait et que son sexe durcissait derechef. Souriant de plaisir, elle s'installa de nouveau dans son siège.

Quand elle essaya de se resservir, il lui prit la bouteille des mains.

— Ah non, on arrête, gronda-t-il, vidant la bouteille sur les planches de bois.

— Quel gâchis, gloussa-t-elle bêtement.

— On aura l'occasion d'en boire encore. Mais pas ce soir. Allez, viens, je vais te mettre au lit.

— Je ne vois pas pourquoi. Je peux très bien en prendre encore un verre. Je ne bafouille même pas.

— Oui, c'est vrai, bravo, j'ai oublié de te féliciter, rétorqua-t-il avant de l'aider à sortir de l'eau.

Une fois debout, elle vacilla légèrement.

Tentant de se stabiliser, elle agrippa l'épaule de Rand. Le temps de retrouver son équilibre, elle caressa son ventre plat de sa main libre, se régalant de la ligne abdominale.

— Ce n'est pas juste.

— Qu'est-ce qui n'est pas juste ?

— Tu n'as pas le droit d'être aussi beau.

— Ah oui, c'est vrai, j'oubliais. Je suis ton héros texan idéal. Allez, sèche-toi, dit-il en l'entourant d'une grande serviette blanche.

Il était encore mouillé. Elle regarda les gouttelettes

ruisseler le long de son corps divin et tomber dans la mare de champagne.

Après l'avoir aidée à se sécher, il s'épongea à son tour rapidement, puis lui présenta son peignoir tel un gentleman qui aiderait sa dulcinée à enfiler son manteau. Il alla même jusqu'à lui nouer sa ceinture.

Il laissa son propre peignoir sur la terrasse, et elle fut ravie de pouvoir se régaler de son corps nu, ou presque.

— Où est ton pyjama ? s'enquit-il, une fois qu'ils eurent regagné la suite nuptiale.

— Dans ma valise. Je vais le chercher.

Il la suivit comme son ombre. En cherchant son pyjama, elle tomba sur la nuisette que Megan lui avait offerte.

— Tiens, c'est pour toi.

Il attrapa le vêtement en soie quasiment transparent.

— Ce n'est pas le moment de sortir de la lingerie affriolante.

— Ah bon ? Je pensais que tu voulais te frotter avec ma nuisette, ironisa-t-elle, par pure provocation.

Il se raidit légèrement.

— Allison, enfile ton pyjama, c'est tout ce que je te demande.

— En fait, j'ai changé d'avis, je vais plutôt mettre la nuisette, répliqua-t-elle en tentant de la lui prendre des mains.

— Pas question.

— Rabat-joie.

De fait, son pyjama n'était pas du tout affriolant.

— Je pense que tu as un peu trop bu, la réprimanda Rand.

— Je bois rarement mais j'avoue que c'est une sensation très agréable.

— Tu peux aller mettre ton pyjama ?

— Oui, chef, obtempéra-t-elle en faisant un petit geste de l'armée avant de se diriger vers la salle de bains.

— Je t'attends.

— Dis donc, tu es vraiment un mari très protecteur.

— Avec toutes les promesses que j'ai faites, j'ai intérêt à l'être.

Elle sourit avant de refermer la porte.

Le voir aussi protecteur envers elle lui procurait une sensation très agréable. Cela la rendait toute molle et fondante à l'intérieur.

Une fois seule dans la salle de bains, elle ôta son peignoir et son maillot de bain.

Ne se sentant pas assez stable pour se doucher, elle se contenta d'enfiler son pyjama, laissant le peignoir et le maillot de bain en boule sur le sol. Elle réussit néanmoins à se brosser les dents.

Quand elle sortit, Rand était toujours là.

— J'ai oublié de prendre une culotte, donc je suis nue sous mon pyjama. D'ailleurs, je dors parfois avec un soutien-gorge de nuit car je ne veux pas avoir la poitrine aux genoux quand je serai plus âgée.

— Je trouve que tes seins sont parfaits comme ils sont.

— Ils sont trop gros, objecta-t-elle, se redressant pour lui offrir une vue imprenable sur sa poitrine.

— Arrête de dire des bêtises.

Elle avait toujours détesté le volume de ses seins, mais ce soir, pour la première fois, elle voyait ça comme un avantage. D'autant que ses tétons étaient entrés en action sous son haut de pyjama. Ce qui ne fit que renforcer sa satisfaction.

Il continuait à fixer sa poitrine.

— Mes yeux sont là, rappela-t-elle en lui indiquant son visage.

— Je sais où sont tes magnifiques yeux émeraude, dit-il d'une voix douce et chaude.

Et il leva les yeux vers elle. Prise dans son regard, elle eut l'impression de flotter, hypnotisée par ses mots qui s'apparentaient, dans son esprit enivré, à une magnifique envolée romantique.

Quand il la borda dans son lit, elle décida qu'il était le meilleur des maris. Il lui baisa le front, éteignit la lumière et la laissa flotter dans sa bulle de rêves, le soir de leur nuit de noces.

Le lendemain matin, Rand s'en voulut d'avoir joué au gentleman.

Il aurait pu faire l'amour à sa femme la nuit dernière. Il aurait pu se lancer dans un corps-à-corps charnel et torride, laissant libre cours à ses fantasmes. Mais elle avait trop bu, et il aurait eu l'impression d'avoir abusé d'elle.

Quand elle vint le rejoindre pour le petit déjeuner, elle portait un T-shirt blanc et un pantalon en coton. Il vit aussitôt qu'elle portait un soutien-gorge.

Cette tenue, qui était d'une simplicité à toute épreuve, ne fit que raviver le désir qu'il éprouvait pour elle.

— J'ai pris la liberté de commander pour toi. Des œufs, des pancakes... La totale. J'ignorais si tu mangeais comme un ogre, les lendemains de cuite. Et ça, c'est pour toi aussi, indiqua-t-il, en lui montrant le cachet d'aspirine qu'il avait posé sur sa serviette.

— La nourriture a l'air succulente, merci d'avoir commandé pour nous. J'ai un peu mal à la tête, mais je me sens mieux que prévu. Je pense que ça me fera du bien de manger.

— Tant mieux. Je te reconnais bien là !

Elle le regarda, un sourire gêné illuminant son beau visage.

— Je suis vraiment désolée.

— Pourquoi ?

— Je suis gênée de m'être mal comportée hier soir.

— Tu ne t'es pas mal comportée. Tu étais juste un peu pompette. Et assez drôle, je l'avoue.

Bien sûr, il n'avait pas trouvé cela très drôle de devoir attendre que son érection passe sans possibilité de la soulager, mais cela faisait partie des risques du métier, quand on épousait une femme pour une autre raison que la faire sienne.

Allison avala le cachet d'aspirine avec du jus d'orange,

puis posa la serviette sur ses genoux avant de commencer à manger.

— Merci de t'occuper aussi bien de moi.

— Je t'en prie.

— Et merci d'avoir commandé du thé, c'est très attentionné.

Il la regarda se verser un nuage de lait dans une tasse avant d'y ajouter le breuvage brûlant.

— Qu'en est-il de l'activité sur tes pages de réseaux sociaux ? Tu es content des résultats ? La photo de nous deux a fait sensation, comme tu l'escomptais ?

— Oui. Et les blogs à scandale se sont aussi emparés de l'événement. Il y en a même un qui nous a renommés AliRan.

— Tu veux dire qu'ils ont donné un surnom à notre couple, comme à ceux des célébrités ?

— Oui, dit-il, avant de siroter son café.

— Je trouve ça incroyable.

— Sur un autre site, quelqu'un a posé la question de savoir combien de temps il te faudrait avant de te rendre compte que tu avais commis l'erreur de ta vie et que je n'étais pas fait pour être marié.

— Ah bon ?

— Oui. Je m'y attendais un peu, mais ça fait partie du jeu quand on est actif sur les réseaux sociaux. Il faut accepter d'être parfois mis à rude épreuve. Je trouve que le jeu en vaut la chandelle.

— Et sinon, dans l'ensemble, quel genre de commentaires reçois-tu ?

— Dans l'ensemble, les gens qui me suivent sont plutôt contents pour moi et m'ont surtout envoyé des messages de félicitations. J'en ai bloqué quelques-uns qui manquaient un peu de respect envers toi ou envers moi. Malheureusement, je ne peux rien faire contre ce genre de messages quand ils atterrissent sur les blogs à scandale.

Elle fit la grimace.

— Il y en a beaucoup ?

— Non, mais disons qu'on aurait pu s'en passer. Enfin, ils sont surtout dirigés contre moi.

— Que disent-ils ?

— Certains pensent que tu vas avoir le cœur brisé, car je ne suis qu'un coureur de jupons. D'autres affirment que tu méritais mieux. Et d'autres encore pensent que j'aurais dû épouser une femme plus...

— Plus jolie ? Plus glamour ?

— Oui. Mais c'est n'importe quoi. Tu es parfaite comme tu es.

Avec ses yeux émeraude époustouflants, sa chevelure rousse, ses formes rondes à souhait et son sens de l'humour, elle avait tout pour plaire.

— Tu dis ça pour te montrer gentil.

— Pas du tout. Je te trouve ravissante. De plus, personne ne connaît la vérité sur nous...

— Qui consiste en un énorme mensonge, ironisa-t-elle.

— Je voulais dire que les gens qui écrivent ce genre de propos ne nous connaissent pas, en tant qu'individus.

— S'ils savaient que je t'ai épousé pour obtenir une carte verte, ils n'auraient pas une très haute opinion de moi.

Rand avait conscience qu'Allison était mal à l'aise de mentir. Pour ce qui était de la carte verte, il ne savait pas comment la rassurer. Ils seraient tous les deux dans le pétrin si les autorités découvraient le pot aux roses.

Mais il n'y avait pas de raison. Il avait confiance en leur avenir même si ce n'était pas un avenir en commun. Jusqu'à présent, ils avaient tout fait dans les règles de l'art, et il mettrait tout en œuvre pour que personne ne découvre leur secret.

— Ne dis pas ça. Certaines personnes étaient très enthousiastes et nous ont défendus en décrétant qu'on formait un couple fascinant. Ils ont hâte de voir nos photos de mariage. J'en posterai une plus tard dans la journée. Le photographe me les a envoyées ce matin. On pourra les regarder après le petit déjeuner.

— Tu vas faire paraître un communiqué de presse officiel ?

— Et comment ! Il faut battre le fer tant qu'il est chaud. Les photos de notre lune de miel n'intéresseront qu'un temps. J'ai un certain nombre de fans, mais je n'ai pas la carrure d'une célébrité.

Il avait atteint sa notoriété grâce à son statut de Texan millionnaire, d'homme d'affaires en vue, d'entrepreneur visionnaire et de séducteur invétéré.

— Tu veux dire qu'AliRan ne va pas atteindre les sommets comme Kimye et Brangelina ? plaisanta-t-elle.

— C'est ça, tu as tout compris ! s'exclama-t-il avant d'éclater de rire.

— Et pour ce qui est de la demande de carte verte, quand pourrons-nous la faire ?

— On pourrait la faire en ligne dès aujourd'hui, si tu veux.

— Le plus tôt sera le mieux.

Elle trempa un morceau de pancake dégoulinant de sirop d'érable dans ses œufs avant d'en porter un morceau à sa bouche.

C'était vraiment incroyable.

La veille, elle l'avait excité en venant se frotter contre lui, mais ce matin voilà qu'il était excité rien qu'en la regardant manger.

Se sentant observée, elle leva les yeux vers lui.

Ils se dévisagèrent, pris dans un moment chargé en désir charnel. Pourtant, leur mariage était un contrat d'affaire et la tentation n'avait pas sa place dans l'équation, donc il ferait mieux de se ressaisir au plus vite.

Rand ignorait ce qu'il ferait après le divorce, s'il se remettrait tout de suite à sortir avec des femmes. Pour l'heure, il aurait aimé ne pas désirer la femme qu'il avait épousée.

Son seul réconfort, c'était qu'elle semblait faire face au même dilemme que lui, tout aussi attirée par lui qu'il l'était de son côté.

Quand Allison et Rand rentrèrent du Bellamy, ils furent inondés de cartes, de boîtes de chocolat et de paniers garnis, principalement de la part des associés de Rand, qui les félicitaient de leur union.

Allison l'aida à faire le tri, mais son esprit était ailleurs. Elle redoutait le gala de charité qui aurait lieu un soir prochain au Country Club. Ce serait sa première apparition publique dans un cercle qui n'était pas le sien.

Elle n'avait pas envie d'être jugée comme elle l'avait été sur Internet. Elle souhaitait être aussi jolie que n'importe quelle autre femme de la soirée. Pour ne pas demeurer en reste, elle réfléchit à la meilleure façon de procéder.

Le mieux serait de demander de l'aide à Megan. Son amie pourrait lui prodiguer des conseils pour choisir une robe et lui souffler des idées de maquillage et de coiffure. Megan évoluant depuis toujours dans ce cercle, elle en connaissait les us et coutumes.

Rand était en train de lire une carte qui était arrivée dans un panier garni haut de gamme.

— Tiens, celle-ci vient de Brisbane Enterprises.

— C'est l'entreprise que le comité des directeurs voudrait te voir décrocher comme nouveau client ?

— Oui. Le P-DG s'appelle Ted Marks. Il n'a jamais retourné un seul de mes appels. Et voilà qu'il annonce que sa femme et lui seront présents à la soirée de gala au Country Club.

Le fameux événement qui la faisait frémir.

— Donc c'est plutôt bon signe.

— C'est carrément un bon signe, tu veux dire. Toutes les fois où j'ai croisé leur chemin à un événement caritatif ou un autre, ils ne m'ont jamais adressé la parole. À l'époque, je m'en moquais, mais maintenant je comprends mieux la dynamique en affaires. D'après ce que je sais, la femme de cet homme a beaucoup d'influence sur ses décisions. Elle sera sûrement curieuse d'en savoir plus à ton sujet.

Ses paroles la tendirent davantage.

— Tu peux me les décrire ?

— Ils ont tous les deux environ cinquante-cinq ans, des purs produits de l'éducation conservatrice américaine.

— Je ferai de mon mieux pour être à la hauteur.

Oui, décidément, elle allait avoir besoin de l'aide de Megan.

— Je suis sûr que tu t'en sortiras très bien.

— Comment s'appelle sa femme ?

— Sharon.

— Ted et Sharon Marks. Je vais chercher leur photo sur Internet, comme ça je les reconnaîtrai en les voyant.

— Bonne idée. Merci de me soutenir et de jouer le jeu jusqu'au bout.

— Je t'en prie. C'est la moindre des choses. Mais pour le moment j'aimerais bien ne plus penser à tout ça et me détendre.

— En buvant un peu de champagne ?

— Très drôle, marmonna-t-elle, toujours honteuse de son comportement de la veille.

Aussitôt, elle se rappela la chaleur qu'elle avait ressentie à l'entrejambe quand il l'avait rejointe dans le jacuzzi.

— Pardon, c'était idiot de ma part.

— Je pensais plutôt à un duel rugby-football. Tu te souviens qu'on en avait parlé ?

— Tu veux faire ça maintenant ? D'accord. Mais je te rappelle que je suis plus grand et plus fort que toi.

— Et alors ? Je suis pour la parité et je ne veux pas que tu me ménages parce que je suis une fille.

Il l'inspecta de pied en cap, s'arrêtant un peu trop longuement sur sa poitrine.

— Cela dit, c'est vrai que tu pourrais sûrement me mettre K-O avec tes atouts féminins, la taquina-t-il.

Elle leva les yeux au ciel.

— Prépare-toi à te faire malmener.

— Par une fille ? Tu te fais des illusions, ma poule.

— Je rêve ou tu m'as appelée « ma poule » ? Pour ta

gouverne, je jouais dans l'une des meilleures équipes féminines, en Irlande.

— Peut-être, mais je sais que tu ne pourras pas me battre.

— C'est ce qu'on va voir.

— Tu veux parier ?

— D'accord. Si tu gagnes, tu pourras me faire faire tout ce que tu veux, ce soir. Et vice versa si c'est moi qui remporte notre duel.

— Ah oui ? Comme quoi ?

— Je ne sais pas, je n'ai pas encore réfléchi. Mais tu devras accomplir des tâches.

— Des tâches ? Si tu penses à des tâches ménagères, autant te dire tout de suite qu'il en est hors de question.

— Je t'ai dit que je ne savais pas.

— Donc tu ne veux pas être plus précise sur tes fameuses « tâches » ?

— Non. Alors, tu veux parier, oui ou non ? insista-t-elle en lui tendant la main.

— Et comment ! Je sais que je vais gagner. En plus, on devra utiliser un ballon de football.

— Pas de problème. Allons nous changer et retrouvons-nous dans le jardin.

— Tu l'auras cherché, la menaça-t-il.

— Il ne faut jamais vendre la peau de l'ours avant de l'avoir tué, rétorqua-t-elle, sans se démonter.

7

Allison tourbillonnait de joie, ravie d'avoir remporté le duel. La victoire n'avait pas été facile et elle aurait sûrement des bleus sur les fesses tellement elle avait été taclée, mais elle était aux anges d'avoir remporté ce pari fou.

Jamais elle n'avait livré un combat aussi intense.

Elle avait remporté plus de points que Rand, réussissant même à le tacler et à le mettre en difficulté à plusieurs reprises.

En ce moment, il était assis dans l'herbe, les yeux levés vers elle, la regardant danser pour fêter son triomphe.

— Allez, ne fais pas la tête.

— Je ne fais pas la tête.

— Je pense pourtant que tu es un mauvais perdant, dit-elle, continuant à parader devant lui.

Alors qu'elle passait près de l'endroit où il était, il l'attrapa par la cheville, lui faisant perdre l'équilibre. Elle vacilla, puis tomba à côté de lui.

Riant, il roula sur elle, l'immobilisant sous lui.

— Alors ? Qui est le boss ? Tu fais moins la maligne, maintenant ?

— Je m'en fiche, ça ne compte pas, j'ai déjà gagné.

Il pesait de tout son poids sur elle. Même en usant de toutes ses forces, elle n'aurait pas pu le soulever.

Il plongea son regard dans le sien.

— Tu as gagné parce que je t'ai laissée gagner.

— Là, c'est le mauvais perdant qui parle. Je suis sûre que tu t'es donné à fond, mais je suis plus rapide que toi, tu as sous-estimé ma force et ça t'a coûté la victoire.

— D'accord, tu m'as pris au dépourvu, mais maintenant que je t'ai coincée tu ne peux plus m'échapper.

— C'est toi qui vas quand même devoir m'obéir et faire tout ce que je vais te demander. Sauf si je t'ai blessé.

— Comment ça ?

— Tu as une coupure sur le front, ça saigne, constata-t-elle en touchant l'endroit.

— Je me fiche de ma blessure. Je suis complètement sain d'esprit. Je suis aussi très conscient que tu as un corps vraiment ravissant qui m'excite.

— Tu essaies de me draguer après ta défaite ? C'est inquiétant. Tu as sûrement reçu un coup à la tête.

C'était grisant d'entendre Rand Gibson lui susurrer qu'il trouvait son corps ravissant, mais elle devait garder la tête froide et ne pas y accorder trop d'importance.

— Rentrons à l'intérieur, je vais nettoyer ta plaie.

— D'accord. J'accepte uniquement parce que j'adore quand tu me touches. Mais je ne sais pas si j'ai les produits qu'il faut.

Il se souleva, telle une panthère qui libérerait sa proie, puis Allison se hissa à son tour.

— J'ai toujours une trousse de secours avec moi, viens, dit-elle.

Ils montèrent ensemble à l'étage.

Rand prit place sur un tabouret tandis qu'Allison humidifiait une serviette sous le robinet du lavabo. Elle essuya le sang sur son front.

— La coupure n'est pas aussi profonde que ce que je pensais.

— Je savais que je n'avais pas besoin d'aller à l'hôpital. Mais je suis ravi d'avoir une infirmière à domicile, déclara-t-il en la regardant soigner sa plaie.

Après avoir appliqué une crème antiseptique, elle ouvrit un pansement.

— Je crois franchement que ce n'est pas nécessaire, protesta-t-il.

— C'est moi l'infirmière, c'est moi qui décide, répliqua-t-elle en appliquant le pansement.

— Je vois...

— Voilà, tu es libre.

— Je suis bien là où je suis.

Elle fondit sur place, enivrée par son parfum masculin.

— Tu es censé te placer sous mes ordres, objecta-t-elle, tentant de reprendre le contrôle de ses émotions.

— Alors assigne-moi une tâche. Je suis à toi.

Une tâche merveilleuse, folle et dangereusement érotique lui vint aussitôt à l'esprit.

Qu'il lui fasse l'amour. Allison ne pouvait plus continuer à le nier. Elle désirait son mari plus que tout. Depuis leur rencontre, elle ne pensait qu'à lui, ne rêvait que de lui, ne fantasmait que sur lui.

Si elle franchissait le pas, elle devrait en assumer les conséquences. Cela dit, les conséquences ne seraient pas forcément toutes négatives. Il se pouvait qu'une belle récompense soit à la clé.

Était-elle sur le point de craquer et de céder à la tentation ? Allait-elle avoir une liaison avec son mari ?

Oui, c'était décidé. Elle n'en pouvait plus de ressentir ce désir inassouvi. Elle voulait le satisfaire.

Dès le départ, elle avait éprouvé pour lui une attirance irrésistible. Petit à petit, elle avait eu davantage confiance en Rand, et cela n'avait fait que renforcer son envie d'aller plus loin avec lui.

La veille, il s'était admirablement comporté envers elle, la bordant dans son lit après son excès de champagne, alors qu'elle s'était littéralement jetée sur lui et qu'il aurait pu abuser d'elle. C'était un véritable gentleman qui avait tenu sa promesse de la protéger envers et contre tout, en l'occurrence contre elle-même.

À présent, au lendemain de leur lune de miel, elle avait tout simplement envie de le dévorer. Pas question de regretter sa décision plus tard. Pas de remords, pas d'autocondamnation ou d'autoflagellation.

Que du bonheur et du plaisir.

— Alors ? J'attends toujours, insista-t-il, la tirant de ses rêveries.

Au lieu de lui révéler ce qu'elle avait à l'esprit, elle choisit de procéder par étapes pour ne pas lui dévoiler d'emblée son projet érotique.

— Tu peux me faire couler un bain.

— C'est ma tâche ? Je ne m'attendais pas à quelque chose d'aussi personnel, mais si c'est ce que tu veux je me plie à ta volonté.

Ce n'était qu'une partie de ce qu'elle désirait. Mais elle ne voulait pas précipiter les choses.

— Ajoutes-y du bain moussant.

— Quelle est ta température préférée ? s'enquit-il en se levant.

— J'aime bien quand c'est chaud. À toi de voir, lâcha-t-elle, prenant sa place sur le tabouret.

Il tourna les robinets et laissa l'eau couler, testant sa température à plusieurs reprises.

— Tu viens pour me dire si ça te va ?

— Je te fais confiance. N'oublie pas le bain moussant, rappela-t-elle en lui tendant la bouteille.

Dès qu'il en versa quelques gouttes dans l'eau, la mousse fit son apparition.

— Mmm, ça sent bon. C'est à la noix de coco ?

— C'est un mélange polynésien.

— Tu penses que ça suffit ?

— À toi de voir.

— Dis donc, tu ne me facilites pas la tâche.

— Tu as perdu, c'est normal.

Une fois la baignoire pleine, il referma les robinets.

— Et voilà, madame, votre bain est prêt, annonça-t-il avec quelques courbettes exagérées.

— Merci.

— Je vais te laisser et aller me laver aussi.

— Pas question.

Il fit demi-tour sur lui-même, choqué.

— Quoi ?

Elle prit un gant sur une étagère et le jeta dans l'eau.

— Je veux que tu me frottes le dos.

— Ce n'est pas une bonne idée, déplora-t-il en secouant la tête.

— Pourtant, ça fait partie de tes tâches.

— Ah oui ? Autant te dire qu'à l'instant où tu seras nue dans cette baignoire, j'aurai envie de te faire autre chose que de te frotter le dos.

— Et qu'est-ce qui t'en empêcherait ? minauda-t-elle.

— Tu me donnes la permission de prendre ce que je veux ?

— Oui.

Avant de changer d'avis, elle ôta sa tenue et ses chaussettes de sport.

À présent, elle était en sous-vêtements : culotte blanche et soutien-gorge de sport. C'était loin d'être la lingerie idéale pour des préliminaires érotiques, mais elle ferait avec.

Rand la regarda se dévêtir, observant le moindre de ses faits et gestes, ses yeux oscillant entre son visage et le vernis blanc sur ses ongles de pieds.

— Franchement, ça ne pouvait pas mieux tomber.

— Pourquoi ?

— Parce que depuis notre passage dans le jacuzzi je nourris des fantasmes d'eau avec toi.

— Sauf que cette fois je suis sobre.

Elle contrôlait la situation. Ou, du moins, elle était censée être en état de le faire.

— Je t'en prie, n'hésite pas à continuer, l'encouragea-t-il.

Allison ôta son soutien-gorge, libérant sa poitrine. Ses tétons pointèrent aussitôt. Puis elle enleva sa culotte et s'enfonça dans l'eau avant de se tourner vers lui.

— À ton tour.

Il ne se fit pas prier.

Quelques instants plus tard, il la rejoignit, se glissant en face d'elle, les jambes légèrement écartées, les genoux repliés.

La baignoire était assez grande pour eux deux.

Il avait sûrement dû prendre des bains avec d'autres femmes, mais Allison était fière d'être son épouse, même si ce titre n'était que temporaire. C'était un sentiment merveilleux.

Érotique.

Excitant.

Rand se baissa vers elle pour l'embrasser, sa bouche avide vibrant contre la sienne. Elle l'entoura de ses bras, fondant sous son toucher fervent.

Quand il mit fin au baiser, il la lava, promenant le gant sur son corps nu, la nettoyant partout, s'attardant sur ses seins et entre ses jambes.

Elle ferma les yeux, enivrée par la sensation de flotter au paradis.

— Lève-toi, Allison.

Elle ouvrit aussitôt les yeux.

— Pourquoi ?

— À ton avis ?

Comme il restait dans l'eau, elle ne vit qu'une solution. Il allait enfouir sa tête entre ses jambes.

Elle ne l'avait jamais permis à personne, trouvant que c'était trop intime, trop gênant. Mais elle avait envie de s'offrir à lui. C'était le début de sa liberté. Elle ne pouvait plus reculer, désirant par-dessus tout l'homme qu'elle avait épousé.

Rand leva les yeux vers Allison, étonné par sa complexité. Elle était à la fois timide et désireuse d'être dominée. Ou peut-être que sous ses côtés timides elle avait l'air de le dominer ?

— Tu sais, c'est la première fois, pour moi.

— Quoi donc ?

— Eh bien, tu vois...

Son cœur fit un bond dans sa poitrine.

— Aucun autre homme ne t'a jamais...

— Je n'ai jamais eu envie de laisser quelqu'un me faire ça. Et voilà que je me retrouve nue au milieu d'une salle de bains éclairée, dans une baignoire à l'ancienne, avec mon mari...

C'était amusant de l'entendre narrer la scène qu'ils étaient en train de vivre. Le tableau qu'elle dépeignait était profondément excitant.

Désireux de passer à l'acte, il écarta ses lèvres des doigts, puis la goûta avec sa langue.

Elle tressaillit longuement, et il recommença. Levant les yeux, il vit qu'elle le regardait. Il se mit à la lécher avec ferveur alors qu'elle s'agrippait à ses épaules pour ne pas vaciller.

Afin de mieux la tenir, il la prit par les fesses, la pressant de s'ouvrir davantage à lui. En l'entendant gémir, il accéléra la cadence.

C'était toujours agréable de sentir qu'il excitait une femme, mais le fait qu'il soit le premier entre les jambes d'Allison lui procurait un plaisir hors norme. Elle inclina le bassin vers lui, enfouissant les mains dans ses cheveux.

Chacune de ses réactions l'encourageait à emporter sa femme au niveau suivant, à augmenter la chaleur d'un cran et à la pousser plus avant vers l'extase.

Il créait en elle des sensations dont il pouvait voir l'effet. Elle n'avait pas cessé de le regarder. Sentant qu'elle approchait du moment fatidique, il la mordit légèrement, comme s'il voulait avaler son sexe. L'instant d'après, elle jouit en une série de convulsions humides, son sexe pulsant contre sa bouche.

À demi vacillante, elle s'enfonça de nouveau dans l'eau, le fixant béatement, un sourire rêveur aux lèvres.

Ni l'un ni l'autre ne parla.

Il n'y avait rien à dire.

Car il n'en avait pas fini avec Allison, loin de là, mais il lui laissa un petit temps de récupération pendant lequel il défit sa queue-de-cheval et lui lava les cheveux.

— Tout ce que tu me fais est tellement bon, murmura-t-elle alors qu'elle était imbriquée entre ses jambes, dos à lui.

Il enfouit la tête dans sa nuque.

— Si j'avais su que perdre un match pouvait être aussi excitant, j'aurais perdu avant, plaisanta-t-il.

— Je ne t'ai encore rien fait.

— Tu m'as laissé être le premier homme à te faire jouir avec la bouche. C'est déjà pas mal.

Bizarrement, il était fier de ce titre.

— Tu veux qu'on continue ?

— Oui, mais j'aimerais autant aller dans un lit.

— Je te suis.

— C'est parti.

Ils sortirent du bain et, dès qu'ils furent secs, Rand porta sa femme jusqu'à son lit.

Le faible qu'Allison avait eu pour Rand dès le départ avait cédé la place à un sentiment plus puissant. Elle était en train de vivre le plus beau jour de sa vie.

Rand alla dans sa chambre pour chercher de quoi les protéger et il revint avec une boîte, dont il sortit un préservatif avant de remiser le reste dans le tiroir de la table de chevet.

— Je les laisse là en cas de besoin. J'en ai d'autres dans ma chambre.

— Monsieur est prévenant. Tu mérites une médaille.

— Tu peux m'en donner une, concéda-t-il en venant s'installer avec elle sur le lit.

Elle glissa la main entre ses jambes.

— J'ai une idée de récompense.

La puissance du sentiment qu'elle éprouva en le touchant l'envahit. Le sexe de Rand était doux, soyeux, et puissant. Il perlait à la pointe. Elle y passa le pouce avant de le porter à la bouche. Emportés par cet élan de sensualité, ils fermèrent les yeux et s'embrassèrent, enveloppés dans une bulle d'enchantement.

Après un long baiser langoureux, il s'arracha à ses lèvres et plongea ses yeux dans les siens.

— Maintenant je dois décider comment je vais te prendre.

Elle frissonna en tentant de déterminer combien de positions pouvaient exister.

— Tu peux me prendre comme tu veux.

Elle le voulait en elle, au plus profond de son intimité, la pénétrant entièrement. Après ce qu'il lui avait fait dans la baignoire, elle était prête pour lui.

Il l'attrapa et roula avec elle sur le lit.

— J'ai envie de tout essayer avec toi. Tu m'obsèdes. Aucune femme ne m'avait interdit de la prendre auparavant.

— Je ne suis plus un territoire interdit. Je t'ai dit que tu pouvais faire ce que tu voulais de moi, répéta-t-elle alors qu'il l'avait positionnée sous son corps et qu'il la dominait de tout son long, le sexe collé à son entrejambe.

— Je sais, mais j'ai encore cette impression.

Il prit le préservatif sur la table de nuit et l'enfila.

— Parce que au début je t'ai dit que je ne voulais pas de rapports sexuels entre nous ?

— Oui, c'est ça. Il y a un petit côté tabou, renforcé par ton innocence. J'ai vraiment tout fait pour me retenir, pour ne pas t'attirer dans mon lit et voilà que c'est toi qui me pousses à la tentation.

Elle n'eut pas le temps de répliquer. L'instant d'après, il la pénétrait.

Elle laissa échapper un gémissement de surprise alors qu'il la faisait sienne, dans le sens biblique du terme, s'enfonçant au plus profond de sa moiteur.

Sans tarder, il augmenta la cadence de ses coups de reins, se lançant dans un va-et-vient frénétique, la chevauchant avec passion, emporté par la chaleur torride de leurs ébats. Il lui murmura des mots grivois à l'oreille, elle l'imita, lui tirant un grognement de plaisir d'une intensité inouïe.

Ils laissaient éclater au grand jour la soif qu'ils avaient l'un pour l'autre et ce besoin primaire d'assouvir leur désir. Pour marquer son territoire, elle enfonça les ongles dans son dos. Au gémissement que poussa Rand, elle comprit que cela lui plaisait. Elle réitéra l'expérience, sentant son sexe se raidir en elle.

Quelques instants plus tard, il la fit rouler pour changer de position. Elle vint se mettre sur lui, s'empalant sur son sexe turgescent, l'engloutissant entièrement.

La prenant par la taille, il la fit monter et descendre plusieurs fois avant qu'elle ne se penche vers lui pour venir réclamer sa bouche en un baiser avide, comme si elle comptait lui dévorer les lèvres.

Sans prévenir, il les fit rouler sur le lit et il se retrouva de nouveau sur elle, la dominant en mâle désireux d'asseoir son autorité.

Son air lui rappela celui qu'il arborait le premier jour où ils s'étaient retrouvés à la fontaine de Diane, au Bellamy. Que de chemin parcouru depuis ce rendez-vous mystérieux !

Il utilisa ses doigts pour augmenter son plaisir, la poussant vers la libération ultime.

Soudain, un orgasme explosif s'empara d'elle, la secouant des pieds à la tête, lui faisant perdre la raison et toute notion du monde alentour. Projetée dans une dimension paradisiaque, elle fut assaillie de mille et une sensations.

Elle n'avait jamais éprouvé un grand plaisir à faire l'amour, mais avec Rand tout paraissait nouveau, tout semblait beaucoup plus excitant et intéressant.

Alors qu'elle redescendait de son extase, il laissa éclater à son tour sa jouissance, emporté dans un orgasme qui semblait d'une force fulgurante. Rejetant la tête en arrière, elle vit les muscles de son cou se tendre.

Alors qu'il revenait doucement sur terre, il la prit dans ses bras, et elle vint volontiers se blottir contre lui. Mais il ne resta pas longtemps dans cette position, se levant pour aller jeter le préservatif dans la salle de bains. Puis il revint près du lit mais sans s'y allonger.

Prenant un oreiller, il le positionna contre le mur et s'y adossa.

— Si on fumait, ce serait le moment où l'on sortirait nos cigarettes.

— Tu as déjà fumé ?

Il y avait encore tant de choses qu'elle ne savait pas sur lui.

— J'ai essayé quand j'étais gamin, mais ça ne m'a pas plu, donc je n'ai jamais recommencé. Et toi ? Je suis prêt à parier que tu n'as jamais touché une cigarette, suggéra-t-il en lui caressant les cheveux.

— Bravo. Monsieur est perspicace.

C'était tellement agréable de sentir ses doigts lui effleurer les cheveux qu'il avait lavés à merveille.

— Allison, tu penses que tu vas tenir le choc après ce qu'on a fait ?

— Que veux-tu savoir, au juste ? Si avoir couché avec toi va m'attacher davantage ?

— Oui. Tu sais que ça ne pourrait jamais marcher entre nous, n'est-ce pas ? Enfin, même si on s'entend bien et qu'on semble compatibles au lit, je ne pourrais jamais m'engager avec une femme pour la vie. Je suis bon pour être un faux mari, mais pas un vrai. Tu comprends ?

Quelque chose en elle se serra. Sa poitrine ? Son cœur ? Ses poumons ? Sa fierté ?

Tout à la fois ?

S'armant contre la gêne qui menaçait de la submerger, elle opta pour une réponse mensongère.

— J'assume tout à fait ce qui s'est passé entre nous, sinon je m'en serais abstenue, rétorqua-t-elle sèchement.

— Pardon, je n'aurais pas dû douter de toi. J'ai paniqué en voyant ton regard rêveur.

— Je suis une romantique invétérée, mais si je décide de tomber amoureuse, je ne veux surtout pas me tromper. Avec toi, j'apprends à avoir plus confiance en moi et j'ai confiance en toi, mais nous avons été clairs depuis le début. Il s'agit d'un mariage arrangé. On peut être amis. Et à présent, on peut être amants, mais ça n'ira pas plus loin. J'avais très envie de faire l'amour avec toi depuis longtemps et je voulais évacuer ça de mon système, c'est chose faite, ajouta-t-elle, tentant de se convaincre elle-même.

— De mon côté, je suis loin d'avoir assouvi mon désir.

— Je pense qu'il va falloir prendre notre temps, ne pas trop précipiter les choses.

— Qu'est-ce que tu veux dire par là ?

— On devrait attendre un ou deux jours avant de recommencer.

— Comment ça ? Tu veux qu'on se prive de ce qu'on désire le plus ?

— Pourquoi pas ?

Elle aimait bien l'idée de recréer une tension charnelle entre eux, de se soumettre à une frustration érotique.

— Ce sera encore meilleur la prochaine fois.

— Peut-être mais je n'en ai pas encore fini pour cette fois.

Elle l'observa quelques instants sans rien répliquer.

— Je ne sais pas si ça fait de toi un homme incorrigible ou insatiable, dit-elle en lui caressant le torse.

— Les deux, surtout avec toi. J'ai toujours adoré les relations charnelles.

— Avant, je n'y faisais pas attention, mais maintenant je comprends comment on peut devenir accro. Tout ça à cause de toi, constata-t-elle, laissant le caressant.

Elle vit que le sexe de Rand se raidissait.

— Donc je suis vraiment en train de t'emmener hors du droit chemin.

— Pas du tout ! Je n'avais jamais éprouvé une telle sensation libératrice en faisant l'amour. Et je trouve ça formidable que ce soit toi qui m'aies fait découvrir ça.

— Dans ce cas, je suis ravi d'avoir pu te rendre service.

Et il l'embrassa à lui en faire perdre haleine.

Après un long baiser passionné et impérieux, il prit un second préservatif, lui écarta les jambes et s'enfouit en elle, la chevauchant impérieusement vers une nouvelle expérience orgasmique.

8

Le matin du gala caritatif, Allison se rendit chez Pure, le salon de beauté de l'hôtel Bellamy, là où Allison et Rand avaient passé leur nuit de noces. Megan avait tout organisé pour qu'Allison ait accès aux soins les plus luxueux du salon.

Cependant, Allison n'avait pas encore l'esprit tranquille. Même avec tous les soins du monde, et dans l'un des meilleurs instituts du pays, arriverait-elle à être aussi glamour que les autres femmes qui participeraient à l'événement ?

Non seulement elle voulait impressionner la foule, mais elle voulait avant tout plaire à Rand.

Allison était accompagnée de Megan, qui se faisait aussi faire une beauté, et de Selena Jacobs, une brunette menue, créatrice et P-DG de Clarity, une ligne de produits de beauté qui étaient utilisés en exclusivité par le salon Pure. Après un masque facial qui lui avait laissé la peau douce et fraîche, elle était passée à la coiffure.

Rand ignorait qu'elle avait pris rendez-vous dans le salon de beauté. Elle ne lui avait pas dit qu'elle allait chez le coiffeur et qu'elle se ferait aussi maquiller pour l'occasion.

Elle portait rarement du maquillage, hormis un peu de mascara, de gloss à lèvres et parfois un peu de blush sur les joues, si bien que Rand ne l'avait jamais vue maquillée.

D'après lui, elle passait la journée avec Megan et Selena. Rand lui avait dit qu'il avait une journée chargée. Ils s'étaient donné rendez-vous chez lui en début de soirée pour partir ensemble à la soirée.

Avec l'aide de Megan, Allison avait trouvé la veille sa robe de soirée.

Elle avait opté pour une robe longue, fluide, brodée de paillettes dorées. Elle ne l'avait pas montrée à Rand. Elle voulait que ce soit une surprise.

C'était une soirée importante pour tous les deux.

Ce serait leur première apparition en public en tant que mari et femme. De nombreux photographes seraient présents, et ils espéraient avoir une conversation informelle avec Ted et Sharon Marks afin que Rand puisse conclure un accord avec Brisbane Enterprises dans l'espoir de redonner de l'élan à sa carrière.

Allison se sentait déjà sous pression.

Tentant de se détendre, elle se reconcentra sur le styliste qui était en train de la coiffer et de préparer une concoction pour ses cheveux. Elle était entourée de Megan et Selena qui se faisaient coiffer, elles aussi, mais qui étaient habituées à aller à des soirées glamour, contrairement à elle.

Voyant que le styliste avait la situation en main, elle replongea dans ses pensées, essayant de se convaincre qu'elle était tout à fait capable d'être à la hauteur de la soirée de gala et se promettant de tout faire pour paraître à l'aise même si elle n'était pas dans son élément.

Elle voulait que Rand puisse compter sur elle et qu'il soit fier de sa femme. Il occupait la moindre de ses pensées. Ces derniers temps, elle n'arrivait plus à savoir sur quel pied danser et où allait sa relation avec lui.

Elle ne regrettait pas le marathon sexuel qu'ils avaient vécu. Rand avait eu raison. Plus ils faisaient l'amour et plus elle avait envie de lui. Son désir était loin d'être assouvi.

Elle avait énormément envie de Rand. Trop même ou, du moins, plus que de raison.

C'est elle qui avait proposé qu'ils attendent un peu avant

de refaire l'amour. Donc hier, ils ne s'étaient pas touchés. Ils n'avaient même pas dormi ensemble.

À présent, elle avait irrésistiblement envie de lui.

Ce qui lui fit prendre la décision inverse. Plus question de se retenir, d'attendre ou de se soumettre à cette frustration inutile. La prochaine fois qu'ils feraient l'amour, elle n'imposerait aucune abstinence. Ils continueraient à faire l'amour. Sans retenue. Jusqu'au divorce, du moins.

Il ne fallait pas oublier que, même si leur entente physique était hors du commun, leur mariage prendrait fin tôt ou tard. Ils n'avaient aucune raison de rester ensemble.

Elle serait vraiment idiote de tomber amoureuse d'un homme aussi indomptable, quand son souhait était de trouver quelqu'un qui aurait envie de l'épouser pour la vie, qui comprendrait la valeur de l'engagement et qui en aurait autant besoin qu'elle.

Rand n'arrêtait pas de lui répéter qu'il ne pourrait jamais être un mari permanent, qu'il n'était pas l'homme de ses rêves et qu'il n'était pas non plus le héros de son livre.

Il pouvait en revanche lui offrir une liaison riche en ébats époustouflants.

Rand accueillit son ami d'enfance, Will, dans son bureau. Ils avaient prévu une réunion d'affaires en fin de journée.

Will avait toujours été le play-boy de Royal, envié des hommes et adulé des femmes. Il avait un ranch à l'extérieur de la ville, mais il voyageait beaucoup. Sa famille était aussi liée de près à Spark Energy Solutions, la compagnie pour laquelle Rand travaillait. Or celui-ci avait des conseils à lui demander concernant une fusion éventuelle.

Une fois leur réunion de travail terminée, ils passèrent à une conversation plus décontractée. Will, qui avait dû s'absenter pour une urgence familiale, avait raté le mariage.

— Alors, petit cachottier. Félicitations. Désolé de ne pas avoir pu être là pour ton mariage. En tout cas, quelle surprise !

— Tout le monde a été surpris.

— Comment c'est arrivé ?

— Que dire ? Je suis tombé amoureux, expliqua Rand, désolé de devoir mentir à son ami.

— Vous vous êtes rencontrés au Country Club ?

— C'est ça.

— Tous mes vœux de bonheur. Je suis ravi pour vous.

— Merci, c'est gentil.

Même si son mariage était un mariage blanc, il appréciait le témoignage de sympathie de Will.

— Franchement, tu es bien le dernier de mes amis que j'attendais à voir se marier, mais te voilà avec une femme à tes côtés pour la vie.

Rand manqua de s'étouffer. Il ne voulait surtout pas d'une femme pour la vie, pourtant il devait jouer le jeu.

— Allison est une femme formidable. Elle m'a transformé.

— Alors tant mieux, je suis content pour toi.

Même s'il était en train de duper son ami comme jamais, ce qu'il venait de dire était néanmoins vrai, pensa-t-il, pour se rassurer.

Allison était formidable, à bien des égards.

Et, sans qu'il s'en aperçoive, vivre avec elle au quotidien avait une influence sur lui et sur sa façon de réagir aux choses. Donc, d'une certaine manière, elle l'avait transformé. Même si une fois redevenu célibataire, il reprendrait sûrement ses vieilles habitudes.

Pour l'heure, il avait hâte de la retrouver au lit et de continuer leur liaison torride. Il ne se souvenait pas d'avoir désiré une femme à ce point. Et il refusait de culpabiliser par rapport au fait de l'avoir « dévergondée » au lit en l'initiant à des pratiques jusque-là inédites pour elle. Car Allison restait néanmoins une jeune femme douce et naturellement innocente, comme avant leur mariage.

D'après lui, elle aurait toujours ce côté ingénu.

Une fois Will reparti, Rand donna quelques instructions à son assistante, puis rentra.

Quand il arriva chez lui, Allison était dans sa chambre, porte close. Il n'avait jamais été marié et n'avait jamais eu de relation amoureuse prolongée, mais il connaissait assez l'humeur des femmes pour savoir qu'il devait la laisser tranquille. Elle était sans doute en train de se préparer pour la soirée et avait besoin de tranquillité.

Il s'enferma dans sa chambre pour procéder à sa toilette, lui aussi. Il se doucha et se rasa. Ses cheveux ne nécessitaient pas beaucoup d'entretien et il avait toujours une coupe facile à coiffer.

Puis, l'heure de s'habiller arriva. Sa collection de costumes de soirée était assez variée, et il en choisit un qui irait bien dans l'esprit de l'événement caritatif. Ni trop strict ni trop coloré.

Plutôt que de frapper à la porte d'Allison pour voir si elle était prête, il descendit l'attendre en bas, puis s'assit dans le salon, avec son téléphone, comme un adolescent qui attendrait sa compagne pour aller au bal de fin d'année.

Un peu inquiet par rapport à la soirée, il avait envie d'arriver au club un peu plus tôt, pour ne pas être pris de court.

Habituellement, il aimait arriver après tout le monde, mais comme il s'était marié pour redorer son blason, il sentait que s'il brisait cette habitude, il pourrait y contribuer. Le nouveau Rand se pliait aux codes de la société et arrivait à l'heure !

Dès qu'il entendit les pas d'Allison dans l'escalier, il se leva et lissa machinalement sa veste.

En la voyant, il resta bouche bée. Qui était cette superbe créature couverte de paillettes dorées avançant vers lui ?

Sa chevelure ondulante tombait en cascade sur ses épaules. Ses yeux donnaient l'impression d'être plus profonds que jamais, ses paupières cendrées les rendant plus ténébreux. Quant à ses lèvres, elles étaient d'un rouge couleur bourgogne, son vin préféré.

Elle ressemblait à une créature... surnaturelle. Une vision dorée. Il cligna plusieurs fois des yeux pour être sûr qu'il n'était pas en train de rêver.

Sa robe lui allait à merveille, ondulant parfaitement le long de son corps et mettant en valeur ses formes féminines.

Elle sourit.

— Je voulais te faire la surprise.

— C'est réussi. J'avoue. Tu es belle à couper le souffle. Je suis subjugué.

Tout en elle était nouveau, y compris ses chaussures à talons et son petit sac à main.

— Quand as-tu eu le temps d'opérer une métamorphose pareille ? Après ou avant ton déjeuner ?

— En fait, je n'ai pas pris le temps de déjeuner. J'ai demandé à Megan de m'aider à me relooker pour la soirée et elle a pris tous les rendez-vous pour moi, chez Pure, le salon de beauté de l'hôtel Bellamy. Il y avait aussi son amie Selena, qui sera là ce soir. Chez Pure, ils utilisent en exclusivité les produits de Clarity, la compagnie de cosmétique créée par Selena. Elle m'a même offert un coffret qui contient un baume à lèvres au miel encore plus doux que celui que j'utilise d'habitude.

— Et les cheveux ?

— C'est Selena et Megan qui ont suggéré de viser une coiffure un peu plus stylée et extravagante.

— C'est réussi ! Et la robe ?

Rand n'en revenait pas de cette métamorphose.

— Un autre conseil de Megan. Elle m'a guidée vers le bon magasin. Je l'ai achetée hier.

En cet instant, Rand avait envie de guider Allison à l'étage pour la dévorer dans son lit.

— Attends, je vais te prendre en photo.

— Pourquoi ?

— Pour la poster. Tu vas faire parler les curieux. Tout le monde va adorer ton nouveau style.

Elle prit la pose pour lui.

— J'espérais faire une bonne impression sur les gens ce soir et ne pas faire trop mauvaise figure sur les photos à côté de toi, mais surtout... j'avais envie de me sentir plus glamour, pour moi et pour toi.

— Et alors, comment vis-tu l'expérience ?

Il était déjà sorti avec des actrices et des filles de la haute société, mais jamais il n'avait été au bras d'une femme aussi jolie qu'Allison.

— J'ai un peu l'impression de jouer à Cendrillon. Sauf que je ne vais pas perdre ma pantoufle de vair et que je n'ai pas épousé mon prince charmant pour la vie.

— Mais tu es quand même mariée.

— À un homme très séduisant. Sauf que c'est seulement pour un temps, objecta-t-elle, laissant planer les mots dans la maison silencieuse.

Il rangea son téléphone, éprouvant soudain un sentiment étrange. Il n'avait plus envie de partager les photos d'Allison sur les réseaux sociaux. Non pas parce qu'il n'était pas fier d'elle, au contraire, mais parce qu'il ressentait un besoin profond de la garder pour lui tout seul.

C'était une réaction étrange qui n'avait absolument aucun sens puisqu'il avait justement épousé Allison pour changer son image et non par amour. Poster des photos d'elle faisait partie intégrante du processus. Alors pourquoi le remettait-il en question ?

— Tout va bien ?

— Euh, oui, lâcha-t-il, revenant à l'instant présent.

— J'avais l'impression que tu étais parti dans une autre dimension.

— Non, je suis là. Et autant te prévenir tout de suite : dès qu'on rentre ce soir, je te déshabille et je te prends dans mon lit.

Il avait trop hâte de lui faire l'amour. D'ailleurs, il avait même prévu une petite surprise pour pimenter les choses.

— Promis ?

— Et comment ! Je t'enlève ta robe dès l'instant où on passera la porte. Si je m'écoutais, je le ferais maintenant.

Il ne l'embrassa pas de peur de détruire son maquillage, mais ce n'est pas l'envie qui lui manquait. Pour l'heure, il allait se comporter en gentleman. Plus tard, il aurait tout le temps de la goûter à sa guise.

— On devrait y aller, une longue soirée nous attend.

— Tu as raison. La nuit sera même très longue, ajouta-t-elle, la voix vibrante de sous-entendus.

À l'entendre parler de la nuit, il eut aussitôt envie d'elle.

— Madame Gibson, vous êtes intenable.

— Monsieur Gibson, je vous retourne le compliment, répliqua-t-elle en balayant ses cheveux par-dessus son épaule.

Elle le précéda pour aller dans le garage, ses talons aiguilles cliquetant sur le plancher en bois. Dès qu'il serait seul dans sa chambre avec elle, il allait la faire gémir de plaisir.

Mais pour l'instant ils devaient relever le défi et jouer au couple marié devant une foule de personnes.

Allison passait une soirée formidable. Le Country Club de Royal était connu pour organiser de grands événements caritatifs collectant de l'argent pour des organismes s'occupant d'enfants et de victimes de catastrophes naturelles.

La salle de bal était décorée de rouge, de blanc et de bleu, aux couleurs du drapeau américain, pour garder le thème de la fête nationale du 4 juillet, et un aigle en glace trônait au milieu du buffet.

Plus tard, il y aurait des feux d'artifice et elle s'attendait à en avoir le souffle coupé, car elle avait entendu dire que le spectacle était toujours extraordinaire.

Quand Allison et Rand étaient arrivés, ils avaient pris une flûte de champagne et dégusté les mises en bouche exquises présentées sur des plateaux par un personnel habillé en blanc et noir.

Puis Rand l'avait invitée pour un slow sur la piste de danse, montrant à tout le monde à quel point ils étaient amoureux, dans leurs oscillations au son d'une musique douce.

Maintenant, ils évoluaient séparément dans la soirée. Rand était en train de parler à Ted Marks, et Allison avait eu l'occasion de faire la connaissance de Sharon Marks. Le courant était très bien passé entre elles, d'autant qu'elles avaient facilement trouvé un sujet de conversation commun. L'Irlande !

En effet, Ted et Sharon étaient allés en Irlande pour leur trentième anniversaire de mariage, où ils avaient fait la tournée des châteaux médiévaux, la passion de Sharon. Ils étaient même passés à Kenmare.

D'après Allison, c'était un signe du destin.

Jusqu'à présent, elle avait fait un sans-faute.

Lorsqu'elle repéra Megan et Selena, elle alla les remercier de l'avoir aidée à se métamorphoser pour l'occasion.

— Allison, tu es superbe ! s'exclama Selena.

— Merci.

— Je parie que ton mari a dû saliver en te voyant.

Allison éclata de rire.

— Tu as raison. Il a été littéralement subjugué de me voir apparaître dans cette tenue. Il a dit qu'il avait hâte qu'on rentre à la maison.

— J'imagine !

— La robe s'accorde à ravir avec ta coiffure et ton maquillage. C'est du plus bel effet sur toi.

— Merci. Je n'aurais jamais réussi à faire ça sans vous. Vous avez joué les marraines, comme dans *Cendrillon*.

— Ce fut un plaisir, dit Selena.

— Tu le mérites, ajouta Megan.

— Assez parlé de moi. Je voulais également vous féliciter sur vos tenues, vous êtes toutes les deux rayonnantes.

Selena portait une longue robe écarlate rehaussant sa

peau brune, et Megan une robe bustier en soie noire qui lui allait comme un gant.

Allison ne les connaissait pas depuis longtemps, mais elle les trouvait toutes les deux très joviales et elle appréciait l'amitié qui était en train de naître entre elles.

Tout ce qu'elle espérait, c'était qu'elles resteraient amies, une fois qu'Allison aurait divorcé de Rand.

— Je vais vous laisser pour rejoindre mon mari, déclara Allison, qui commençait à s'habituer dangereusement à dire que Rand était son mari.

Or il était justement en train de la regarder. De toute évidence, il avait fini de discuter avec Ted.

— Bonne fin de soirée, lança-t-elle à ses amies avant de les quitter.

Alors que Rand avançait dans sa direction, elle vit qu'il déposait son verre sur un plateau, comme s'il avait quelque chose en tête.

À l'instant où ils furent l'un en face de l'autre, elle comprit de quoi il retournait. Sans crier gare, il la prit fougueusement dans ses bras et l'embrassa à lui en faire perdre haleine.

Elle soupira de plaisir, plongée dans une bulle savoureuse, ravie de le goûter de nouveau.

— Eh bien, monsieur Gibson ! s'exclama-t-elle, taquine, quand ils mirent fin à leur baiser pour reprendre leur souffle.

— J'ai eu envie de t'embrasser dès l'instant où je t'ai vue en bas de l'escalier tout à l'heure, mais je ne voulais pas ruiner ton maquillage.

Elle aussi avait eu envie que Rand l'embrasse, mais elle n'avait pas pensé un seul instant à son maquillage, n'étant pas habituée à être aussi apprêtée.

— Et maintenant à quoi je ressemble ?

— Tout est en place, tu es toujours aussi merveilleuse. Et moi, j'en ai sur moi ?

— Oui, un peu. Mais je peux m'en occuper, souffla-t-elle

en posant la main sur son visage pour enlever une trace de rouge à lèvres avec son pouce.

À cet instant, un photographe les prit en photo. C'était un moment intime qui devait sans nul doute véhiculer une image de tendresse.

Or ce sentiment n'était pas faux, contrairement à leur union. C'était une affection sincère, venant du cœur. Et le baiser qu'ils avaient échangé était tout aussi réel et sincère. Ce n'était pas un baiser orchestré pour la foule d'invités. C'était l'une de ces effusions spontanées auxquelles se livrent les jeunes mariés.

Ce soir, ils n'étaient pas des imposteurs. Le constat la rassura.

— Tu ne croiras jamais ce que je viens d'apprendre.

— Quoi donc ?

— La mère de Ted habite dans la même résidence que ma grand-mère.

— Ah bon ? C'est incroyable, en effet. Tu penses qu'elles se connaissent ?

— On ne sait pas, mais on va le leur demander, répondit-il en lui prenant la main.

— Ce serait une drôle de coïncidence.

— On devrait inviter Ted et Sharon pour un barbecue. Je pense qu'ils accepteraient l'invitation et que ce serait une bonne tactique professionnelle.

— Bonne idée. On pourrait même faire ça ce week-end, si tu le veux et s'ils sont disponibles. On pourrait aussi inviter ta grand-mère et sa mère. Je peux cuisiner un plat irlandais traditionnel qui accompagnerait le barbecue. Je pense que Sharon aura envie de m'aider. Elle m'a confié qu'elle était membre d'un club de cuisine et qu'elle aimait essayer de nouvelles recettes.

— Merci d'être aussi enthousiaste, Allison.

— Je t'en prie. Je trouve ça assez drôle de jouer le rôle de ta femme, avoua-t-elle en lui serrant la main pour lui témoigner son soutien.

Son cœur se serra légèrement à la pensée qu'elle prenait vraiment goût à sa vie avec Rand et à son rôle de femme mariée.

— Je trouve que tu fais un travail formidable.

— Toi aussi. En tout cas, on peut dire que jusqu'à présent les gens n'y voient que du feu. Personne ne soupçonnerait que nous ne sommes pas vraiment amoureux.

— À ton avis, qui mérite la médaille de la femme la plus intéressante de la soirée ? Après toi, bien sûr...

Allison observa la foule des invités.

Son regard tomba sur Abigail Stewart, une jolie jeune femme brune, artiste accomplie, qui avait donné des tableaux pour la vente aux enchères de la soirée caritative. Elle attendait un enfant, mais le père du bébé avait disparu dans un accident tragique. Allison avait eu l'occasion de parler à Abigail et elle avait été impressionnée par son approche positive de la vie. C'était une femme forte, méritante, qui n'avait peur de rien.

— Abigail Stewart, répondit-elle.

— Et qui nommerais-tu, dans la catégorie des hommes ?

— Le Dr Chambers ? lâcha-t-elle avant d'éclater de rire.

Vaughn Chambers était chirurgien en traumatologie à l'hôpital de Royal, héritier d'une immense fortune pétrolière. Il était jeune et d'allure agréable, mais il donnait l'impression d'avoir été traîné de force dans cette soirée.

— Je crois qu'il n'est pas content d'être ici. Mais j'accepte ton choix. Royal est une ville fascinante, n'est-ce pas ?

— Oui, aussi surprenant que cela soit ! lança-t-elle sur un ton amusé.

Elle retournerait à Dallas quand leur mariage prendrait fin, mais elle resterait toujours attachée à la ville de Royal. Elle serait triste de quitter cet environnement. Pourtant, plus que tout, elle redoutait ce qu'elle ressentirait en quittant Rand. Il lui manquerait, à un point qu'elle ne pouvait imaginer.

Elle chercha un sujet qui lui permettrait de faire taire ce sentiment de tristesse.

— Tiens, je ne te l'ai pas dit, mais j'ai de nouveau du travail.

J'ai reçu le contrat pour les articles dont je t'avais parlé. Le magazine me l'a envoyé hier et je l'ai signé aujourd'hui.

— Félicitations. Je sais à quel point tu tiens à ton métier et à ton indépendance, chuchota-t-il en la prenant dans ses bras.

Aussitôt, elle repensa à la promesse qu'il lui avait faite de la déshabiller dès qu'ils passeraient le seuil de la porte.

— J'ai hâte de me retrouver seule avec toi.

— Moi aussi, mais je crois que les feux d'artifice vont commencer.

— Alors allons rejoindre la foule, suggéra-t-elle, voyant les invités se diriger dehors.

Main dans la main, ils allèrent vers la pelouse extérieure. L'air sentait bon l'été, les fleurs et la pelouse fraîchement tondue.

Ils regardèrent le ciel s'illuminer de mille et une couleurs dans une joyeuse cacophonie.

Malgré la beauté du spectacle, Allison ne pensait qu'à une chose : rentrer à la maison, là où Rand et elle pourraient créer leurs propres feux d'artifice.

9

Enfin, les voilà qui étaient seuls, dans la chambre de Rand, dans une ambiance tamisée par la lueur d'une bougie.

Allison avait attendu ce moment avec impatience.

D'après Rand, la bougie avait des pouvoirs spéciaux et il lui avait laissé entendre que cela ajouterait un élément sensuel à la scène. L'odeur de fraise à la crème était censée agir comme un aphrodisiaque.

Elle était déjà plongée dans une bulle de désir.

Il venait d'abaisser la fermeture Éclair de sa robe et de la déshabiller, comme promis.

— Recule pour que je puisse t'admirer, ordonna-t-il.

Elle suivit ses instructions, faisant quelques pas en arrière alors qu'il restait assis, les yeux rivés sur elle, sa robe à paillettes dorées sur les genoux.

Hormis sa veste et ses chaussures, qu'il avait ôtées au rez-de-chaussée, il était encore entièrement vêtu. Contrairement à Allison qui ne portait plus que les sous-vêtements en dentelle achetés pour qu'ils soient assortis à sa robe de bal.

— Tourne-toi que je puisse t'admirer entièrement, enjoignit-il d'une voix grave.

Elle effectua un tour sur elle-même, doucement, revenant lui faire face malgré sa timidité.

S'il avait envie de la regarder, elle allait le laisser se régaler.

Et, alors qu'il la contemplait en silence, elle attendit un nouvel ordre.

Ce moment resterait à jamais gravé dans sa mémoire. Un sentiment profond de lui appartenir, entièrement. Mais elle savait que dès leur divorce prononcé, cette folle liaison prendrait fin.

— Achève de te déshabiller.

Elle obéit.

D'abord, elle défit son soutien-gorge, libérant sa poitrine. Puis elle enleva son string rose pâle.

— Tu es belle à couper le souffle.

Pour la première fois de sa vie, elle se sentait désirable.

— C'est une soirée magique pour moi.

Elle avait l'impression d'être l'héroïne d'un conte de fées érotique.

Il la fixa intensément, sans mot dire, pendant un long instant.

— Je laisse la bougie allumée.

— Elle sent très bon.

— Je vais l'utiliser sur toi. Je l'ai achetée exprès pour ce soir. C'est une surprise.

— Comment ça, tu vas l'utiliser sur moi ? s'enquit-elle, légèrement paniquée.

— Ne t'inquiète pas, ce n'est pas dangereux. Une fois que la cire fond, elle devient une huile de massage.

Elle plongea son regard dans le sien alors qu'elle frissonnait des pieds à la tête, imaginant ce qu'il allait lui faire.

— Tu vas la verser sur moi et me faire un massage ?

— Exactement, répondit-il avant de se lever.

Il posa la robe sur une chaise et alla jusqu'à son bureau pour vérifier la température de la cire dont il versa quelques gouttes sur sa main.

L'idée d'être à sa merci lui donna le vertige.

— C'est prêt, annonça-t-il avant d'éteindre la flamme.

Elle aussi était prête. Prête à essayer un nouveau genre de préliminaires.

— Je m'allonge ?

— Oui, laisse-moi ôter d'abord le couvre-lit.

Il enleva tout, hormis le drap du dessous.

— Tu sens l'excitation monter en toi ?

— Oui. J'adore le sentiment d'être sous tes ordres.

— Tant mieux. Je me suis dit que ça te plairait. C'est bon, tu peux y aller.

Le cœur battant la chamade, elle monta sur le lit. Il vint se placer au-dessus d'elle avec la bougie.

— C'est une cire comestible, donc je peux la goûter.

Humant l'odeur de la bougie, elle fut aussitôt enivrée par sa douce fragrance sucrée.

Il s'agenouilla à côté d'elle, un sourire des plus lascifs aux lèvres. Pour commencer, il fit couler goutte à goutte l'huile sur ses seins. Elle haleta, projetée dans une dimension de plaisir inouïe, laissant la sensation chaude et sensuelle l'envahir.

Il posa ses mains partout, la touchant partout, lui offrant le plus beau massage de sa vie. Elle gémissait, heureuse d'être l'objet de ces caresses éminemment érotiques.

Soudain, il se baissa pour la lécher comme on lécherait de la glace d'un cornet.

— C'est bon ? souffla-t-elle.

— C'est exquis. Et maintenant je peux te goûter de nouveau là où j'en ai très envie, comme la première fois.

Il lui leva les jambes pour les poser sur ses épaules, la plaçant dans une position très intime, offerte. Puis il se mit à la lécher, l'enivrant au plus haut point par ses coups de langue experts.

Il était son mari, son amant, son ami. Elle était à lui. Quand il s'enfouit plus profondément en elle, elle s'agrippa à l'armature en cuivre de la tête du lit.

Son excitation était si forte qu'elle sentit l'humidité de son sexe.

Le monde tournait désormais tout entier autour de cette chaleur torride, de cette langue provoquant une moiteur sans précédent, de la passion qui l'animait.

Elle se cambra pour mieux se frotter contre son visage, afin d'atteindre l'orgasme. Il l'encouragea à profiter de ce raz-de-marée charnel, des soubresauts de plaisir lui permettant de déverser le jus de ce moment d'extase.

Après quoi, il l'embrassa une dernière fois puis se leva du lit pour se déshabiller, sans la lâcher du regard, les yeux étincelant d'une lueur séductrice.

Quand il revint, ce fut pour l'embrasser sur la bouche, lui permettant de goûter son propre arôme.

— C'est bon, marmonna-t-elle, molle de désir.

— Je sais, j'ai goûté avant toi et je voulais te faire partager ce plaisir.

— Tu es vraiment un coquin, chuchota-t-elle avant de se lever.

— Que fais-tu ?

— À mon tour de te séduire, viens t'asseoir au pied du lit, ordonna-t-elle en venant se poster devant lui.

Il obtempéra, perplexe.

— Je me demande à quelle sauce je vais être mangé.

— Pour le parfum, tu peux facilement deviner, le taquina-t-elle.

Après avoir pris la boîte en fer, elle fit couler de l'huile sur les épaules, le torse, le ventre de Rand, appliquant le liquide en une fine couche.

Puis elle lui écarta les jambes et s'agenouilla face à lui.

— Allison..., souffla-t-il.

— Attends, dit-elle, en se mettant à le masser pour faire pénétrer l'huile dans sa peau.

L'érection de Rand augmenta à mesure que les secondes s'écoulaient, mais le moment de toucher à son sexe raidi n'était pas encore venu.

— Tu vas me prendre dans ta bouche ? s'enquit-il, la voix tremblante.

— Oui, murmura-t-elle.

— Tu l'as déjà fait ? demanda-t-il tout en lui fouillant la chevelure de ses mains viriles.

— Oui.

— Tu n'as jamais laissé un homme te lécher, mais tu as déjà pris un homme dans ta bouche ?

— C'était plus facile pour moi de donner que de recevoir.

Mais jamais elle ne s'était sentie aussi audacieuse qu'avec Rand.

— Tu es sûre de toi ?

— Plus que sûre. J'ai envie de t'avaler en moi.

— Alors vas-y, prends-moi, murmura-t-il d'un ton rauque.

Elle se pencha, goûtant d'abord sa cuisse.

— C'est bon, on dirait un dessert.

— Allison, souffla-t-il.

Il était aux abois. C'était exactement ce qu'elle voulait.

Attendant quelques instants encore, elle finit par le prendre entièrement dans sa bouche pour lui faire perdre pied avec la réalité.

Alors qu'elle l'emmenait vers des sommets de plaisir, elle leva les yeux, contente de voir qu'il la regardait lui procurer cette jouissance.

Alors elle se mit à avaler son sexe avec l'intention de continuer jusqu'à ce qu'il jouisse dans sa bouche. Mais elle n'en eut pas le loisir car il lui demanda d'arrêter.

— Ça ne te plaît pas ?

— Si, mais j'ai envie de jouir en toi.

— Alors prends-moi, consentit-elle, ne sachant plus où donner de la tête.

Il l'aida à se relever, puis l'attira sur le lit.

— Mets-moi un préservatif, ordonna-t-il.

Elle ne se fit pas prier. Après quoi, ils roulèrent sur le lit où il la pénétra d'un coup de reins impérieux.

Leurs ébats mêlés aux parfums de l'huile qui enduisait leur corps n'en furent que plus voraces, plus intenses. Il atteignit très rapidement la jouissance, et Allison le suivit, au comble du plaisir. Elle crut vaciller, comme si son cœur ne pouvait plus s'arrêter de tourner.

Désireuse de rester proche de lui aussi longtemps que possible, elle se blottit dans ses bras, posant la tête dans le creux de son épaule.

Alors, plaçant une main possessive dans son dos, il la cala contre lui et elle s'endormit aussitôt.

Le dimanche après-midi, deux jours après la soirée de gala, Allison et Rand organisèrent un barbecue. Ils avaient invité Ted et Sharon Marks, Mavis, la mère de Ted, et Lottie, la grand-mère de Rand.

Au menu, il y avait du saumon grillé, de la salade verte, du pain à la levure chimique, typiquement irlandais, et un plat de pommes de terre traditionnel dans la famille d'Allison. Pour le dessert, ils auraient droit à une mousse de citron. Tandis que les hommes buvaient de la bière et lançaient le barbecue, Mavis et Lottie parlèrent dans le salon, et Allison et Sharon firent équipe dans la cuisine.

Allison vérifia le pain, mais il n'était pas encore cuit. Quant à Sharon, elle avait décidé de s'occuper de la salade, créant un véritable chef-d'œuvre avec les légumes qu'elle avait découpés en dés.

Sharon était une femme qui avait beaucoup de classe. Grande, mince, les cheveux blonds impeccablement coiffés, elle avait revêtu pour l'occasion un chemisier blanc décontracté et un pantalon gris en lin. Avec son maquillage discret et parfaitement appliqué, elle ne faisait pas son âge.

— C'est incroyable que Mavis et Lottie aient vécu si longtemps dans la même résidence sans jamais se rencontrer, constata Sharon en regardant les deux femmes âgées parler.

— En tout cas, elles ont l'air de bien s'entendre. C'est vraiment formidable.

Mavis avait environ dix ans de moins que Lottie, mais, ayant évolué dans les mêmes cercles huppés, elles avaient beaucoup de choses en commun.

Allison vérifia de nouveau le pain. Cette fois, elle l'enleva du four et le plaça sur une grille pour qu'il refroidisse.

— Ce pain sent merveilleusement bon. J'ai adoré la nourriture en Irlande. D'ailleurs, j'ai tout adoré en Irlande.

— Je suis vraiment contente pour vous. J'adore mon pays même si je rêvais de venir habiter aux États-Unis.

— Rand connaît l'Irlande ?

— Non, il n'y est jamais allé.

— Ah bon ? Il faut l'emmener là-bas, il doit absolument vivre cette expérience.

— Nous avons l'intention de renouveler nos vœux de mariage à Kenmare l'an prochain, ce sera l'occasion pour Rand de découvrir mon pays.

— Oh ! c'est formidable !

Le mensonge s'était naturellement échappé de la bouche d'Allison. Maintenant qu'elle avait annoncé la couleur, elle se sentit obligée de broder.

— La deuxième cérémonie aura lieu dans l'église où j'ai été baptisée.

— Comme c'est charmant. Je dois avouer qu'avec Rand, vous formez un couple fascinant.

— Merci.

— D'ailleurs, entre vous et moi, je tenais à vous dire que d'après Ted vous exercez une influence très positive sur Rand. Il est vraiment différent depuis qu'il est avec vous.

— J'en suis très flattée, ironisa-t-elle.

— J'imagine que les autres membres de votre famille doivent être aussi charmants que vous.

— Merci, c'est gentil.

Les compliments emplirent de joie le cœur d'Allison, même

si la métamorphose de Rand n'était pas entièrement liée à sa présence entre ces murs.

— Vous avez encore vos deux parents ?

— Oui, et ils seraient ravis d'apprendre à quel point vous avez aimé l'Irlande. Si jamais vous vouliez y retourner, je pourrais vous mettre en contact avec eux.

— Ce serait formidable, dit Sharon, en terminant la salade par du fromage râpé.

— Merci, je pense que la salade va être succulente.

— Notre conversation me donne idée. Nous pourrions venir pour la cérémonie de votre mariage à Kenmare. Cela nous donnerait une excuse formidable pour retourner en Irlande et on aurait l'occasion de faire la connaissance de votre famille et de la ferme.

— Quelle merveilleuse idée ! s'exclama Allison, jouant le jeu du mensonge pour ne pas éveiller les soupçons.

Avait-elle vraiment le choix ?

— Les invités qui feront le voyage jusque-là-bas devront s'organiser, donc si j'étais vous je ne tarderais pas trop à faire la liste et à prévenir les gens.

Le cœur d'Allison sombra.

Elle n'avait plus envie de continuer à mentir ou de paraître enthousiaste. La conversation lui pesait. D'ici l'été prochain, Rand et elle ne seraient plus ensemble et il n'y aurait pas de seconde cérémonie en Irlande. Elle chassa ses pensées maussades pour ne pas se gâcher l'instant présent.

Quand la nourriture fut prête, ils passèrent à table dehors. Comme le jardin donnait sur le golf, les deux hommes se mirent à parler de ce sport qu'ils aimaient beaucoup pratiquer.

— Kenmare a un terrain de golf fabuleux, déclara Allison pour participer à la conversation.

— Oui, je sais, j'y suis allé, lança Ted.

Il décrivit le terrain à Rand, lui assurant que c'était de loin l'un des plus beaux parcours sur lequel il ait joué au golf dans sa vie, avec un panorama incroyable sur la campagne irlandaise.

Allison eut soudain très envie que Rand et elle aillent vraiment en Irlande l'an prochain. Mais son souhait était insensé.

Vers la fin d'après-midi, tout le monde repartit à l'exception de Lottie qui voulut rester un peu plus longtemps. Ils sirotèrent un thé à la menthe dans le salon en mangeant une deuxième part de dessert.

Allison et Rand étaient assis sur un canapé tandis que Lottie avait pris un fauteuil.

Ils parlèrent de choses et d'autres jusqu'à ce que Lottie entame une conversation plus sérieuse.

— Vous savez, c'est vraiment étrange d'avoir ces problèmes de perte de mémoire, car on ne s'en rend pas compte. Je sais que je prends des médicaments contre ça et je sais que ça m'arrive, mais je ne m'en souviens pas.

— J'imagine que ça doit être assez difficile d'avoir des gens qui vous rappellent constamment que vous avez oublié des choses.

— À mon âge, je suis contente d'avoir encore mes autres facultés. Mais vous savez quoi ? Je me souviens parfaitement de mon passé. Je me souviens de la mort de la maman de Rand. C'était ma fille unique et je l'aimais de tout mon cœur. Et je me souviens du sentiment que j'ai éprouvé quand je suis tombée amoureuse.

Allison sentit les battements de son cœur s'accélérer. Elle regarda en direction de Rand pour observer sa réaction. Leurs regards se croisèrent, et d'un commun accord ils ne dirent mot, laissant Lottie continuer son récit.

— Il s'appelait Eduardo Ruiz. Il a été l'amour de ma vie et le père de ma fille. Mais je savais que cela ne pourrait jamais fonctionner entre nous. Il n'était pas capable de m'aimer en retour. J'ai souvent pensé que Rand avait hérité l'esprit insatiable d'Eduardo. Mais fort heureusement, ce n'est pas le cas.

Elle marqua une pause, se tournant vers lui.

— Tu n'aurais pas épousé Allison si tu avais été comme lui. Tu ne serais pas tombé amoureux d'elle.

Rand ferma les yeux un court instant, puisant apparemment la force de mentir plus avant à sa grand-mère qu'il adorait.

— Tu as raison, grand-mère. Je ne suis plus l'homme que j'étais. Ma femme m'a changé.

— Alors raconte-lui l'histoire de ton grand-père. Toute l'histoire. Elle fait partie de la famille, maintenant, elle doit savoir la réaction que tu as eue quand tu as entendu parler de lui. Montre-lui des photos. Vous verrez, la ressemblance est frappante, ajouta-t-elle en se tournant vers Allison.

— Rand m'a brièvement parlé de lui, mais il voulait protéger votre vie privée. Je serais ravie d'en savoir plus sur Eduardo et de voir des photos.

— Cet homme a toujours eu une place spéciale dans mon cœur. J'ai préféré garder ce secret en moi. Je ne l'ai partagé qu'avec mes petits-fils. Je n'en aurais peut-être jamais parlé à Rand s'il ne lui avait pas autant ressemblé, d'ailleurs.

Elle marqua de nouveau une pause.

— Eduardo n'était pas un homme pour moi. Mais Rand est l'homme qu'il vous faut. Quand je vous vois tous les deux, aussi amoureux, je suis au comble de la joie.

Allison sentit son cœur se serrer dans sa poitrine. Rand semblait tout aussi gêné qu'elle.

Mais, comme depuis le premier jour de leur contrat, ils continuèrent leur mascarade, agissant comme des jeunes mariés amoureux. Pour appuyer les dires de sa grand-mère, Rand alla même jusqu'à prendre la main d'Allison dans la sienne, entrelaçant leurs doigts.

— Vous vivez mon rêve. Je suis tellement contente pour vous.

Ce n'est pas un rêve mais un mensonge, se dit Allison, même si elle sourit pour rassurer Lottie.

Pendant le déjeuner, elle s'était laissé emporter en parlant de leur seconde cérémonie de mariage à Sharon, et voilà que la grand-mère de Rand, à son insu, la poussait de nouveau dans les affres de la duperie.

Au moment de se coucher, elle tenta de ne pas trop repenser au fait qu'elle avait senti son cœur se serrer à plusieurs reprises dans la journée. Après tout, elle était une romantique invétérée qui aspirait à écrire des romans et elle avait une imagination débordante. C'était normal d'avoir des accès de faiblesse.

En revanche, ce qui la gênait le plus c'était de sentir qu'elle était en train de tomber amoureuse de son mari. La pensée était terrifiante.

Rand sortit de la salle de bains, dents brossées, vêtu uniquement d'un caleçon. Ils étaient dans sa chambre, entourés de ses affaires. Il ne lui avait pas officiellement proposé de déménager dans la sienne, et elle doutait qu'il le fasse un jour.

— Tout va bien ? Tu sembles préoccupée.

— Non, ça va.

— Tu es sûre ?

Au lieu de répondre, elle dirigea la conversation sur lui.

— Toi aussi, tu avais l'air distrait, tout à l'heure. Tu ne m'as pas encore parlé de ton grand-père.

— J'attendais qu'on soit au lit.

— Alors je suis prête.

— Je vais chercher les photos d'Eduardo.

Quelques instants plus tard, il revint avec un coffret en bois et la rejoignit au lit pour lui montrer les clichés de son grand-père.

— Mais... C'est fou ! Tu lui ressembles tellement !

Il y avait quelques différences, mais dans l'ensemble les deux hommes avaient la même forme de visage, le même nez, les mêmes yeux, la même bouche et la même mâchoire.

— Tu m'as dit qu'il était connu dans son pays. Un matador, c'est ça ?

— Il était espagnol, connu pour ses prouesses dans l'arène

mais aussi pour ses frasques dans la vie de tous les jours. Eduardo était le fils illégitime d'un duc espagnol descendant de la famille royale.

— Quel héritage !

— C'était quelqu'un de très extravagant qui a vécu une vie hors norme, à tous les niveaux, et qui a connu une fin tragique, empalé par les cornes d'un taureau dans l'arène sous les yeux de la foule.

— C'est horrible.

— Regarde, il reste une photo de leur couple éphémère.

— Ta grand-mère était magnifique. On dirait une star de cinéma. Ils formaient un couple incroyable. Je trouve qu'ils allaient bien ensemble.

— Le problème, c'est qu'il allait bien avec beaucoup de femmes. C'était un play-boy invétéré. Tu as entendu ce que ma grand-mère a dit.

Allison n'avait surtout pas envie d'entendre le parallèle que Rand pourrait faire entre le couple Eduardo-Lottie et le leur.

— Comment se sont-ils rencontrés ?

— Ma grand-mère était partie voyager en Europe, seule. Lors de son deuxième jour en Espagne, elle est allée voir une corrida. La coutume veut que l'on jette des fleurs ou des cadeaux aux pieds du matador. Elle lui a jeté un bouquet de roses rouges, il a levé les yeux vers elle et l'a vue.

— C'est comme ça que leur liaison a commencé ?

— Oui. Enfin, elle est allée le voir après le spectacle, attirée par l'échange visuel qu'ils avaient eu, et c'est là que tout a commencé. Ils ont passé le reste de l'été ensemble, dans sa propriété. Elle ne parlait pas espagnol, mais il parlait parfaitement anglais.

— Tu penses qu'il a aimé ta grand-mère ?

— D'après ce qu'elle m'a raconté, il était impressionné par sa culture, sa beauté et son intelligence. Et, le temps de leur liaison, il n'a eu d'yeux que pour elle. Mais il ne voulait pas d'attachement à long terme. Exactement comme moi.

— Oui, je comprends mieux pourquoi ta grand-mère pensait que tu avais hérité de son esprit insatiable.

— Cela me gêne beaucoup qu'elle pense que j'aie changé. Mais je ne peux pas lui dire la vérité. D'un côté, je suis content qu'on ait réussi à duper les gens parce que j'avais besoin d'assainir ma réputation et toi d'une carte verte, mais de l'autre je sais que je n'ai pas changé. Je suis toujours le même homme.

— Je pense cependant qu'Eduardo aurait peut-être épousé Lottie s'il avait su qu'elle attendait un enfant de lui.

— Oui, peut-être. Mais c'est précisément pour ça que ma grand-mère lui a tu la nouvelle. Elle refusait qu'il l'épouse par devoir. Elle ne voulait pas d'un mari qui se morfondrait d'avoir perdu sa liberté ou, pire, qui la tromperait.

— Peut-être que ça se serait passé autrement. Peut-être qu'il aurait fini par tomber amoureux d'elle.

— Allison, arrête d'être aussi romantique !

— Je préfère mon scénario, car finalement ta grand-mère a élevé sa fille seule et Eduardo est mort trop jeune.

— Sa mort était liée à son activité.

— Il l'aurait peut-être arrêtée s'il avait épousé Lottie. Il avait assez d'argent pour eux deux. Ils auraient pu s'installer au Texas.

— Tu penses sérieusement qu'Eduardo serait encore en vie s'il avait épousé ma grand-mère ?

— J'aime penser que c'est une éventualité.

— Tu es vraiment romantique jusqu'au bout des ongles, susurra-t-il en jouant avec la bretelle de sa nuisette.

— Je ne l'ai jamais nié, dit-elle, se tournant vers lui.

— J'aime beaucoup ta nouvelle coiffure et tes effets de maquillage, mais au fond de toi tu es toujours la même.

— En effet.

Elle était toujours la jeune femme qui croyait en l'amour et brûlait d'épouser un jour l'homme de sa vie.

Mais, pour le moment, c'était impossible de songer à son

avenir ou à épouser un autre homme pour la bonne et simple raison qu'elle ne pensait qu'à Rand et qu'elle ne voulait que lui.

— Alors voyons voir si tu as toujours le même goût, murmura-t-il avant de s'emparer de ses lèvres à pleine bouche, dans un baiser vorace et langoureux.

Elle lui rendit la pareille, désireuse d'assouvir sa soif de lui. L'heure n'était pas à la raison, elle n'avait pas le temps de penser. Elle devait agir.

Une fois qu'ils furent entièrement nus, leurs deux corps entrelacés, il la regarda dans les yeux.

Elle tenta de se soustraire à son regard mais n'y arriva pas. Il la retenait prisonnière, attisant son désir pour lui.

Au fond, elle savait que malgré tout le plaisir qu'il lui donnait et tous les moments passionnés qu'ils partageaient, elle ne pouvait pas se permettre de laisser son cœur la guider.

Aussi, même alors qu'il la pénétrait et les emmenait frénétiquement vers la libération tant attendue de l'orgasme, elle se rappela qu'elle ne devait sous aucun prétexte laisser libre cours à ses sentiments pour lui.

Il en allait de sa survie.

10

Le lendemain, Allison continua à se rappeler fermement à l'ordre de ne pas oublier que son mariage avec Rand ne durerait pas. Rand n'était pas son vrai mari. Ils n'étaient pas destinés à vivre ensemble pour le restant de leurs jours.

Mais, à leur séparation, il lui manquerait terriblement.

Il était rapidement devenu la personne dont elle se sentait la plus proche au monde, un ami, un amant passionné, un confident attentionné, tout ce qu'elle avait toujours rêvé de trouver chez un mari.

Sauf que Rand n'était pas son vrai mari pour la vie, donc elle ne pouvait pas se permettre de l'aimer. Elle devait mettre fin à ses rêveries romantiques dès qu'elles prenaient le dessus sur ses pensées.

Rand lui avait fait clairement savoir que leur mariage n'avait rien changé en lui et qu'il était toujours le même homme qu'avant, désireux de retrouver sa liberté.

Heureusement, l'esprit d'Allison était occupé à autre chose grâce à sa commande d'articles, et elle avait gagné en confiance en voyant que les retombées de la soirée caritative avaient été très positives pour son image.

À présent, elle était assise à la table du salon, se délectant de la brise légère provenant des portes vitrées qu'elle avait laissées entrouvertes pour faire entrer l'air frais.

C'était l'un de ses endroits préférés dans la maison.

Rand l'avait prévenue qu'il avait quitté le bureau. Il avait une grande nouvelle à lui annoncer, mais il attendait de la voir en personne. Il l'avait aussi prévenue qu'ils iraient dîner dehors pour fêter la nouvelle.

Ayant un petit creux, elle prit quelques chips au maïs avec de la salsa piquante, son snack préféré.

Quinze minutes plus tard, Rand était de retour.

Il s'approcha d'elle dans son costume impeccable, toujours aussi séduisant. Un visage d'apollon, un sourire de demi-dieu, une allure assurée… Cet homme était parfait, mais elle n'avait pas le droit de l'aimer.

— Salut, chéri, lança-t-elle, décidée à garder un ton léger.

— Je vois que madame est de bonne humeur.

— En effet, j'ai très bien travaillé aujourd'hui.

— Tant mieux, dit-il en la soulevant de sa chaise pour la prendre dans ses bras avant de l'embrasser fougueusement.

C'était incroyable.

Il avait le don de la mettre dans tous ses états à n'importe quel moment de la journée.

— Tu as un goût pimenté, constata-t-il alors qu'il avait mis fin à leur baiser.

— Je viens de manger de la salsa piquante, pas étonnant ! Alors, cette grande nouvelle ? ajouta-t-elle tandis qu'il ôtait sa veste pour la suspendre sur le dossier d'une chaise.

Il lui adressa un large sourire.

— J'ai rencontré Ted aujourd'hui, et il m'a confirmé qu'on avait le compte Brisbane. Mission accomplie.

— C'est formidable ! Félicitations !

Elle ne l'avait jamais vu aussi joyeux, tel un petit garçon qui aurait trouvé un trésor.

Il défit sa cravate.

— Merci, car sans toi je n'y serais jamais arrivé. Tu m'as porté bonheur.

— Je t'en prie, j'ai été contente d'avoir pu t'épauler,

répliqua-t-elle, reconnaissante que Rand la remercie car elle pensait en effet avoir joué un rôle important dans sa carrière.

— Maintenant, il ne nous reste plus qu'à obtenir ta carte verte et le tour sera joué. Notre dernière mission.

La dernière avant le divorce.

Et après, fini les baisers, les câlins, plus de mari et plus de femme.

Si seulement…

— Où aimerais-tu aller manger ?

La question la prit par surprise, alors qu'elle était encore plongée dans ses pensées maussades.

— De la nourriture mexicaine et des margaritas feraient l'affaire.

— Vraiment ? Même après le snack mexicain que tu viens de manger ?

— Oui, justement, ça m'a ouvert l'appétit.

— Je connais un très bon restaurant tex-mex en ville. Tu veux qu'on y aille ?

— Avec plaisir.

Elle voulait juste passer un bon moment et se changer les idées.

— Je vais mettre une tenue plus décontractée, j'arrive.

— Pas de problème, moi aussi je dois monter me changer.

Alors qu'elle s'apprêtait à le suivre, son téléphone sonna.

— Tu pourras voir ça plus tard ou tu veux répondre ?

— Je vais aller y jeter un œil, répondit-elle en se dirigeant vers son téléphone.

— Bonne idée.

— C'est mon frère, je préfère répondre, on ne sait jamais.

Rhys l'appelait rarement donc c'était peut-être important.

— Allô, Rhys ?

— Allison ?

Son ton l'inquiéta aussitôt.

— Que se passe-t-il ?

— Grand-mère a eu un arrêt cardiaque.

— Oh non ! s'exclama-t-elle.

Ses jambes ne la tenaient plus qu'à peine tandis que la peur de perdre sa grand-mère l'envahissait comme un raz-de-marée.

— On ne sait pas si elle va s'en remettre.

— Je vais venir aussi vite que possible.

Allison n'était pas censée retourner en Irlande pendant sa demande de carte verte, mais ce serait considéré comme une urgence familiale. Elle devait à tout prix rentrer chez elle.

— Je te tiens au courant. Préviens-moi quand tu peux arriver.

— Oui, je vais étudier les vols. À très vite.

Dès qu'elle eut raccroché, elle se tourna vers Rand qui la regardait d'un air inquiet.

— Que se passe-t-il ?

— C'est ma grand-mère..., balbutia-t-elle avant d'éclater en sanglots.

Pour Rand c'était tout vu. Il appela le pilote en stand-by et fit affréter son jet privé pour emmener Allison en Irlande. Pas question de la laisser seule. Il voulait la soutenir dans cette épreuve.

Après avoir appelé son assistante pour la prévenir du changement de programme, il contacta les services d'immigration afin de les avertir qu'Allison retournait chez elle pour raisons familiales. Ils furent soulagés d'apprendre qu'elle avait obtenu la permission de quitter les États-Unis et d'y revenir après sa visite éclair en Irlande.

Ils arrivèrent à l'aéroport de Kerry et louèrent une voiture.

La grand-mère d'Allison était dans un hôpital non loin de l'aéroport. La ville de Kenmare, dans le comté de Kerry, se trouvait un peu plus loin.

Ils iraient rendre visite à sa famille plus tard. Pour l'heure, ils foncèrent directement à l'hôpital.

Rand prit le volant tandis qu'Allison entrait en contact

avec sa famille. Pour le moment, sa grand-mère était toujours dans un état critique.

Sa femme avait l'air épuisée et inquiète. Plus vulnérable que jamais. Il serait dans tous ses états s'il arrivait la même chose à sa grand-mère. Sans compter qu'Allison était loin de sa famille.

— Je suis vraiment désolée. Ce n'est pas comme ça que j'avais imaginé ta première visite en Irlande.

— Moi non plus.

D'après ce qu'Allison lui avait dit, sa grand-mère, Fiona, avait soixante-dix-huit ans et toujours été en excellente santé. Pas étonnant que le grand-père d'Allison, Cormac, soit dans tous ses états. Ils étaient mariés depuis plus de cinquante ans.

Il priait en silence pour que Fiona se remette.

Ils mirent quinze minutes pour arriver à l'hôpital. Rand se gara, puis ils se précipitèrent à l'intérieur pour demander où se trouvait la grand-mère d'Allison. Il avait pris la main de sa femme depuis qu'ils avaient laissé la voiture sur le parking et ne l'avait pas lâchée.

En arrivant dans la chambre, ils découvrirent la famille de Fiona réunie autour du lit. Cormac était assis à côté de sa femme.

Perdue entre les draps blancs de l'hôpital, Fiona semblait faible et vulnérable, les cheveux blancs, le teint pâle et des perfusions dans les deux bras.

Les parents d'Allison, Sheila et Angus, prirent chacun à leur tour leur fille dans leurs bras. Ils donnèrent aussi l'accolade à Rand. Quand son frère Rhys vint à sa rencontre, Allison posa la tête sur l'épaule de son frère. Après avoir réconforté sa sœur, il serra la main de Rand, le remerciant d'être venu.

Allison s'approcha du lit et se planta à côté de son grand-père.

Rand resta en retrait, observant la scène de loin.

Sheila, la mère d'Allison, vint lui parler.

— La grand-mère d'Allison est très bien soignée ici. Elle a été prise tout de suite, et son médecin nous a bien expliqué ce qui s'est passé. Mais je pense que la présence d'Allison va être le meilleur des remèdes pour Fiona.

Il jeta un œil en direction de la vieille femme. Elle semblait consciente de la présence de sa petite-fille chérie. Mais pour l'instant, personne ne pouvait rien faire, hormis prier.

Le lendemain, l'état de Fiona se stabilisa et, si elle continuait sur cette voie, les médecins affirmèrent à la famille qu'elle pourrait être déplacée dans un centre de convalescence de la région.

Pour le moment, elle subissait encore des effets secondaires de son arrêt cardiaque, mais dans l'ensemble elle allait mieux.

D'après Rand, c'était un miracle.

Cet après-midi-là, pendant que tout le monde était parti à l'hôpital, il était resté à la ferme avec le frère d'Allison. Juillet était le mois le plus sec à Kenmare avec des températures clémentes, même s'il pouvait soudain faire très humide et très frais.

Rhys avait mis Rand à contribution, prétextant un manque de main-d'œuvre. Rand pensait qu'il avait surtout envie de le mettre à l'épreuve pour voir de quoi il était capable.

La ferme des Cartwright possédait des centaines de moutons et d'agneaux. Pas plus tard que ce matin-là, Rhys avait appris à Rand comment tondre un mouton.

La plupart des fermiers utilisaient des tondeuses électriques, mais les Cartwright procédaient encore comme autrefois, à la main. Ils trouvaient que les machines enlevaient trop de laine et qu'ensuite les moutons avaient froid.

Rand avait mis la main à la pâte et cela n'avait pas toujours été facile, car il n'était pas habitué au travail manuel, mais c'était une expérience vivifiante. Même s'il aimait les activités en plein air, il n'avait jamais vécu une telle expérience. C'était très agréable de sentir qu'il faisait partie de quelque chose de réel, quelque chose qui n'avait rien à voir avec l'alimentation des réseaux sociaux ou avec son activité professionnelle.

L'influence du pays d'Allison poussait Rand à adopter un état d'esprit plus authentique. Réussirait-il à le conserver en rentrant au Texas ? Envisagerait-il de moins dévoiler sa vie privée ?

Avant de trop réfléchir à la question, il reporta son attention sur la ferme. Rhys et lui étaient en train de faire une pause après avoir tondu le premier troupeau de moutons.

Rhys était assis près d'une clôture, un border collie noir et blanc à ses pieds. Le chien était si impressionnant qu'il avait remporté des tas de titres lors de salons canins.

Derrière l'homme et le chien s'étendaient à perte de vue des hectares et des hectares d'un paysage vallonné luxuriant, succession de broussailles, de collines et de montagnes.

— Si mon père me voyait, il n'en croirait pas ses yeux. Il m'a toujours répété que j'étais un bon à rien et que je n'étais pas manuel pour un sou !

— Je ne te connais pas, mais j'avoue que je suis moi-même surpris que tu aies pris la main aussi vite. On dirait que tu as fait ça toute ta vie !

— Peut-être dans une vie antérieure ?

— En tout cas, je trouve que tu t'en sors bien pour un gosse de riches, constata Rhys avant d'éclater de rire.

— Merci ! Je prends ça comme un compliment... J'imagine que c'est le sort que tu as toujours réservé aux soupirants d'Allison ? Ou c'est un traitement qui m'est personnellement réservé ?

— J'ai fait bien pire aux garçons qui tournaient autour d'Allison. Mais là, c'est différent. Tu ne lui tournes pas autour, tu es son mari. Si vous n'étiez pas mariés, je t'aurais sûrement cuisiné pour savoir si tes intentions étaient honorables.

Comment rebondir ?

Un profond sentiment de culpabilité s'empara de Rand. Ses intentions étaient honorables dans le sens où il avait voulu soutenir Allison dans cette épreuve et qu'il avait pris le temps de l'accompagner en Irlande au chevet de sa grand-mère, mais, pour ce qui était du reste, cela ne changeait rien à la dynamique de leur mariage blanc.

— Elle a l'air vraiment heureuse, c'est tout ce qui compte pour moi, ajouta Rhys.

Le commentaire du frère d'Allison ne fit qu'augmenter son malaise. Allison méritait mieux que lui. Les Cartwright aussi.

Rand n'était pas l'homme qu'ils pensaient. Son divorce avec Allison était imminent.

Pourtant, même s'il était persuadé de ne pas vouloir changer le contrat d'origine, un immense sentiment de solitude s'empara de lui lorsqu'il pensa à la fin de son mariage avec Allison.

C'était comme s'il prenait goût à l'idée d'être son mari. Un faux mari, se rappela-t-il. C'était pour le mieux. Il n'était pas fait pour vivre toute sa vie avec la même femme. Ce n'était pas dans son ADN.

Son grand-père avait été un véritable coureur de jupons, et son père n'avait jamais été un bon mari. Ni avec sa mère ni avec les trois autres femmes qu'il avait épousées.

— Quand Allison sera rentrée de l'hôpital, vous devriez aller en ville, conseilla Rhys, le tirant de ses pensées.

— Oui, on verra si elle se sent d'attaque.

— Avec tout ce qui se passe, vous n'avez pas encore pu visiter les environs. Elle pourra te montrer l'église où vous allez vous marier l'an prochain. Je te préviens tout de suite, ça va être l'événement de l'été. Donc autant t'y préparer dès maintenant !

Rand n'avait aucune envie d'aller voir l'église où Allison et lui ne se marieraient pas l'été suivant. Pour alléger l'atmosphère et changer de sujet, il fit une plaisanterie.

— Je crois plutôt qu'on devrait aller au pub boire une pinte de Guinness.

Heureusement, Rhys avait de l'humour et rit de bon cœur.

— Je t'emmènerai au pub une prochaine fois. On aura tout le temps pour ça. Mais aujourd'hui je crois vraiment que vous devriez aller à l'église d'Holy Cross et allumer une bougie pour grand-mère.

— Entendu ! lança Rand qui se voyait mal refuser.

Même s'il n'allait plus à l'église, il croyait encore au pouvoir de la prière. Pour ce qui était de continuer à laisser penser à la famille d'Allison qu'ils allaient renouveler leurs vœux, c'était une autre histoire.

— Allez, viens, la pause est terminée, il faut y retourner.

Rand suivit le mouvement, chassant la tension émotionnelle qui s'était accumulée en lui et reportant son attention sur le moment présent.

Plus tard, dans l'après-midi, Rand était assis en face d'Allison dans une librairie de livres d'occasion qui faisait aussi office de restaurant végétarien et d'épicerie de produits bio. Ils étaient en train de déguster une soupe et des biscuits salés faits maison.

Elle lui raconta qu'elle avait toujours aimé venir dans ce lieu. En tant que romancière en herbe, elle adorait être entourée de livres anciens et plonger dans un univers olfactif et visuel différent.

Rand se sentait lui aussi très à l'aise dans cet environnement.

D'ailleurs, à la réflexion, il aimait tout ce qu'il avait découvert de Kenmare. Le nom celte de la bourgade était *Neidin*, ce qui signifiait « nid ». Il trouvait que ce nom correspondait parfaitement à cette petite ville charmante, nichée au pied des collines.

En plus de ses paysages pittoresques et de son atmosphère rustique, la petite ville de Kenmare était aussi connue pour ses promenades le long de la péninsule et dans les montagnes.

— Je me plais vraiment beaucoup ici, tu sais. C'est comme si le temps s'était arrêté. J'ai beaucoup voyagé, mais aucun lieu n'avait jamais eu un tel effet sur moi.

— Je suis très contente que tu m'y aies accompagnée.

— Alors c'est parfait.

— Et dire que Rhys t'a appris à tondre les moutons !

— Il t'a expliqué que je m'en étais bien sorti ? Ou du moins mieux que ce à quoi il s'attendait ?

— Oui, ne t'inquiète pas.

— J'ai essayé d'être à la hauteur pour voir si j'arrivais à l'impressionner, mais ton frère est coriace.

— Moi aussi, je suis coriace, malgré mes allures innocentes. Rappelle-toi que j'ai remporté notre duel sportif.

Il leva les yeux au ciel.

— Comment veux-tu que je l'oublie ?

Ce fameux duel avait marqué le début de leur liaison torride.

— Je suis tellement contente que ma grand-mère aille mieux. J'étais très inquiète.

— Je comprends. Tu es plus détendue, constata-t-il, tendant la main pour toucher la sienne.

— Si tu veux, sur le chemin du retour, je peux te montrer le restaurant où je travaillais.

— D'accord, concéda-t-il, tout en éprouvant un certain malaise.

C'était le restaurant où elle avait rencontré l'homme qui s'était fait passer pour un certain Rich Lowell.

Rand n'utilisait pas une fausse identité et il n'essayait pas de lui soutirer de l'argent, mais il était en train de duper la famille d'Allison et il ne prenait peut-être pas toute la mesure de l'impact que leur relation aurait sur Allison.

Parfois il la sentait très proche de lui, trop même. Et s'il lui brisait le cœur quand leur mariage prendrait fin ?

Elle lui avait promis de ne pas s'attacher à lui, et il l'avait crue sur parole. Du moins, il avait voulu la croire sur parole. Mais plus il découvrait ses penchants romantiques, plus il se demandait si elle était vraiment capable de tenir une telle promesse.

Elle lui avait avoué avoir un faible pour lui. Peut-être qu'il ne fallait pas grand-chose pour que ses sentiments se transforment en un amour profond. Or la dimension sentimentale était exclue de leur contrat.

En cet instant même, alors qu'elle le scrutait en silence, ses yeux brillaient d'une tendresse inouïe. Il ne s'y connaissait pas bien en sentiments, mais il aurait juré que c'était le regard que pourrait lancer une femme amoureuse à son mari.

C'était comme si la dynamique était en train de changer sous ses yeux sans qu'il n'ait aucune influence dessus. Et ce voyage en Irlande ne faisait que renforcer ce sentiment de proximité qu'il percevait comme un danger.

Ils finirent leur repas, puis reprirent la voiture.

En chemin, comme prévu, elle lui montra le restaurant où elle avait travaillé.

— C'est joli, tu as dû passer de bons moments ici.

— Oui, répondit-elle d'un air mélancolique.

— Mais ça me rappelle surtout que c'est là que tu as rencontré le fameux Rich, ajouta-t-il, incapable de cacher le fait que sa liaison avec cet homme le gênait ou, du moins, qu'elle était étrangement présente à son esprit.

— Il n'est venu qu'au début. Quand notre liaison a commencé, il ne venait plus, car je ne voulais pas qu'on nous voie trop ensemble. Plus j'y pense, plus je trouve ça bizarre.

— Quoi donc ?

— J'aurais dû me douter que cette liaison serait sans lendemain puisque je la cachais à ma famille.

— Eh bien d'après moi, c'est plutôt bizarre que tu trouves ça bizarre puisque c'est exactement ce qu'on est en train de faire. On ne cache pas notre liaison, mais on cache le fait que notre mariage est blanc.

— Au moins, aucun de nous n'est marié.

— Puisque nous abordons le sujet, sache que ton frère veut que tu me montres l'église où aura lieu notre seconde cérémonie de mariage.

— Je sais, il m'en a parlé. Il partait du principe que je mourais d'envie de te montrer l'endroit, c'est normal.

— C'est normal.

— Vu qu'il m'a demandé d'allumer une bougie pour grand-mère, ça te dérange si on y va quand même ?

— Bien sûr que non, répondit-il, s'étant mentalement préparé à cette visite.

Comme l'église n'était pas loin, ils s'y rendirent à pied.

— Quel beau bâtiment ! s'exclama-t-il.

— Oui, j'adore ce lieu. Tu sais de quand date cette église ?

— De 1864. Tu veux entrer à l'intérieur ?

— Pas maintenant. J'aimerais d'abord te confier quelque chose.

— Ah bon ?

— Tu te souviens quand je t'ai dit que je n'étais pas allé dans une église depuis longtemps ? Je ne t'ai jamais expliqué pourquoi et j'aimerais le faire maintenant.

— Bien sûr, je t'écoute.

— Ni ma grand-mère ni mon père ne m'ont donné une éducation religieuse. Mais ma mère, si. Elle s'est convertie quand elle a divorcé de mon père. Elle m'a fait baptiser, et je me souviens que j'aimais bien aller à l'église avec elle. Mais à sa mort ça s'est arrêté.

— Je comprends…

— Quand j'ai été assez grand pour aller à l'église tout seul, je suis retourné dans celle où j'allais avec ma mère. Mais ce n'était plus pareil. Cela ne faisait que me rappeler l'enterrement de ma mère et la douleur de son départ prématuré. Donc j'ai complètement arrêté de fréquenter les églises et je n'y suis pas retourné depuis.

— Je suis vraiment désolée, Rand. Est-ce que ça t'a aidé ?

— Non, la douleur de sa perte est encore très présente.

— J'imagine… Tu préfères ne pas y entrer ?

— Si, j'aimerais bien. Et je vais allumer une bougie pour ma mère. Je pense qu'elle aurait beaucoup aimé cet endroit.

Allison en avait les larmes aux yeux.

— Je suis sûre qu'elle nous regarde, en ce moment même.

— J'espère, souffla-t-il.

Quand ils pénétrèrent dans l'enceinte, Allison plongea la main dans le bénitier et se signa. Rand en fit autant, des souvenirs de son enfance refaisant tout à coup surface dans son esprit. D'agréables souvenirs de l'époque où sa mère était encore en vie.

L'intérieur de l'église était encore plus impressionnant que l'extérieur. Clair, aéré, le bâtiment comportait un autel en marbre, des sols décorés et des plafonds ornés en bois.

Ils allumèrent deux bougies. Une pour la grand-mère d'Allison et une pour la mère de Rand.

Après avoir passé quelques instants à prier en silence, il jeta un regard vers Allison et se prit à penser à la cérémonie fictive du renouvellement de leurs vœux. Il s'empressa bien vite de chasser cette pensée absurde de son esprit. Ce n'était pas parce qu'il passait un moment de recueillement dans une église avec Allison qu'il devait rester toute sa vie avec elle ou que cela ferait de lui le mari idéal.

Avec ses grandes idées romantiques, elle méritait de trouver le mari qui lui conviendrait et qui répondrait à ses attentes d'une vie partagée avec un foyer à la clé.

Or lui, il ne pouvait pas lui garantir un tel avenir. Il n'était pas l'homme qu'il lui fallait, car il n'était pas capable de lui offrir ce qu'elle voulait.

Dès leur retour au Texas, il allait tout faire pour accélérer le dossier de demande de carte verte pour Allison. Il devait lui permettre au plus vite de reprendre le cours de sa vie.

Sans lui.

11

Le troisième et dernier jour du séjour de Rand et Allison en Irlande, le vent tourna et le temps se rafraîchit.

Le soir même, ils reprendraient le jet de Rand pour le Texas. Mais en attendant ils faisaient une longue promenade dans les collines.

Allison connaissait bien le chemin. Elle avait décidé d'emmener Rand dans la cachette où elle allait se réfugier étant enfant et qui se trouvait aux confins de la propriété de sa famille.

— On y est presque.

— Le paysage est époustouflant.

— J'ai toujours adoré venir ici. C'est ma grand-mère qui m'en a fait découvrir tous ses chemins.

— Dis donc, elle ne t'a pas élevée comme la mienne, mais elle aussi tenait une place importante dans ta vie, on dirait.

— Oui, j'ai toujours été très proche d'elle. Je suis tellement soulagée qu'elle aille mieux.

— Moi aussi. Je ne l'ai pas vue beaucoup, mais ça a l'air d'être un sacré bout de femme.

— Tu lui as beaucoup plu. Elle a décrété que tu étais le prince de Royal.

Ils rirent de bon cœur.

— Elle devait être infernale, étant jeune.

— Oui, elle a fait les quatre cents coups et elle était très courtisée.

Allison n'alla pas plus loin, mais Rand avait plu à toute sa famille. Sa mère avait promis de lui tricoter un pull avec la laine de la ferme et de lui envoyer. Son père, son frère et son grand-père étaient très impressionnés qu'il ait accepté de participer aux activités de la ferme sans rechigner.

Donc, dans l'ensemble, il avait passé le test avec les félicitations.

Quant à Allison, elle avait abandonné la bataille et ne cherchait plus à se convaincre de l'inverse. Quelque part au-dessus de l'Atlantique, elle était tombée follement amoureuse de Rand. C'était irréversible.

L'amour était quelque chose de beau, et elle refusait de regretter ce qui lui était arrivé. Elle devait continuer à espérer en faisant tout ce qui était en son possible pour essayer de garder l'homme qu'elle aimait au lieu de se morfondre à l'idée de le perdre.

Sa confiance avait des limites et des doutes l'assaillaient par vagues, à intervalles réguliers. Il lui avait répété à plusieurs reprises qu'il refusait d'être apprivoisé ou de s'engager pour la vie. Il avait même été très clair.

Pourtant, maintenant qu'elle reconnaissait l'aimer profondément, elle avait envie de croire que l'inverse était possible, que les choses pouvaient changer.

Avant de se perdre dans les méandres de ses pensées confuses, elle se força à revenir au moment présent.

— Voilà, c'est juste derrière ce petit mont.

— Je ne sais toujours pas où tu m'emmènes ! Hormis que tu aimais bien venir là étant enfant.

— Tu verras, ce sont des ruines.

— Des ruines ?

— Quand j'étais petite, j'imaginais être la princesse du château fort. Puis, à l'adolescence, c'est là que je venais écrire les poèmes destinés à mon mari imaginaire.

— Ah oui, c'est vrai, tes fameux poèmes. C'est vraiment dommage que tu ne les aies plus.

Peu importait qu'elle les ait perdus ou non. Elle savait que Rand Gibson avait jailli des profondeurs de son imaginaire, s'imposant comme l'homme de sa vie. Un homme réel, mais un mari imaginaire.

Dès qu'il vit les ruines, elle lut sur son visage qu'il était subjugué.

— Allison, c'est merveilleux ! Moi aussi, enfant, j'aurais aimé que ce soit mon château fort.

— Ce sont des habitations très anciennes. On appelle ça une hutte en cloche à cause de sa forme. Pas de fenêtres, juste une ouverture qui sert de porte et qui peut facilement être bloquée par une pierre.

— Vous avez de la chance d'avoir ça sur votre propriété !

— Oui. Regarde la façon dont les pierres sont amoncelées pour ne pas faire passer le jour, ni la pluie.

— Impressionnant.

— Tu veux entrer ?

— Et comment ! Je te suis.

Une fois à l'intérieur, ils s'assirent en tailleur près de l'entrée pour avoir un peu de lumière.

— Alors ? Que dis-tu de ce lieu secret ?

— Je ne dirais pas que je pourrais m'y installer de façon permanente, mais en tout cas c'est une merveilleuse cachette, répondit-il en se penchant pour l'embrasser.

— C'est bon, murmura-t-elle.

— Viens, lui intima-t-il, en la guidant pour qu'elle s'assoie entre ses jambes, dos contre lui.

— Jamais je n'aurais cru embrasser un homme ici.

— Comme quoi, tout arrive.

Tout ? Vraiment ? Pour sa part, elle aurait voulu rester éternellement dans cette position. Elle avait envie d'être à lui, pour la vie.

— Je peux ? lui souffla-t-il à l'oreille alors qu'il entreprenait d'ouvrir la fermeture Éclair de son jean.

— Oh ! oui..., gémit-elle, les yeux fermés.

Il glissa la main droite dans sa culotte et déboutonna son chemisier de la main gauche.

Elle était à sa merci. Cette position ne fit qu'attiser son désir pour lui.

Dès qu'il lui effleura les seins sous le chemisier, ses tétons se raidirent et, à l'instant où les doigts de Rand fouillèrent son intimité, elle se mit à mouiller de plaisir.

Elle se lova davantage contre lui, profitant des mille et une sensations qu'il provoquait en elle. C'était absolument exquis, sensuel, torride... Rarement elle avait vécu un moment d'intimité aussi chaud et langoureux. Elle aurait voulu qu'il ne s'arrête jamais.

Inévitablement, elle repensa à ses poèmes. Elle avait trouvé le mari de ses rêves. Il était bien réel. Mais l'ironie du sort faisait qu'elle allait bientôt le perdre.

— Allison, je ne t'oublierai jamais, murmura-t-il dans le silence de la pierre.

Son annonce lui fit rouvrir les yeux. Était-il déjà en train de faire ses adieux ?

— Nous sommes encore ensemble.

— Je sais, mais je tenais à ce que tu le saches : tu occuperas toujours une place spéciale dans ma vie, quand on ne sera plus ensemble.

Elle refusait d'accepter ses mots, soumise à ses caresses.

— Il nous reste encore du temps à passer l'un avec l'autre.

Du temps afin qu'il change d'avis.

Pour toute réponse, il la fouilla davantage. Elle s'agrippa à sa cuisse, griffant le jean au passage. Il avait décidé de la faire jouir et elle ne l'en empêcherait pas. Au contraire. Elle leva les hanches pour venir se coller à ses doigts, capitulant à son assaut charnel.

La sensation de lui être soumise décuplait son excitation.

Elle se délectait de son toucher expert, des frissons qui l'envahissaient, du bonheur d'être sa proie, prisonnière de ses charmes.

Plus il la caressait et plus elle avait envie de lui. Elle jouit d'un orgasme fulgurant, étreinte par les bras de son mari.

Allison et Rand dormirent dans l'avion et, le lendemain, ils se réveillèrent au Texas.

Dès leur retour, il avait pris une douche et revêtu un costume pour aller au bureau. À présent, il sirotait un café, le regard tourné vers le jardin. Il avait l'air pensif, plus silencieux qu'à son habitude.

Elle s'était installée à la table avec son ordinateur portable, prête à se remettre à l'ouvrage.

— On a rendez-vous avec les services d'immigration demain, lâcha-t-il sans introduction.

Elle se leva d'un bond, sous le choc.

— Demain ? Comment est-ce possible ? Il doit y avoir une erreur ! s'exclama-t-elle, paniquée.

— Non. J'ai contacté mon ami pour savoir s'il pouvait nous obtenir un rendez-vous plus tôt et il y a eu un désistement demain.

— Je pensais que le rendez-vous ne serait pas avant un mois, avoua-t-elle, dépitée.

Et qu'elle pourrait se leurrer pendant encore un mois.

— Je pensais que tu serais contente, répliqua-t-il, se levant à son tour.

Contente ? C'était la pire des nouvelles. Si elle obtenait sa carte verte plus tôt, leur mariage se terminerait d'autant plus vite.

— On n'est pas prêts pour l'entretien, objecta-t-elle.

— Je ne suis pas d'accord. Avec tout ce qu'on a vécu, j'ai l'impression qu'on se connaît assez pour subir l'interrogatoire d'un employé des services d'immigration.

— J'aimerais avoir plus de temps pour me préparer.

— Nous sommes prêts, tu n'as pas à t'inquiéter.

— J'ai peur.

Peur de te perdre, de passer le reste de ma vie sans toi.

— Je t'assure, tout va bien se passer, il n'y a pas de raison d'avoir peur. On va y arriver, la rassura-t-il en s'approchant d'elle pour lui caresser le bras.

Lui, peut-être, mais elle n'y arriverait pas. Elle n'arriverait pas à l'oublier ou à reprendre sa vie comme avant.

— Le rendez-vous est à quelle heure ?

— À 10 heures.

— Si tu veux, ce soir, on peut prendre un peu de temps pour préparer l'entretien et se poser des questions.

— Oui, bonne idée.

En réalité, elle ne s'inquiétait pas pour l'entretien. Elle s'inquiétait du résultat. Elle était terrifiée à l'idée d'obtenir la carte verte dont elle avait tant rêvé.

Elle était mariée à Rand et elle l'aimait profondément, comme une femme aime son mari. Or, après l'entretien, il lui resterait peu de temps pour le convaincre qu'ils étaient faits l'un pour l'autre, ce dont elle était intimement persuadée.

— Alors on fait comme ça, si ça peut te rassurer, promit-il, replaçant une mèche de cheveux derrière son oreille.

Sa cravate était légèrement de travers.

Sans réfléchir, elle la replaça bien droite, frappée de s'apercevoir à quel point ces petits gestes du quotidien étaient devenus naturels entre eux. Comme entre un mari et une femme.

Pourquoi restait-il aveugle à cette évidence ? Pourquoi refusait-il de voir qu'ils étaient faits l'un pour l'autre ? Comment réussirait-elle à le convaincre ?

Il la prit par la taille et l'embrassa, ainsi qu'il le faisait tous les matins avant de partir travailler.

Elle se délecta de ses lèvres chaudes et viriles venant prendre possession de sa bouche. Trop heureuse de ce contact charnel, elle lui rendit son baiser, profondément, langoureusement, en savourant chaque instant.

L'envie de l'attirer à l'étage lui traversa l'esprit, mais il avait déjà dû mettre beaucoup de projets en attente et repousser trop de rendez-vous pour l'accompagner en Irlande, cela n'aurait pas été raisonnable.

— Merci d'être venu avec moi en Irlande, murmura-t-elle, à la fin de leur baiser.

— Je suis ravi d'avoir rencontré ta famille. Mais je n'aime pas l'idée d'avoir menti à tout le monde, d'autant que nous nous sommes très bien entendus. Je n'aime pas non plus l'idée d'avoir dupé ma grand-mère. Au moins, mon frère aura le plaisir de claironner qu'il m'avait prévenu et qu'il aurait pu parier que notre mariage ne durerait pas.

Pour sa part, Allison ne culpabilisait plus d'avoir dupé leur entourage. Pour la simple et bonne raison qu'elle l'aimait réellement, que son amour pour lui était tout ce qu'il y avait de plus sincère. Elle ne mentait à personne, hormis à Rand.

Tôt ou tard, elle devrait lui dire la vérité.

Le lendemain matin, Allison et Rand arrivèrent dans les bureaux des services d'immigration, avec trente minutes d'avance. Il avait revêtu un costume, et elle avait opté pour un tailleur chic, mais néanmoins sobre. Ses cheveux étaient remontés en un élégant chignon, et son maquillage ajoutait une touche de raffinement, reflétant son nouveau statut de femme mariée à un homme de la haute société.

La veille, quand il était rentré du bureau, ils avaient passé plusieurs heures à se poser des questions. Dans l'ensemble, ils pensaient avoir couvert tous les domaines. Au moment de se coucher, ils s'étaient sentis prêts pour l'entretien.

Enfin, ils furent appelés à rejoindre un officier des services d'immigration dans un bureau aveugle.

La femme qui les attendait ne perdit pas de temps et

les plongea aussitôt dans le vif du sujet. Après les avoir interrogés à deux, elle les questionna individuellement.

Les entretiens étaient filmés et la cadence des questions intense, mais Allison ne flancha pas. Elle remarqua même qu'au-delà des réponses aux questions l'employée de l'immigration étudiait aussi ses réactions physiques.

De nouveau réunis, ils attendirent le verdict.

Quand l'employée les convoqua à nouveau dans son bureau, elle rendit le passeport d'Allison avec un tampon, confirmant que leur mariage était validé par les autorités américaines et que la demande de carte verte avait été acceptée. Elle la recevrait par la poste d'ici un mois.

À la fin de la procédure, ils regagnèrent le parking où Rand avait garé sa Porsche.

— C'était plus dur que je ne le croyais. Et j'avoue avoir eu peur quand elle nous a séparés, avoua-t-il en lui ouvrant la portière côté passager.

— Moi aussi, admit-elle en s'engouffrant dans l'habitacle qui sentait bon le cuir.

Apparemment, ils avaient été à la hauteur des attentes des services d'immigration. La boucle était bouclée, ils avaient dupé tout le monde.

— Tu veux qu'on aille fêter ça en mangeant un bout ?

— Non, merci. Je préfère rentrer, je n'ai pas très faim.

— Entendu, on mangera plus tard, dit-il, allumant le moteur.

Au bout de quelques minutes, Allison rompit le silence.

— Il va quand même falloir faire attention.

— Attention à quoi ?

— Il ne faut pas éveiller les soupçons. Il faudrait continuer à vivre ensemble pendant quelque temps.

— Oui, bien sûr. On attendra au moins que la carte verte arrive chez moi. Je ne pensais pas te ramener à Dallas aujourd'hui, lança-t-il, amusé.

Allison se crispa. Comment pouvait-il plaisanter à ce

sujet ? La carte verte mettrait un mois à arriver. Allait-elle réellement continuer à faire semblant pendant un mois ?

Non. Si elle voulait avoir une chance de faire changer les choses entre eux, elle devait lui avouer son amour. Elle avait réussi à mentir à la terre entière, mais elle ne pouvait plus supporter ce mensonge entre eux.

Sa décision fut prise. Elle devait lui parler.

Avant d'entamer une procédure de divorce, elle devait avouer à son mari qu'elle était folle amoureuse de lui et qu'il était l'homme de sa vie.

12

Installés sur la terrasse, à la demande d'Allison, Rand se demandait pourquoi l'atmosphère s'était soudain alourdie entre eux alors qu'il pensait qu'ils iraient fêter leur succès.

— Allison, pourquoi tu me regardes comme ça ? Depuis qu'on est rentrés, tu as l'air bizarre. Quelque chose ne va pas ?

— Eh bien... Je... J'ai... quelque chose... à te dire, balbutia-t-elle, tant bien que mal.

— Je suis là. Je t'écoute.

— Rand, Je t'aime... Je suis tombée amoureuse de toi.

Catastrophe ! C'était la pire des choses qui puisse arriver.

Il ne savait ni quoi répondre ni quoi faire. Hormis rester assis sur sa chaise, bouche bée.

— Je suis désolée si la nouvelle te choque.

Pour être choqué, il était choqué. Il regarda Allison droit dans les yeux. Il devait trouver le moyen de la convaincre qu'elle faisait une erreur.

— Quand on était en Irlande, j'ai senti ton attachement pour moi, mais je me suis voilé la face.

— Pourquoi ne pas m'en avoir parlé ?

— J'avais trop peur de la vérité.

— Je comprends...

— Non, tu ne comprends pas. Allison, je ne suis pas l'homme qu'il te faut.

— C'est faux. Tu es mon héros.

— Non, je ne suis pas le héros du livre que tu veux écrire et tu ne peux pas me changer.

— Parfois, on change, nos sentiments évoluent.

— Tu es vraiment une idéaliste.

Il n'était pas le mari qu'elle méritait et il devait à tout prix couper court aux rêves qu'elle nourrissait à son égard.

— J'ai essayé de ne pas tomber amoureuse de toi, mais mon cœur a pris le dessus sur ma raison et je n'ai pas pu résister.

— Depuis quand le sais-tu ?

— Depuis le soir où tu m'as parlé de ton grand-père.

— Quand tu as voulu réécrire l'histoire de mes grands-parents ? Dans la réalité, les choses ne se terminent pas toujours bien, Allison. Tu ne peux pas inventer un avenir pour toi et moi comme si on habitait dans un monde magique.

— L'amour est un sentiment magique, pourtant il existe bel et bien.

— Je sais… Quand on était dans l'église en Irlande, l'espace d'un instant, j'ai imaginé un avenir avec toi. Mais je me suis tout de suite rappelé à l'ordre, car je sais que je ne suis pas fait pour toi.

— Donc tu te sacrifies noblement en me laissant partir ? Pourquoi ne pas essayer de continuer cette aventure ?

— Je ne sais pas comment faire. Je n'ai pas appris à aimer. Je n'ai pas grandi dans une famille unie. Mes parents ne m'ont pas donné l'exemple.

— Cela ne veut pas dire que tu n'es pas capable d'aimer. Parmi tout ce qu'on a échangé, il y avait des sentiments véritables.

— Allison, arrête. On a signé un contrat, on a joué le jeu et on a dupé tout le monde. Mais, en cours de route, tu t'es laissé happer par le monde fictionnel qu'on avait créé. Je suis resté dans la réalité en me contentant d'honorer le contrat.

— Peut-être que tu résistes trop parce que tu as peur de ce qui se cache au fond de toi. Peut-être que tu étouffes des sentiments amoureux qui ne demandent qu'à exploser au grand jour.

— Allison, s'il te plaît, n'en rajoute pas. Arrête de te bercer d'illusions. J'étais, je suis et je resterai toujours le même. Un play-boy invétéré. Un homme incapable de se caser à vie.

— C'est faux. Tu n'es pas aussi play-boy que tu le prétends. Dès le début de notre relation, tu t'es montré attentionné. C'est toi qui as proposé d'appeler mon père pour lui demander officiellement ma main. C'est toi qui as insisté pour que la bague que tu m'offrais ait une signification. Tu penses qu'un play-boy sans cœur aurait agi de cette façon ?

— Et alors ? C'est pour ça que tu es tombée amoureuse de moi ?

— Ce n'est pas ce que je dis. J'essaie de te faire comprendre que tu es plus sensible que tu ne le penses et que le lien entre nous est plus fort que tu ne le crois. Tu n'étais pas obligé de venir en Irlande avec moi, ni de te montrer ouvert envers ma famille, ni de m'accompagner dans l'église pour allumer une bougie.

— Justement, c'est dans l'église que j'ai pris conscience de la nécessité de faire cesser notre mariage au plus vite. C'est pour ça que j'ai voulu à tout prix avancer l'entretien pour ta carte verte.

Elle lui jeta un regard abasourdi.

— Tu voulais te débarrasser de moi ?

— Je voulais arrêter la mascarade. Je ne sais pas comment accepter ton amour. Je ne sais pas quoi en faire. Je suis désolé. Je ne voulais pas te faire souffrir, mais je n'ai pas pu tenir ma promesse.

— Donc à tes yeux notre mariage n'a pas d'avenir ?

— Non.

Il eut envie de ravaler sa réponse catégorique, de lui dire qu'il avait envie de passer le restant de sa vie avec elle, mais qu'il avait peur de s'engager et de s'autoriser à l'aimer. Il n'en eut pas le courage.

Elle ferma les yeux quelques instants puis les rouvrit. Ils se dévisagèrent dans le silence, mal à l'aise. Puis elle détourna le regard.

Était-elle sur le point de pleurer ?

— Allison, je suis vraiment désolé.

— Arrête de dire que tu es désolé. Tu ne m'as jamais promis que tu m'épousais pour la vie. J'ai eu envie d'y croire et maintenant je sais à quoi m'en tenir.

Elle se leva.

— Que fais-tu ? demanda-t-il, se levant à son tour.

— Je vais prendre quelques affaires et rentrer chez moi à Dallas. Après, je te contacterai pour récupérer le reste et je repartirai en Irlande.

— Tu vas rentrer chez toi ? Après tout ce qu'on a fait ? Tu abandonnes ta carte verte ?

— Sans toi, ma vie aux États-Unis n'a pas de sens.

Il s'en voulait tellement ! Non seulement il lui avait brisé le cœur, mais il avait aussi mis fin à son rêve de vivre aux États-Unis.

— Je peux te ramener chez toi.

— Non, merci, je préfère y aller seule. Et j'aimerais que tu ne sois pas là quand je passerai récupérer le reste de mes affaires. Je te préviendrai quand j'aurai pris mes dispositions.

— Donc on ne se reverra plus ?

— Non, je ne préfère pas. Ce serait trop douloureux.

Il s'avança pour la prendre dans ses bras, mais elle recula.

— Au revoir, Rand. Bonne chance.

— Bonne chance à toi, lâcha-t-il, anéanti.

Il resta dans le jardin, le temps qu'elle fasse son sac. Elle ne redescendit que lorsque son taxi arriva.

Une fois qu'elle fut partie, il rentra dans sa grande maison vide, le cœur lourd.

Allison lui manquait déjà. Plus que jamais.

Allison rentra dans son appartement avec un profond sentiment de solitude. Elle essayait de ne pas pleurer, craignant de ne pouvoir s'arrêter et de finir noyée dans un étang de larmes.

Le cœur déchiré par le chagrin, l'esprit soumis à un désespoir sans bornes, le corps en proie à de vives douleurs, elle ne voyait pas d'issue. Elle n'avait pas envie de rentrer en Irlande, mais elle ne pouvait pas imaginer d'habiter au Texas sans Rand.

Effondrée sur son canapé, elle se roula en boule, repensant aux mille et un moments partagés avec Rand. Plus elle pensait à lui et moins elle concevait de vivre sans lui.

Ce serait difficile de se mettre à écrire le roman dont elle avait toujours rêvé, mais elle s'y appliquerait, pour retrouver sa dignité. Et dans son texte le héros texan, Rand, tomberait follement amoureux de l'héroïne, car il croirait en lui, en elle, en leur avenir à deux.

Le Rand de son monde imaginaire. Le mari de ses rêves.

Les larmes qu'elle retenait depuis que Rand avait déclaré leur mariage nul et non avenu se mirent à couler à flots, lui brûlant les joues. Réprimant l'envie de lui téléphoner pour entendre sa voix, elle resta affalée sur le canapé à se morfondre et à pleurer ce qu'elle avait perdu.

Après avoir sombré dans un sommeil agité, elle alla se rafraîchir dans la salle de bains avant de sortir sur son balcon pour avoir un peu d'air.

Elle avait dit à Rand qu'elle prendrait ses dispositions pour passer chercher le reste de ses affaires, mais elle ne récupérerait pas ses jardins de fées. Elle les laisserait là-bas pour que les esprits veillent sur lui.

Un cadeau d'adieu à l'homme qu'elle aimait.

Si les fées avaient pu les emporter, Rand et elle, vers un royaume surnaturel, ils seraient encore ensemble, mariés pour la vie.

Rand avait raison, elle était trop idéaliste.

Ne supportant plus de tourner en rond chez lui, Rand envoya un message à son frère, lui demandant s'il pouvait passer.

Dès ton arrivée, Trey lui offrit une bière. Rand en but une gorgée, mais écarta vite la canette. Même une bonne bière froide ne pourrait pas le sortir de cette situation.

— Que se passe-t-il ? Tu as l'air préoccupé. Et tu as une sale tête.

Rand ne tourna pas autour du pot.

— Allison m'a quitté. Elle est repartie à Dallas et va sûrement rentrer en Irlande.

— Waouh. Elle t'a expliqué pourquoi ?

— En fait, c'est moi qui ai fait capoter notre mariage. Comme tu l'avais prédit. Je lui ai brisé le cœur.

Trey le regarda, la mine renfrognée.

— Que lui as-tu fait, au juste ?

Rand lui fit un résumé de la situation jusqu'au rendez-vous aux services d'immigration.

— Après notre rendez-vous, elle m'a avoué qu'elle était amoureuse de moi et que j'étais l'homme de sa vie.

— Et toi ? Que lui as-tu répondu ?

— Que je n'étais pas l'homme qu'il lui fallait, qu'elle méritait un autre mari que moi et que je n'étais pas capable d'aimer.

— Et pourquoi lui as-tu sorti une ineptie pareille ?

— Parce qu'elle m'a idéalisé, mais je ne suis pas le mari parfait dont elle rêvait. Si on restait ensemble, je ne serais pas capable d'être à la hauteur de ses attentes.

— Pourtant, d'après elle, tu es le mari qu'il lui faut. Elle a peut-être raison de croire en toi.

— Tu trouves ? Pourtant tu étais le premier à déclarer que mon mariage ne tiendrait pas.

— Je sais, mais je me suis trompé, on dirait. Regarde l'état dans lequel tu es. Ta femme te manque, et tu ne peux clairement pas vivre sans elle.

— Oui, elle me manque.

— Alors je ne vois pas où est le problème. Tu lui en veux

de penser que tu es son héros ? Tu ne crois pas que tous les hommes rêvent d'être le héros de leur femme ?

— C'est plus compliqué que ça.

Il ne pouvait pas lui dévoiler l'origine de leur mariage. Allison et lui avaient juré de garder le secret.

— Tu l'aimes encore ?

— Quoi ?

— Quand tu es venu la première fois pour m'annoncer que tu allais épouser Allison, tu m'as dit que tu l'aimais plus que tout et qu'elle était la femme de ta vie.

Une fois de plus, Rand n'était pas en mesure de lui avouer qu'il lui avait menti. Mais cela n'avait plus d'importance, car en cet instant une certitude s'imposa à lui.

Il aimait Allison aussi passionnément qu'elle l'aimait. Si tel n'avait pas été le cas, il n'aurait pas eu l'impression que son cœur s'était déchiré depuis qu'Allison l'avait quitté.

— Oui, je l'aime.

Il marqua une pause, digérant l'aveu qu'il venait de faire à son frère, certes, mais à lui-même aussi.

— Je l'aime plus que tout.

Trey ne dit rien, laissant planer cette déclaration.

Rand sentait son cœur battre à mille à l'heure, comme s'il allait sortir de sa poitrine.

— Tu sais ce qu'il te reste à faire.

— Oui, je dois aller le lui dire.

— C'est ça. À toi de jouer, frérot.

— Merci pour tout.

Rand était à la fois euphorique et perdu. Il n'avait jamais été amoureux de sa vie. C'était un sentiment chamboulant et effrayant.

Dès qu'il eut pris congé de son frère, il partit pour Dallas. Sur la route, il pensa au fait que depuis le départ d'Allison il ne s'était jamais senti aussi seul. Il reconnaissait à présent à quel point c'était formidable d'avoir une femme qui croyait en lui, qui l'aimait, qui se sentait rassurée dans ses bras et satisfaite dans son lit. Pour la simple et bonne raison que c'était aussi ce qu'elle lui faisait ressentir, même s'il avait refusé de le reconnaître jusqu'à présent.

Avec elle, il se sentait bien ; avec elle, il se sentait capable de tout ; avec elle, il prenait du plaisir comme il n'en avait jamais pris avec une femme.

Il le reconnaissait à présent. L'amour n'était pas un sentiment qu'il fallait craindre, mais un cadeau qu'on devait accepter avec joie. Et le mariage n'était pas quelque chose qu'il fallait redouter tel un emprisonnement. C'était un engagement solennel envers la personne qu'on aimait.

Allison avait été la femme parfaite, depuis le début de leur relation. Attentionnée, gentille, adorable, drôle, aimante, sexy. Elle réunissait tous les éléments dont un homme pouvait rêver chez une femme.

À présent, il lui tardait de la retrouver, de lui déclarer sa flamme, de lui dire qu'il voulait fonder un foyer avec elle, avoir des enfants, lui donner son cœur et être le mari dont elle rêvait.

Réussirait-il à se faire pardonner ? Lui donnerait-elle l'occasion de se racheter et d'effacer les paroles blessantes qu'il lui avait lancées, par peur de s'engager ?

C'était son vœu le plus cher, et il pria pour qu'il ne soit pas trop tard.

Quand la sonnette retentit, Allison l'ignora.

Elle n'attendait personne. C'était sûrement une erreur ou la voisine qui cherchait son chat. Parfois, la bestiole venait sur son balcon. Aujourd'hui, elle ne l'avait pas vue et elle n'avait pas envie de parler à qui que ce soit.

Elle n'était même pas censée être là. Après tout, si elle n'avait pas avoué à Rand qu'elle l'aimait, elle serait encore chez lui. Mais cela n'aurait avancé à rien. Elle aurait continué à vivre dans le mensonge.

La sonnette retentit de nouveau. Elle ne bougea pas. Elle avait besoin de se ressourcer et aucune envie de voir qui que ce soit. Hormis Rand, bien sûr.

Et si c'était lui ?

Ce serait tellement incroyable. Mais pourquoi viendrait-il la voir après ce qu'il lui avait dit ? Pour s'excuser de nouveau de ne pas l'aimer ? Même si elle l'aimait plus que tout, elle n'avait pas le cœur de le revoir dans ces conditions.

La sonnette retentit une troisième fois.

Cette fois, piquée par la curiosité, elle alla à la porte et regarda par l'œil-de-bœuf. Mon Dieu ! C'était lui.

Rassemblant son courage, elle lui ouvrit. Ils se dévisagèrent, en silence.

— Oh ! Allison, regarde dans quel état je t'ai mise.

— J'ai beaucoup pleuré, oui, admit-elle, platement.

Elle le laissa entrer, puis referma la porte derrière lui.

Son salon parut plus petit, maintenant que Rand s'y trouvait.

— Je suis désolé de t'avoir fait souffrir, marmonna-t-il en voulant lui caresser la joue.

Elle eut un mouvement de recul.

— Ah non, ne recommence pas à t'excuser.

Son regard s'obscurcit.

— J'arrive trop tard ? s'enquit-il sur un ton paniqué.

— Trop tard pour quoi ?

— Tu ne m'aimes plus ?

— Mais qu'est-ce que tu racontes, Rand ? Pourquoi es-tu venu, au juste ?

— Je suis venu te dire que je t'aime.

Elle vacilla. Était-elle en plein rêve ? Était-elle réellement en train de vivre cette scène ?

— Tu m'aimes ?

Il prit ses mains dans les siennes.

— Oui. J'avais peur de me l'avouer, mais c'est fini maintenant. Je t'aime, je veux partager ma vie avec toi, avoir des enfants avec toi et faire tout ce que font les gens mariés.

— Oh ! Rand ! J'ai l'impression de rêver.

Mais c'était la réalité.

L'homme qu'elle aimait, l'homme qui l'aimait était devant elle, en chair et en os. Ce n'était pas le héros fictif d'un livre.

— Accepterais-tu de m'épouser une seconde fois ? Voudrais-tu retourner en Irlande avec moi l'an prochain pour fêter notre premier anniversaire de mariage ?

— Je veux bien t'épouser autant de fois que tu veux, répondit-elle avant de tomber dans ses bras.

Il l'embrassa avidement, tendrement. C'était si bon de le goûter de nouveau.

— Tu as un stylo et une feuille ? s'enquit-il, une fois qu'il eut lâché ses lèvres.

— Pour quoi faire ?

— Je dois écrire quelque chose.

Elle s'approcha de son secrétaire pour y prendre un stylo à plume et tira une petite feuille quadrillée dans un carnet.

— Tu penses que ça ira ?

— C'est parfait.

Au bout de quelques secondes, il lui tendit la feuille de papier pliée.

À l'intérieur, il était écrit :

« J'ai une dette. »

— Je ne comprends pas.

— Je vais t'écrire un poème, comme ceux que tu écrivais à ton mari imaginaire. J'ignore combien de temps ça me prendra et si ce sera lisible, mais je veux essayer.

Allison se crut sur le point de se liquéfier.

Il n'y avait aucun doute. Rand était le héros dont elle avait toujours rêvé.

— J'ai envie de te sentir près de moi. Tu veux bien venir t'allonger à mes côtés ? Tu veux bien me caresser, me toucher, m'embrasser ?

Il lui prit la main.

— Tu sais, moi aussi, j'ai très envie de toi.

Elle le conduisit dans sa chambre. Ils se déshabillèrent avant de se glisser sous la couette.

C'était tellement bon de voir ce corps nu qu'elle trouvait terriblement beau. Elle aima en redécouvrir les contours, les formes, en caresser la peau.

Il n'arrêtait pas de lui dire qu'il l'aimait, et elle ne s'en lassait pas. Elle lui murmura des mots doux en retour, le sentant frissonner de bonheur.

Ils se caressèrent, se câlinèrent, s'embrassèrent et se donnèrent du plaisir de manière très créative, sans se pénétrer. Elle n'avait pas de préservatif, et il n'en avait pas apporté. Il était venu chez elle pour lui donner de l'amour.

C'était excitant de sentir à quel point il était là pour elle, prêt à tout lui donner. Il n'y avait rien de plus parfait que de se savoir aimée par l'homme de ses rêves.

Plus tard dans la journée, Allison rentra avec Rand, dans cette maison qu'ils avaient partagée en tant que faux couple et qu'ils allaient maintenant partager en couple éperdument amoureux.

Elle se régalait de la détermination avec laquelle il voulait absolument partager sa vie avec elle. Il ouvrit le coffre-fort dans sa chambre et déchira l'accord qu'elle avait signé en petits morceaux qu'il jeta en l'air comme des confettis.

Elle sourit, ravie de le voir se comporter de manière aussi insouciante.

— Tu es vraiment fou.

— Oui, je suis fou de toi. Je veux que tout ce que j'ai t'appartienne, sans obstacles entre nous. D'ailleurs, ça me fait penser qu'il faut enlever les portes entre nos chambres pour en faire une grande suite nuptiale.

— Et je crois que je me sens prête à essayer la conduite à l'américaine.

— Tu pourras faire tout ce que tu veux, promit-il avant de la soulever dans les airs et de la faire tournoyer.

Elle poussa des cris de joie.

Quand l'estomac de Rand se mit à gargouiller, ils rirent de bon cœur.

— Je peux nous préparer à manger, si tu veux.

— Ce serait super. Je n'ai pas mangé depuis ce matin.

— Moi non plus.

— Je peux t'aider à cuisiner. Tu pourrais m'apprendre quelques plats.

— Excellente idée ! Comme ça, le jour de la fête des Mères, tu pourras cuisiner avec nos bambins aux yeux verts.

— Enfin, ils pourraient aussi les avoir bleus ou marron.

— C'est vrai, tu as raison !

— Mais on les aimera quand même ?

Ils éclatèrent tous les deux de rire, savourant le moment.

— Notre vie va être formidable ! lança-t-elle avant de se jeter dans ses bras.

— Elle l'est déjà !

— Tu as encore raison, convint-elle, avant d'embrasser Rand le plus amoureusement du monde.

Son rêve était devenu réalité.

Elle avait épousé l'homme de sa vie, le héros texan qui l'avait fait vibrer dès les premiers instants.

JOANNE ROCK

Pour un je t'aime de plus

Traduction française de
YVES CRAPEZ

PASSIONS

HARLEQUIN

Titre original :
CLAIMING HIS SECRET HEIR

Ce roman a déjà été publié en 2019.

1

Frissonnant sous le vent de janvier, Caroline Degraff s'approcha de la grille défendant l'entrée du manoir de Damon McNeill, à Los Altos Hills, en Californie.

Moins d'un an plus tôt, c'était elle qui avait tracé les plans de cette immense demeure destinée à être bâtie au-dessus de la baie de San Francisco, et inspirée d'un château français.

Elle aussi qui avait décidé de tel ajout, de telle disposition des chambres, sans jamais avoir eu l'occasion d'habiter ce palais.

Du regard, elle chercha les deux caméras de surveillance qui protégeaient le domaine.

À n'en pas douter, un employé ne tarderait pas à venir lui demander des comptes, mais Damon McNeill, son mari, P-DG d'une florissante firme de logiciels de la Silicon Valley, ne pouvait pas refuser de la recevoir.

Allait-elle, comme elle le redoutait, découvrir qu'il s'était joué d'elle et se souciait peu de ce qu'elle avait pu devenir depuis près d'un an ?

Onze mois plus tôt, avec l'aval de son père, actionnaire de Transparent, la société de Damon, elle avait été recrutée afin d'étudier les dysfonctionnements éventuels de l'entreprise, et bien sûr, de proposer de solutions.

Son père avait eu une idée derrière la tête : lui faire espionner Damon et recueillir des informations afin de le chasser de son poste de P-DG, prélude à une prise de contrôle future de sa firme.

Et Stephan Degraff comptait bien s'appuyer sur le vote des actionnaires de Transparent pour arriver à ses fins.

Sauf que, sans l'avoir voulu, Caroline était tombée follement amoureuse de Damon et, à partir de là, l'image qu'elle se faisait de ce père idéalisé s'était considérablement dégradée.

Très en colère contre elle, Stephan Degraff lui avait reproché son attachement envers Damon et lui avait demandé de rompre avec ce dernier, ce qu'elle avait refusé de faire.

Furieux contre elle et encore plus contre Damon, son père n'avait pas daigné assister à leur mariage, mais les sentiments qui l'unissaient alors à Damon avaient balayé ses regrets et leur lune de miel en Italie comptait toujours parmi les meilleurs moments de sa vie.

Alors que leur séjour en Italie touchait à sa fin, Damon et elle s'étaient disputés au sujet de Stephan Degraff, que son mari jugeait peu fiable et même dangereux.

Elle avait prétexté une visite à une amie, à Londres, pour quitter provisoirement Damon et revoir son père en cachette avant de rentrer au manoir de Los Altos Hills où, en principe, Damon devait l'attendre.

Si elle conservait le souvenir de sa querelle avec Damon, de son voyage à Londres, de son retour à Los Altos Hills et de son inquiétude en constatant l'absence de son époux, la suite des événements restait floue et terrifiante...

Ce jour-là, en entendant s'ouvrir la porte d'entrée, elle en avait déduit que Damon était de retour.

Après quoi, sa mémoire trébuchait...

Seule certitude : elle avait été kidnappée et gardée en otage des mois durant.

Un cauchemar !

L'un de ses geôliers avait mentionné la rançon demandée à Damon et le refus de ce dernier de la verser, puis on l'avait menacée de représailles, notamment contre ses deux jeunes frères et sa sœur Victoria, si elle se rebiffait.

Elle n'avait pas voulu croire alors à la trahison de Damon et, chaque jour, en dépit des drogues qu'on lui faisait absorber et qui effaçaient ses souvenirs, c'était à lui qu'elle pensait, à lui qu'elle adressait ses prières, et ce, d'autant plus qu'elle se savait enceinte.

Hélas, Damon n'était pas venu, et ces interminables semaines passées dans ce lointain village de la péninsule de Basse-Californie, au Mexique, l'avaient poussée aux limites du désespoir.

Alors qu'elle se morfondait, un pêcheur providentiel, à l'accent canadien prononcé, l'avait délivrée et conduite à terre où son père, miraculeusement prévenu, l'avait prise en charge, tout en lui disant pis que pendre de Damon.

Soignée dans la maison de vacances de sa famille, à Vancouver, elle avait pu récupérer et accoucher.

Alors qu'elle s'interrogeait une fois de plus sur les étranges circonstances de son enlèvement, un jeune homme armé d'un sécateur s'approcha de la grille.

— Puis-je vous aider, madame ? demanda-t-il en la dévisageant d'un air méfiant à travers les épais barreaux.

Amaigrie, les stigmates de l'épreuve traversée marquant encore son visage, la diplômée d'une prestigieuse école de commerce qu'elle était ne devait certes pas payer de mine.

— Oui, peut-être...

— Madame, tout va bien ?

Non, tout allait mal.

Elle en venait à douter d'elle-même, de ce qu'elle avait subi et dont il ne lui restait que quelques vagues réminiscences.

Fort heureusement, et en dépit des drogues absorbées au début de sa grossesse, son fils né six semaines plus tôt était en parfaite santé.

— Je... Cette maison m'est familière, dit-elle en trébuchant sur ses souvenirs. En fait, j'ai contribué à en dessiner les plans.

Le jeune homme la regarda avec étonnement.

— Ah, je comprends. Mais j'ai des consignes pour ne laisser pénétrer personne, du moins par la grille principale.

— Je ne voudrais pas vous causer le moindre ennui.

Son interlocuteur lui sourit.

— Je vous suggère de passer par l'entrée des fournisseurs. La porte sera ouverte...

Un piège ?

Un nouvel enlèvement en perspective ?

Un an plus tôt, dans cette même maison, elle aurait eu tant à se faire pardonner de la part de Damon, et pour commencer, de lui avoir menti en prétendant rendre visite à une amie à Londres alors qu'en fait, c'était son père qu'elle allait rencontrer.

À Londres, Stephan Degraff avait tenté une fois de plus de la convaincre de l'aider à prendre le contrôle de Transparent, la société high-tech de son mari.

Elle avait refusé, de ça au moins elle était certaine, pour rentrer en Californie, à Los Altos Hills.

Et ensuite ?

Tout était si confus !

— En fait, je suis venue voir M. McNeill...

Son mari l'avait-il, comme le lui serinait son père, épousée pour s'assurer l'héritage du grand-père McNeill, autant que pour obtenir d'elle un rapport favorable concernant ses capacités à diriger Transparent avec la bénédiction des actionnaires ?

Tout le laissait craindre et, pourtant, il lui revenait toujours ces souvenirs torrides de leur lune de miel en Italie : sa voix, ses sourires, cette main qui caressait son corps nu...

Tu te fais des illusions, ma fille ! Damon ne t'a épousée que par intérêt. C'est un homme méchant, retors, et c'est ton père qui le dit...

Son père...

Depuis la mort de sa mère, bien des années plus tôt, c'était en Stephan Degraff qu'elle avait placé toute sa confiance, à lui aussi qu'elle avait donné toute son affection.

Ce coup de foudre avec Damon avait rompu le charme, lui avait ouvert de nouveaux horizons.

En découvrant que sa fille était amoureuse de l'homme que, précisément, il voulait évincer, son père était entré dans une rage folle.

Damon ne t'aime pas. Son grand-père est riche à millions, mais exige de ses petits-enfants qu'ils soient mariés pour toucher son héritage. Comprends-tu à présent ?

Croire que son mari aurait feint de l'aimer, de lui faire si bien l'amour simplement par intérêt, lui apparaissait comme monstrueux et pourtant, n'était-ce pas là peut-être la vérité ?

Le jardinier se gratta la nuque.

— M. McNeill ? Oui, il est ici, mais il ne reçoit que sur rendez-vous.

Elle fut à deux doigts de renoncer, mais ne se devait-elle pas de sauver coûte que coûte son mariage, à présent qu'elle était mère d'un petit Lucas dont le père, justement, n'était autre que Damon McNeill ?

Tirant de la poche arrière de son jean la feuille froissée et délavée que sa sœur avait subtilisée dans le bureau de leur père, elle tendit cette dernière au jardinier.

— Quand vous lui aurez montré ceci, M. McNeill acceptera sûrement de me rencontrer.

Elle devait avoir ce certificat sur elle quand elle avait tenté d'échapper à ses ravisseurs en plongeant dans les eaux du Pacifique, avant d'être reprise.

La manière dont son père avait pu récupérer le document restait pour elle une énigme...

— De quoi s'agit-il ? demanda le jardinier en dépliant le papier.

— D'une preuve que je suis mariée à M. McNeill.

Tout en déchiffrant les inscriptions à moitié effacées, l'employé ne cessait de l'observer.

— Madame McNeill ?

— En personne et née Caroline Degraff, dit-elle en pointant son nom de jeune fille sur le certificat.

Après avoir été sauvée puis soignée à Vancouver, elle avait eu bien du mal à faire affleurer les souvenirs liés à son mariage.

Peu à peu, des images de sa lune de miel lui étaient revenues et elle s'en était ouverte à son père qui était entré dans une grosse colère, insultant Damon et l'engageant à oublier ce qu'il appelait une « triste aventure ».

Par la suite, Stephan Degraff avait tout fait pour l'isoler du restant de la famille, ce qui n'avait pas été difficile, ses jeunes frères étant en pension, sa sœur à l'université et sa mère morte depuis plusieurs années déjà.

Atteinte par cette séquestration morale, elle avait connu des heures de déprime noire et son père, prenant peur devant son état de santé chancelant, avait programmé un rendez-vous chez un psychiatre.

— Vous avez subi un lavage de cerveau en règle, à la fois par la privation de nourriture et par les drogues qu'on vous a obligée à prendre, lui avait dit le médecin après quelques séances.

Ses geôliers l'auraient abreuvée d'informations tronquées ou déformées ayant pour but de la faire douter de la réalité.

— M. McNeill serait votre mari ? insista le jardinier d'un ton incrédule.

L'était-il encore ?

— Et si vous lui posiez directement la question ? suggéra-t-elle sans parvenir à juguler le flux d'émotion qui lui montait à la gorge.

Après ce calvaire de près d'un an, elle n'était plus sûre de rien et surtout pas du fait qu'un jour, Damon lui aurait passé la bague au doigt...

Dans la vaste salle de travail du rez-de-chaussée, Damon regardait, sur un écran géant, la démonstration d'un hacker appointé par ses soins et chargé de mettre à l'épreuve les verrous de sécurité du nouveau logiciel de sa société.

Sans payer de mine, ce geek à lunettes de vingt-deux ans était tout simplement en train de lui prouver que le système de codage de son merveilleux programme laissait à désirer.

Fort heureusement, et du reste il avait été engagé pour ça, ce même geek offrait des solutions...

— Monsieur McNeill ?

La voix de la gouvernante le fit tressaillir.

— Oui, que voulez-vous ?

— Désolée de vous déranger, mais une personne qui se prétend votre épouse vient de se présenter à l'entrée de la propriété.

Et lui qui ne cessait depuis près d'un an de penser à Caroline, à cette maison de Los Altos Hills conçue pour elle, pour eux plutôt, et que, par désespoir, il s'apprêtait à vendre !

— C'est une plaisanterie ?

— Je n'en ai pas l'impression, monsieur, répondit la gouvernante.

Caroline !

Il l'avait fait rechercher dans toute l'Europe par une armée de détectives privés, puis il avait payé rubis sur l'ongle la rançon demandée par ceux qui disaient avoir enlevé sa femme.

Mais avait-elle seulement été enlevée ?

Car Stephan Degraff, son beau-père, avait juré à la police que Caroline avait choisi de prendre la tangente, de recommencer à zéro ailleurs et sans lui.

Alors qu'il était sans nouvelles de sa femme depuis bientôt un an, Degraff, lui, continuait de tenter de s'emparer de sa société et semblait peu se soucier du sort de sa fille.

Au début, avant qu'il ne reçoive la demande de rançon, il avait ajouté foi aux propos de Stephan l'assurant que Caroline avait cessé de l'aimer et désirait refaire sa vie sans lui.

Paris, Prague, Kiev, autant de villes où Caroline aurait

séjourné sans que personne, là-bas, n'ait pu la reconnaître sur photo, selon ses détectives.

— Cette personne a-t-elle des papiers d'identité ? Un permis de conduire ? Un passeport ? lança-t-il à la gouvernante.

— La visiteuse ressemble au portrait de Mme McNeill qui se trouve dans l'entrée et le certificat de mariage qu'elle a montré me semble en règle.

— Vous êtes sûre ?

— Certaine. Dois-je faire ouvrir la grille ?

Son cœur battait à présent à cent à l'heure.

Caroline ici, alors qu'il l'avait cherchée partout dans le monde et qu'il désespérait de la voir libérée par ses ravisseurs !

Et ce salaud de Degraff qui n'avait eu de cesse d'affirmer que Caroline ne voulait plus rien avoir à faire avec lui, qu'elle le fuyait pour mieux l'oublier…

Un père dénaturé, oui, et qui semblait s'être désintéressé totalement du sort de sa fille, kidnappée quelques mois plus tôt.

— J'arrive.

Caroline, enfin, après si longtemps !

Et si cette personne était une émissaire des ravisseurs et non pas son épouse ?

Semaine après semaine, en se fiant aux notes d'hôtels et de restaurants européens réglés par la carte bancaire de Caroline, il avait chargé Bentley, le responsable de l'agence de détectives privés, de mener l'enquête.

Curieusement, sa femme demeurait insaisissable et il en était venu à douter de la réalité de sa fugue, au point de s'en ouvrir auprès de son beau-père qui, une fois de plus, lui avait affirmé que Caroline ne voulait plus de lui.

Quelques jours après, il avait reçu une lettre stipulant que Caroline avait été enlevée ainsi qu'une demande de rançon. Il lui était recommandé de ne pas avertir les autorités s'il souhaitait que son épouse reste en bonne santé.

Il avait immédiatement payé la somme réclamée sans pour autant avoir des nouvelles de Caroline et, lorsque la police l'avait contacté, il avait compris que sa banque, alertée par l'énormité de son virement adressé à un compte étranger, avait tiré la sonnette d'alarme.

Après avoir nié les faits, il avait finalement fait confiance à l'inspecteur Downey, l'officier chargé du dossier, qui semblait ne pas croire à ce kidnapping.

— Il s'agit sûrement d'une arnaque, monsieur McNeill, l'avait assuré le policier.

Une arnaque ? Alors que sa femme était peut-être entre les mains de brutes qui devaient la maltraiter ?

— Vous n'allez quand même pas affirmer qu'elle serait de mèche avec ses ravisseurs, non ?

— Je ne le pense pas, avait répondu Downey, mais il est possible que quelqu'un, dans son entourage proche, soit impliqué.

Mais qui donc ?

Arrivé au rez-de-chaussée, il déboucha sur la pelouse, décorée à l'époque et selon les directives de Caroline, d'une très jolie fontaine importée des Indes.

Dehors, de l'autre côté de la grille, cette silhouette amaigrie, mais familière, ces cheveux blonds…

La même taille, la même physionomie, mais quelle pâleur et comme les joues de sa visiteuse s'étaient creusées !

Sinon, c'était bien la même femme qui, un an plus tôt, l'avait subjugué.

Alors que chaque pas le rapprochait de celle qui, encore plus qu'au moment de leur mariage, occupait toutes ses pensées, il laissa éclater sa rancune contre Stephan Degraff, le père de Caroline, qui s'était servi de sa fille dans le but de lui ravir Transparent.

Quand il avait mis Caroline au pied du mur, à l'époque, celle-ci lui avait demandé pardon et tous deux étaient tombés dans les bras l'un de l'autre puis avaient décidé de se marier.

La sensualité de Caroline avait fait de lui le plus heureux des hommes durant leur lune de miel, jusqu'à ce que, après une querelle stupide, sa jeune et jolie épouse choisisse de partir seule pour Londres, en principe afin d'y retrouver une amie.

En fait, il l'avait soupçonnée de vouloir rencontrer son père en secret et, qui sait, peut-être même pour lui rendre compte de sa mission d'espionnage à Transparent.

Au terme d'une conversation téléphonique houleuse, il lui avait finalement raccroché au nez et, de retour dans son manoir de Los Altos Hills, il n'avait pu que constater son absence.

Se fiant au témoignage de Stephan Degraff qui, chaque fois qu'il le pouvait, disait pis que pendre de lui, la police avait conclu que la jeune femme était partie de son plein gré parce qu'elle ne souhaitait plus vivre avec lui.

Pour preuve ultime : sa belle épouse avait laissé son alliance et sa bague ornée de diamants bien en évidence, sur la commode de leur chambre.

— Dès que ma fille sera entrée en contact avec moi, elle vous fera adresser par ses avocats un protocole de divorce, avait déclaré Degraff lors de leur dernière entrevue.

En dépit de ses demandes répétées, la police avait refusé d'ouvrir une enquête pour disparition, sa femme ayant le droit d'aller où bon lui semblait.

— Et ne vous avisez pas d'alerter les médias, avait ajouté Stephan Degraff, en brandissant la menace d'un recours devant les tribunaux pour atteinte à la vie privée de Caroline.

Il n'en avait pas moins persisté dans ses recherches et acquis la certitude que Degraff avait effectivement chargé Caroline d'espionner ses procédés de gestion et de fabrication, jusqu'à ce que cette dernière cesse de coopérer et que tous deux décident de se marier.

Dix mois et demi déjà !

— Caroline !

L'avait-elle quitté parce qu'elle ne l'aimait pas, ne l'aimait plus, ou bien...

En l'apercevant, elle recula, apeurée, et, en dépit de sa

pâleur, de l'absence de maquillage, de son jean effrangé qui ne payait pas de mine, il la trouva belle et émouvante.

— Enfin ! murmura-t-il en s'avançant à travers la grille ouverte vers son épouse.

La jeune femme fit un pas en arrière.

— Damon McNeill ?

Tandis que le jardinier s'éloignait discrètement, il s'empara du document que lui tendait la visiteuse et qui n'était autre que leur certificat de mariage.

— Je ne comprends pas...

Pourquoi agissait-elle comme si elle ne le reconnaissait pas alors que, en ce qui le concernait, il mourait d'envie de la prendre dans ses bras comme au premier jour de leur lune de miel ?

Les yeux aux reflets dorés le scrutèrent.

— Tu... Vous êtes vraiment Damon ?

— Évidemment !

Un faible sourire éclaira le visage de son épouse.

— Je vous... Je te crois, car j'ai pu voir ta photo en ligne, sur Internet. Tu ressembles beaucoup à ton frère Cameron.

— Mon demi-frère, rectifia-t-il machinalement. Ai-je donc tant changé que ça pour que tu doutes à ce point de mon identité ?

Les prunelles dorées le scrutèrent avec méfiance.

— Je... J'ai des trous de mémoire. Je me souviens encore de certains paysages du Mexique et ensuite, tout est flou.

— Enfin, tu ne m'as quand même pas oublié !

Un sourire las joua sur le visage amaigri de Caroline.

— Je sais à peine qui je suis. Apparemment, j'ai été retenue captive dans un village de pêcheurs de la péninsule de Basse-Californie, au Mexique.

Il fut pris de compassion pour cette femme miraculeusement retrouvée.

— Je comprends, mais, d'où vient ce certificat de mariage ?

— De la poche d'un jean que je portais alors. Nos deux

noms ne me disaient rien et puis, quand la mémoire m'est revenue par bribes, j'ai fini par penser que, peut-être, j'étais bien Caroline Degraff et que j'avais épousé un certain Damon McNeill...

Il esquissa le geste de caresser le bras de sa femme, mais celle-ci se déroba.

— Comment m'as-tu finalement retrouvé ?

— J'ai consulté Internet.

— Et moi qui t'ai fait rechercher partout en Europe.

— Je n'étais pas au courant. Encore une fois, je me rappelle bien peu de chose du passé...

— Je m'en rends compte, dit-il, sans en être tout à fait convaincu.

— Au début, j'ai pensé que ce certificat de mariage avait été forgé de toutes pièces ou encore que nous avions divorcé sans que je m'en souvienne, poursuivit son épouse en évitant son regard.

— Nous n'avons jamais divorcé, mais après ta disparition, ton père a prétendu que tu ne voulais plus vivre avec moi et que tu avais décidé de voyager seule pour faire le point, crut-il bon de préciser.

Les yeux d'or se plissèrent.

— Mon père t'a dit ça ?

— Oui, et sur ses recommandations, la police m'a averti que toute tentative de ma part visant à te retrouver serait considérée comme du harcèlement à ton égard...

— Je... Je ne me souviens de rien, déclara Caroline en remettant en place, d'un geste qu'il lui avait souvent vu faire, l'une de ses longues mèches dorées.

— Je vais t'aider à recouvrer la mémoire, assura-t-il.

Celle qui portait son nom, qu'il avait passionnément aimée durant cette fabuleuse lune de miel en Italie, avait besoin de lui et, amnésie ou non, il se fit le serment que plus jamais Caroline ne lui échapperait.

— Je ne demande pas mieux, fit Caroline tout en gardant avec lui cette satanée distance qui le gênait.

Avait-elle donc si peur de lui ou bien était-ce de la méfiance à son égard ?

— Où loges-tu ? s'enquit-il, curieux.

Caroline parut hésiter.

— Ces deux dernières nuits, j'ai dormi dans un abri pour femmes seules. J'avais peur…

Sa propre épouse réduite à coucher dans un refuge, après avoir été retenue captive ?

Il n'en revenait pas.

— Ma Caroline ! Comme je suis heureux de te voir après si longtemps !

Il aurait voulu l'étreindre de toutes ses forces, mais la crainte d'être repoussé l'en dissuada.

— Damon…, murmura Caroline.

Se pouvait-il qu'elle ait oublié le passé ? Leur lune de miel, en Italie ? Leur bonheur d'alors ? Leurs brûlants corps-à-corps ?

— Cette maison est la tienne et je désire prendre soin de toi.

— Je ne demande qu'à te croire, fit sa visiteuse, en fronçant les sourcils comme pour tenter de rassembler ses souvenirs égarés.

2

Confortablement installée sur le divan du second étage, dans ce manoir dont elle avait en partie dressé les plans, Caroline regrettait d'avoir exagéré à dessein la gravité de son amnésie face à Damon, mais avait-elle le choix ?

Tant qu'elle serait dans l'incertitude concernant le rôle joué par son mari dans sa disparition, la prudence s'imposait, raison pour laquelle elle avait menti en affirmant avoir dormi dans un refuge pour femmes seules alors qu'elle avait loué, non loin de là, et sous un nom d'emprunt, une coquette fermette...

Elle tenta une fois de plus de faire la part des choses entre les propos de son père accusant Damon de tous les maux, et la bonne foi manifeste de ce mari qui venait de l'accueillir si chaleureusement et à qui elle cachait toujours l'existence de Lucas, leur fils de six semaines laissé à la garde de sa sœur Victoria.

Lucas !

Se retrouver enceinte peu après son enlèvement avait été pour elle un choc supplémentaire auquel s'était ajoutée la crainte que les drogues que ses ravisseurs l'obligeaient à prendre endommagent la santé de son futur enfant.

Fort heureusement, le bébé n'en avait pas souffert, mais il lui restait encore à informer Damon qu'il était papa.

Tout avait commencé à se dénouer quelques jours plus tôt,

alors qu'elle poursuivait sa convalescence à Vancouver avec son fils, dans la maison d'été de Stephan Degraff.

Profitant d'un congé universitaire, sa sœur Victoria était venue la rejoindre et, en fouillant dans les papiers de leur père, avait trouvé le fameux certificat de mariage attestant qu'elle était Mme McNeill, la femme de Damon McNeill, l'homme que son père ne cessait de dénigrer.

Elle le savait déjà, mais, après les épreuves subies, avoir le soutien de sa cadette, l'entendre dire qu'en effet Damon était bien son époux l'avait rassurée.

Toujours prête à l'aider, Victoria s'était chargée de se renseigner pour elle et lui avait donné l'adresse du manoir de Los Altos Hills dont elle ne se souvenait plus.

Décidée à en avoir le cœur net, elle avait profité d'un voyage d'affaires de Stephan Degraff à Singapour pour quitter Vancouver avec Victoria et Lucas, et se rendre en Californie.

Afin de réduire les chances d'être repérés par des gens à la solde de Stephan, c'était sous un nom d'emprunt qu'elle occupait, avec Vic et Lucas, cette fermette dans les environs de Los Altos Hills.

Depuis son enlèvement, depuis que tout s'était brouillé dans sa tête et qu'elle ne savait plus à qui faire confiance, son souci était de se protéger et, à présent, de protéger son fils.

Pourtant, elle avait encore du mal à imaginer qu'un homme tel que son père aurait pu aller jusqu'à faire disparaître sa propre fille dans le seul but de désavouer Damon et de s'emparer de Transparent...

Selon Stephan Degraff, Damon aurait organisé son kidnapping et fait croire, en réglant ses déplacements et ses prétendues notes d'hôtel, qu'elle voyageait en Europe pendant qu'il la retenait captive, mais quel intérêt aurait eu Damon à agir ainsi ?

Tandis que le feu allumé par Damon, avant son départ, dans la cheminée, répandait une agréable chaleur alentour, elle tourna la tête pour admirer le panorama de la baie de San Francisco sur laquelle se couchait un soleil majestueux.

Damon !

Dès qu'elle avait exprimé le désir de se reposer, il l'avait douillettement installée sous d'épaisses couvertures en affirmant qu'il s'occupait désormais de tout.

Sa prévention l'avait touchée et lui faisait douter un peu plus encore des accusations que son père portait contre son mari, au point qu'elle regrettait d'avoir exagéré les effets de son amnésie.

Restait à annoncer à Damon qu'il était papa d'un petit Lucas, et à espérer qu'il ne lui en voudrait pas trop de lui avoir dissimulé ce fait.

Son père... Damon... Lequel des deux disait la vérité ?

Quand, épuisée, elle avait été secourue sur cette île de Basse-Californie par un pêcheur, son père avait accouru peu après en fulminant contre ce « traître de Damon McNeill .

Aujourd'hui, elle doutait pourtant que Stephan Degraff ait été franc avec elle concernant sa disparition, et elle le savait assez virulent et obstiné pour mener ses projets à bien dès lors que le résultat servait ses intérêts.

Stephan Degraff tenait par-dessus tout à chasser Damon de son poste de P-DG puis à s'emparer de Transparent, aussi avait-il été furieux d'apprendre leur désir de se marier, et, comme elle n'avait pas tenu compte de ses objections, en représailles, il avait refusé d'être présent lors de la cérémonie.

Qui aurait pensé alors qu'elle serait kidnappée, détenue au Mexique, droguée au point de perdre en partie la mémoire des événements ?

La semaine passée, elle avait modifié tous ses identifiants bancaires après avoir constaté qu'un tiers avait utilisé ses comptes pour payer de prétendues notes d'hôtel en Europe, un séjour dont elle ne gardait pas le moindre souvenir.

Aujourd'hui, une fois de plus, le doute et l'incertitude la taraudaient.

Qui l'avait trahie ?

Son père, dont elle connaissait l'absence de scrupules quand il s'agissait de défendre ses intérêts ?

Ou Damon, ce mari qu'elle connaissait finalement si peu ?

— Caroline ?

Un plateau chargé d'appétissantes victuailles entre les mains, Damon s'avança dans la pièce, aussi séduisant et sexy qu'au jour de leur mariage.

Depuis que son époux lui avait ouvert les portes du manoir, la mémoire lui revenait en partie, et elle était désormais capable de recomposer peu ou prou certains événements passés.

Jager et Gabe, les deux frères de Damon, avaient été présents à leurs noces, mais leurs trois demi-frères, Cameron, Quinn et Ian, n'avaient pas pu faire le déplacement.

Ou s'ils l'avaient fait, elle ne s'en souvenait plus...

Le jour où elle avait dit « oui » à Damon, l'absence de son père l'avait chagrinée et Jager, qui n'avait pas les yeux dans ses poches, s'en était rendu compte.

Chargé par les deux autres de gérer leurs affaires, à la Martinique, il était aussi fort d'esprit que Damon sans en avoir le charme et la beauté.

— J'ai fait commander chez le meilleur traiteur de la région tes mets préférés, ceux que tu choisissais durant notre lune de miel, expliqua Damon.

Tant de prévenance ne pouvait que la toucher même si sa mémoire laissait encore à désirer.

— Quoi, par exemple ?

— Jambon de pays, salades bio, mortadelle...

— Parfait, dit-elle sans s'appesantir sur son amnésie. Et où allons-nous dîner ?

Après avoir posé le plateau, Damon ouvrit la porte-fenêtre donnant sur le balcon.

— Dehors, pour admirer le crépuscule ?

Le vent frais lui arracha un frisson.

— Plutôt dedans si ça ne te dérange pas.

Aussitôt, Damon ferma la fenêtre puis il vint l'aider à se lever et à approcher de la table.

— Comment te sens-tu ? La mémoire te revint-elle ?

Elle s'en voulut de lui mentir.

— Non, pas vraiment. Après mon sauvetage par ce pêcheur, mon père a insisté pour que je consulte des spécialistes et tous ont dit qu'il faudrait faire preuve de patience, mais que me replonger dans une atmosphère familière contribuerait à ma guérison.

Sa main caressa l'épais plaid de cachemire dont Damon l'avait couverte avant son départ, et qui lui semblait, précisément, familière.

Voyons... N'était-ce pas dans cette pièce, sur ce divan, sous cette même couverture que, un an plus tôt, elle avait passé des heures blottie contre l'homme qu'elle venait d'épouser et avec qui, bientôt, elle allait s'envoler pour une lune de miel en Italie ?

Damon lui adressa un sourire encourageant.

— Dans ce cas, peut-être que le fait d'être ici va réactiver certains souvenirs...

Abonder dans son sens aurait été admettre, du même coup, que son amnésie était moins grave qu'il n'y paraissait.

— Je ne sais pas... Pour le moment, rien ne fait surface.

C'était faux, car elle se rappelait la couverture et, aussi, Damon, son odeur masculine, ses mains caressantes...

Ce jour-là, dans le manoir flambant neuf, elle avait eu envie de croire que le bonheur était à portée de main.

Par la suite, son père avait tenté de la persuader que Damon et elle s'étaient disputés au point qu'elle avait décidé de le quitter, de divorcer.

— L'important est que tu sois enfin ici, avec moi, ajouta Damon en disposant les plats sur la table.

— Hum... Cette charcuterie est appétissante, dit-elle en dépliant sa serviette.

Damon lui sourit.

— Je n'aurais pour rien au monde pu oublier tes goûts. Veux-tu que je te prépare un sandwich ?

— Je peux m'en charger.

Un baiser de Damon sur son front la fit frissonner.

— Pendant des mois, je t'ai cherchée partout, espérée, et j'ai eu vraiment très peur de ce qui avait pu t'arriver. Aujourd'hui, faire quelque chose de concret pour toi me rend le plus heureux des hommes.

L'émotion lui noua la gorge.

— Oh ! Damon, je...

Elle avait tant langui de lui au début de sa captivité puis, plus tard, seule sur cette île de la Basse-Californie, enceinte d'un enfant qui était le sien, sans aucun espoir d'échapper à la fatalité.

Incapable de soutenir son regard, elle détourna la tête.

— Qu'y a-t-il ? J'ai l'impression que tu te méfies de moi, s'inquiéta Damon.

— Quand j'ai pu regagner les États-Unis, mon premier réflexe a été de chercher sur Internet un signe tangible de ton existence, de notre mariage, du fait que j'avais été kidnappée et que toi, mon époux, tu avais tout tenté pour me retrouver, dit-elle d'une traite.

Aucune photo, aucun article de journal ne mentionnait sa disparition et elle aurait pu tout aussi bien être morte ou ne jamais avoir existé !

Damon lui tendit un verre d'eau minérale agrémenté d'une tranche de citron.

— La police avait donné comme consigne de ne pas faire de publicité sur notre mariage et encore moins sur ton enlèvement.

C'était plausible et elle s'en voulut de se méfier de lui.

— J'ai besoin d'y voir clair et je compte sur toi pour suppléer, si tu le peux, ma mémoire défaillante, admit-elle.

— Il est de notoriété publique qu'une amnésie peut se guérir par association d'idées et je ne demande pas mieux que d'évoquer avec toi notre lune de miel, répondit Damon avec un sourire.

Comme le parfum de son après-rasage lui était familier ! Et ce sourire aussi...

Tandis que Damon garnissait leurs assiettes respectives, elle admira sa beauté virile, son élégance naturelle qui lui avait tant plu lors de leur première rencontre et qui l'avait incitée à se fiancer sans tarder avec lui, contre l'avis de son père.

— Au début, il me semble que je logeais alors à l'hôtel, près de San Francisco, en attendant de trouver une location qui me convienne...

— C'est exact, approuva Damon. Tu étais employée par Transparent où tu croisais souvent ton père, le principal actionnaire de ma société. Nous avons vite sympathisé et même davantage...

— Quand m'as-tu embrassée pour la première fois ?

— Dans mon bureau. Puis après, dans le tien... À l'époque, j'avais envisagé de faire bâtir ce manoir. Ensuite, tu as tenu à y apporter ta touche, car les questions d'architecture te passionnaient.

— La construction a pris un certain temps, n'est-ce pas ?

— Il s'agissait d'un chantier imposant et, en attendant la fin des travaux, nous nous donnions rendez-vous dans mon bureau ou le tien et, plus tard, à ton hôtel...

Un flot de réminiscences lui mit le feu aux joues.

— J'avais une chambre qui donnait sur un jardin planté d'oliviers et d'eucalyptus...

— Oui, nous y avons fait l'amour pour la première fois.

— C'est drôle... Tout est confus dans mon esprit et pourtant, je sais que tu dis vrai. Il me revient par bribes un décor de campagne, des arbres, des prés...

— Je t'avais emmenée dans un cottage que je possède à Mountain View, à l'intérieur des terres, répondit Damon tout en lui caressant la main.

Le voile se déchira soudain et elle se revit en effet dans

ledit cottage, folle amoureuse de son futur mari qui avait le chic pour exacerber sa sensualité...

— Tu aimais aussi les promenades dans les montagnes de Santa Cruz, reprit Damon, ses yeux si bleus attentifs à ne rien perdre de ses réactions. Et nous avions visité la Winchester Mystery House, ce manoir victorien que l'on dit hanté...

Des images confuses d'une bâtisse ancienne au charme rococo lui revinrent à l'esprit.

— Oui, je crois en effet me souvenir...

— Nous avions pique-niqué dans le jardin attenant, ajouta Damon, et toi, tu surveillais les fenêtres de la maison au cas où un fantôme serait apparu.

— Mon père était-il au courant de cette escapade ?

Damon sourit.

— Sûrement pas, car tu m'avais formellement interdit de lui en parler.

Et pour cause, Stephan Degraff l'ayant chargée à l'époque d'espionner Damon, non pas de se laisser séduire par lui et encore moins de l'épouser plus tard.

Si le souvenir de certains faits lui revenait peu à peu, force lui était de constater que Damon restait pour elle un étranger.

— Le plus douloureux pour moi est sans doute de ne me rappeler aucune conversation avec toi. Nous devions pourtant parler lors de ces excursions ?

— Bien sûr. Et tu avais adoré cette chasse aux fantômes qui nous faisait oublier nos responsabilités respectives à Transparent...

Sa mémoire avait beau faillir, elle n'avait pas oublié combien son père comptait sur elle pour la seconder dans ses affaires avec, un jour, la perspective de prendre sa succession.

Un père qui la voulait à sa main, obéissante, prête à assumer n'importe quelle mission comme, par exemple, espionner Damon et lui fournir des arguments pouvant inciter les actionnaires à le destituer de son poste de P-DG.

De ça, elle savait s'être acquittée, du moins au début, avant d'être totalement éblouie par celui qu'elle avait été chargée d'affaiblir.

Damon !

— Est-ce que… Quand nous allions en randonnée ou quand tu m'emmenais dans ton cottage, comment étais-je ? demanda-t-elle, anxieuse d'entendre sa réponse.

— La plus adorable des jeunes femmes, mon cœur. Amusante, toujours prête à plaisanter et, ce qui ne gâtait rien, facile à vivre.

Et Damon lui narra des épisodes savoureux de leurs petites fugues, autant de diversions bienvenues après leurs fiévreuses journées de travail.

— C'est drôle ! Nous sommes mariés et j'ai l'impression pourtant de te découvrir pour la première fois, dit-elle, attendrie.

— Ne te décourage pas, la mémoire te reviendra, répondit Damon en prenant sa main dans la sienne.

Si seulement il disait vrai !

Mais, le jour où elle se souviendrait de tout, n'allait-elle pas être déçue ? Ou mettre au jour un squelette dans le placard ?

Au moins n'avait-elle pas totalement zappé ces journées merveilleuses passées avec lui en Italie, lors de leur lune de miel.

Et son père qui l'avait appelée en urgence pour qu'elle le rejoigne à Londres où il se préparait à acquérir une compagnie qu'il convoitait…

Elle aurait dû refuser, mais son père restait son père et, comme il ne pouvait être question d'avouer la vérité à Damon, elle avait prétexté une visite à une amie installée dans la capitale anglaise.

Sa décision d'aller à Londres sans Damon avait marqué la fin de leur lune de miel et le début d'un long cauchemar.

— Je ne demande qu'à te croire, dit-elle en serrant à son tour la main de Damon dans la sienne, et j'aimerais que tu m'emmènes de nouveau dans des lieux où nous avons été heureux, toi et moi.

Le lendemain, à bord de sa Land Rover, Damon conduisit Caroline dans la montagne boisée de Los Trancos Preserve, au-dessus de Palo Alto.

Au loin, le Pacifique d'un bleu violet miroitait sous le soleil.

— Nous arriverons dans une demi-heure, lui dit-il, en s'efforçant d'éviter les nids-de-poule sur la route sinueuse.

— Je ne suis pas pressée et puis, ce paysage est magnifique, déclara Caroline en lui souriant. Après le Mexique et Vancouver, revoir la Californie me fait du bien.

— Tant mieux, répondit-il.

La nuit dernière, une fois Caroline couchée, il avait repris une par une ses notes concernant la disparition de sa femme et qu'il destinait alors à la police.

Il l'avait cherchée partout en Europe à partir d'éléments tangibles tels que les ponctions sur ses comptes bancaires, l'utilisation de sa carte de crédit, sans se douter bien sûr qu'elle se trouvait retenue en otage au Mexique.

À l'époque, pour plus d'efficacité dans sa quête, il avait renoncé à s'occuper de Transparent et chargé Jager, l'un de ses frères, d'assurer son intérim.

Afin d'enquêter incognito, il s'était équipé de portables à carte prépayée et donc anonymes, sans s'imaginer que ses proches, inquiets de ne pas pouvoir le joindre, lanceraient des détectives privés à ses trousses.

Alors qu'il poursuivait ses investigations, Bentley, le responsable de l'agence mandatée par sa famille, l'avait finalement retrouvé et, plutôt que de se rebiffer, il s'en était fait un ami et l'avait engagé à son service.

Bentley et ses hommes avaient questionné des centaines d'employés d'hôtels et de restaurants à travers l'Europe, partout où il semblait que Caroline avait fait des achats ou dépensé des sommes conséquentes.

Personne, parmi ces employés interrogés, n'ayant pu la reconnaître sur photo, il en était venu à penser que Caroline, pour mieux brouiller les pistes, avait chargé une autre qu'elle de parcourir l'Europe à sa place.

De retour, il avait repris la direction de Transparent tout en reprochant à Jager et Gabe d'avoir mis des détectives sur son dos, mais pouvait-il en vouloir à ses frères de s'être inquiétés de son silence ?

Tous trois étaient d'autant plus liés qu'ils avaient été abandonnés par Liam, leur père américain, alors qu'ils n'étaient pas même adolescents.

Du jour au lendemain, leur mère s'était retrouvée seule en Martinique pour élever ses trois enfants et tout récemment, leur lointain grand-père, Malcolm McNeill, avait décrété que tous ses petits-fils méritaient d'être couchés sur son testament.

La fratrie oubliée avait alors été conviée à New York par la fratrie légitime des McNeill, chacun faisant preuve de bonne volonté pour rattraper le temps perdu et, ma foi, Cameron, Ian et Quinn, ses demi-frères, lui avaient paru dignes d'affection, autant que grand-père Malcolm, le patriarche sourcilleux d'assurer une juste répartition de son héritage.

— Votre épouse n'a pas mis les pieds à Prague, pas plus qu'à Paris ou dans une autre ville d'Europe, lui avait garanti Bentley, le chef de cette agence de détectives, en lui rendant son dernier rapport.

Très bien, mais dans ce cas, où donc pouvait-elle bien se trouver ?

La question l'avait taraudé jusqu'à ce que, hier, une Caroline pâle et amaigrie, amnésique de surcroît, s'annonce au manoir après une absence de près d'un an.

Durant ce laps de temps, Stephan Degraff, lui, n'avait pas chômé et, sans paraître se soucier outre mesure de la disparition de sa fille, avait multiplié les manœuvres visant à évincer Damon de Transparent.

S'il ne réagissait pas, la société qu'il avait forgée de ses mains risquait fort de lui échapper, Degraff piaffant d'impatience pour être nommé P-DG à sa place ou, du moins, pour y installer l'un de ses hommes de paille.

Qu'il y vienne donc et il trouvera à qui parler !

— Damon, tu sembles si contrarié tout à coup ! s'exclama Caroline en lui touchant le bras.

Il s'efforça d'oublier ses griefs.

— Non, tout va bien. Et toi, ne seras-tu pas trop fatiguée pour marcher dans la montagne ?

— Tu me prends pour une invalide ?

— Mais non ! Je pense à toi, voilà tout, et je me dis que, peut-être, le mieux serait d'aller profiter du soleil sur un banc ou à une terrasse de restaurant.

Tout en parlant, il avait lorgné les courbes appétissantes de son épouse miraculeusement retrouvée.

Si Caroline avait souffert — sa pâleur et sa maigreur en témoignaient —, elle n'en demeurait pas moins exceptionnellement belle et son désir pour cette femme ne demandait qu'à renaître.

— L'air des montagnes me redonnera des forces, dit-elle.

Ah, la voir sourire comme durant leur lune de miel, quand elle l'avait entraîné à l'assaut des quatre cents marches du campanile de Giotto, à Florence !

— D'accord, mais allons-y doucement, crut-il bon d'ajouter.

Car depuis dix mois qu'il cherchait Caroline, il avait adopté les réactions d'un saint-bernard.

— Nous sommes arrivés, dit-il peu après, en se garant sur le parking d'où partait le chemin de randonnée.

Laissant leur pique-nique dans le coffre, il aida Caroline à descendre du véhicule, tout en éprouvant le même émoi que lors de leur première rencontre.

Jamais, au cours de ces dix derniers mois, l'idée d'aller voir ailleurs ne l'avait effleuré, pas même quand sa nature mâle se manifestait avec vigueur.

— Comme cette nature est colorée ! déclara Caroline, en jetant des regards alentour.

Et de fait, la Los Trancos Preserve, mélange de forêts de chênes, de monticules herbeux et de collines à la terre grasse, comptait parmi les plus beaux panoramas de la région.

— Pas trop froid ? s'enquit-il, car le vent s'était levé.

— Non, je me sens bien, répondit Caroline en offrant son visage à la caresse du soleil hivernal.

Ce fut elle qui, svelte et décidée, prit l'initiative d'ouvrir la marche et il la suivit sans omettre de l'aider à franchir certains obstacles naturels ou d'écarter de son passage les branches qui auraient pu la griffer.

Plus tard, alors que tous deux avaient fait halte pour admirer, vue d'en haut, la baie de San Francisco, Caroline lança une phrase hésitante.

— Tu dis m'avoir recherchée partout et pourtant, d'après mon père, tu n'aurais pas signalé ma disparition à la police...

— Je t'assure que si et, du reste, tu n'as qu'à demander aux officiers qui ont recueilli ma déposition. Selon eux, tu étais majeure et tu avais le droit de me quitter, si bon te semblait.

— Est-il vrai que nous étions sur le point de divorcer ?

— Il paraît qu'alors tu ne me supportais plus et ne voulais plus de ce mariage et de là, découlait ton envie de prendre le large.

Caroline frotta ses paumes l'une contre l'autre.

— Au début, voir mon nom imprimé sur ce certificat m'a troublée, comme s'il se fût agi d'une tierce personne.

— Au moins te rappelles-tu ton père. Vous étiez si proches, tous les deux, insinua-t-il, froissé.

Stephan Degraff n'avait-il pas fait entrer Caroline comme Entrepreneur In Residence dans sa société afin de l'espionner ?

— Ce qui touche papa avant mon enlèvement est encore flou. Sinon, je me souviens de certains épisodes de ma vie, je revois ma famille, des lieux où j'ai vécu, comme cet appartement à New York...

— Donc, tu ne saurais pas dire ce que toi et ton père avez pu faire avant ta disparition ?

Elle soupira.

— Les événements se brouillent dans mon esprit. En tout cas, plus je te regarde, plus je t'écoute, plus la mémoire me revient. Notre lune de miel, par exemple...

Au moins un bon point !

Il lui vint alors une pensée dérangeante.

— Hier, tu disais ne te souvenir de rien et pourtant, c'est à ma grille que tu t'es présentée. N'est-ce pas la preuve que tu savais où me trouver ?

Caroline le fixa dans les yeux, heureuse de pouvoir répondre sans mentir.

— Pendant ma convalescence, ma sœur Victoria m'a parlé de toi. Et, après avoir fouillé dans les affaires de notre père, elle m'a montré ce certificat établissant que nous nous étions mariés. Aujourd'hui, ce qui m'importe est d'y voir clair, car en vérité, je n'ai aucun souvenir d'avoir souhaité te quitter.

— Nous nous étions disputés, en Italie, mais ensuite, tu m'avais envoyé un texto très tendre m'informant de ton retour au manoir...

— Vraiment ? répondit son épouse en fronçant le front.

— Oui, je t'assure.

Caroline se massa les tempes.

— Alors pourquoi aurais-je voulu te quitter après t'avoir envoyé un texto amoureux ?

— Je l'ignore et c'est bien pourquoi j'ai eu des doutes sur ton prétendu départ pour incompatibilité d'humeur avec moi, comme l'affirmait ton père. Du reste, regarde !

Il alluma son portable et fit défiler des photos les montrant enlacés sur le Ponte Vecchio, attablés à la terrasse d'un célèbre café de Florence, ou posant en amoureux devant la galerie des Offices, ou encore main dans la main au sommet du campanile dominant les toits ocre de la ville.

— Notre lune de miel !

— Oui, autant de moments de bonheur partagés, et c'est pourquoi je n'arrivais pas à croire, à mon retour, que tu aies désiré me quitter après ce que nous avions vécu ensemble.

Sentant Caroline au bord des larmes, il l'attira à lui et passa un bras sur son épaule.

— Je ne voulais pas te mettre dans cet état, dit-il, tandis qu'elle était secouée de tremblements nerveux.

— Oh ! Damon... Si tu savais !

Il fronça les sourcils.

— Aurais-tu quelque chose de précis à me dire ? Un souvenir qui te reviendrait ?

Elle évita son regard.

— Oui, enfin, non... Je... Je ne sais plus très bien où j'en suis. J'aimerais bien entendre ce que l'inspecteur chargé de l'enquête aurait à déclarer au sujet de ma disparition.

Il se rembrunit.

— Tu doutes de ma parole ? Je t'assure que la police a bien été alertée après ton départ.

En proie à une agitation croissante, Caroline se dégagea de son étreinte et se mit à marcher de long en large sur le sentier.

— Pour recouvrer la mémoire, je dois me fonder sur des bases sûres, pas sur des suppositions, et qui mieux que la police pourrait me renseigner ?

Sans doute avait-elle raison.

— Très bien, mais que cela ne t'empêche pas de titiller dès maintenant ta mémoire au cas où d'autres souvenirs te reviendraient. Des souvenirs heureux, si possible...

Elle lui lança un regard méfiant.

— Si notre lune de miel avait été si heureuse, pourquoi serais-je en train de douter de toi, de moi ? De nous deux ?

Il soupira.

— Tous les couples connaissent des hauts et des bas et

j'admets que, après ta décision d'aller voir cette amie à Londres, je t'en ai voulu. Mais pas longtemps, tu sais...

— Oui, je m'en veux aussi de t'avoir quitté alors que nous avions eu tant de bonheur ensemble. Oh ! Damon, si seulement je pouvais me souvenir !

— Tu guériras tôt ou tard, mais sache que je t'ai fait chercher partout, contre l'avis même de ton père qui prétendait que tu allais bien et que tu ne voulais plus rien avoir à faire avec moi.

Caroline posa sur lui un regard dubitatif.

— Alors c'est vrai, tu t'étais inquiété de moi ?

— Je ne me suis jamais résigné à ton départ et j'ai voulu croire que, puisque nous nous étions aimés une fois, nous saurions nous aimer de nouveau.

— Tu es sincère ?

— Bien sûr. Et c'est parce que je tenais tant à toi que j'ai chargé des détectives privés de te retrouver.

Tandis que des feuilles mortes voltigeaient alentour, Caroline le regarda avec émotion, instaurant entre eux un début de confiance qui lui fit chaud au cœur.

— J'aimerais tant te croire, toi, plutôt que mon père.

— C'est ce que je souhaite aussi, ma chérie, dit-il en effleurant timidement les lèvres de celle qui était toujours son épouse.

Caroline lui rendit son baiser, ce qui l'encouragea à lui prendre une main qu'il serra fort dans la sienne.

— Je t'assure que, entre nous, la passion a existé et j'aimerais croire qu'elle pourrait encore exister si nous nous donnons la peine de nous rapprocher l'un de l'autre, dit-il, sans parvenir à cacher son émotion.

Après avoir hoché la tête, Caroline retira ses doigts des siens, puis se mit debout.

— Qu'il y ait du désir entre nous, c'est sûr, dit-elle d'un ton pénétré, mais j'aurais tant voulu, en venant ici, savoir enfin si oui ou non, nous nous étions vraiment aimés avant ma disparition.

3

Alors qu'elle se reposait dans sa suite du manoir, Caroline alluma son téléphone portable à carte prépayée afin d'appeler sa sœur et de prendre des nouvelles de son fils Lucas.

L'idée de ce moyen de communication lui avait été fournie par ses ravisseurs qui, durant sa captivité au Mexique, faisaient grand usage de ces systèmes anonymes.

Sans hésitation, Victoria s'était occupée de louer une voiture et de préparer leurs bagages, puis tous les trois avaient franchi la frontière incognito avant de mettre le cap sur la Californie.

De cette façon, elle espérait échapper à la vigilance d'un père qu'elle savait capable de tout et qui n'avait cessé de dénigrer son mari.

Damon !

Quand elle pensait à lui, son cœur s'emballait et il lui semblait savourer, sur ses lèvres, le goût de leur récent baiser.

Il doit m'aimer ! Il doit sûrement m'aimer !

Si son père l'avait manipulée, alors bien des choses s'expliquaient, mais Stephan Degraff lui avait-il vraiment menti ?

Avec un soupir, elle se rappela ces images heureuses visionnées tantôt sur le portable de Damon, elle et lui enlacés sur un pont, au sommet d'un campanile, ou encore assis, le sourire aux lèvres, à une terrasse ensoleillée.

L'Italie… Cette lune de miel presque effacée de son esprit

sinon, de-ci, de-là, des flashs de bonheur et la certitude que Damon et elle s'étaient beaucoup aimés.

Stephan Degraff l'aurait-il droguée pour qu'elle ait à ce point perdu la mémoire après cette soirée passée à Los Altos Hills, quand elle guettait le retour de Damon et que, le croyant enfin revenu, elle avait éprouvé le choc de sa vie en se trouvant face à deux individus patibulaires ?

Tout se brouillait ensuite dans sa tête.

Elle revoyait vaguement le regard de son père posé sur elle, puis de nouveau, un trou noir.

Et le temps qui semblait s'écouler tantôt lentement, tantôt trop vite...

Jusqu'à son réveil dans une cabane au Mexique, sous la garde de geôliers mal rasés...

Damon lui avait fourni les coordonnées de l'inspecteur Downey, le policier chargé d'enquêter sur sa disparition un an plus tôt, et elle avait la ferme intention de faire la lumière sur son incroyable odyssée.

Vic répondit à la troisième sonnerie.

— Caroline ? Tout est OK ?

En fond sonore, elle distinguait les voix des protagonistes d'un feuilleton télé que toutes deux appréciaient particulièrement.

— Tout va bien. Et toi ? Et Lucas ?

— Il dort à poings fermés. Je l'entends respirer dans le babyphone.

Lucas, son petit qu'elle aurait tant aimé tenir dans ses bras !

— Il me manque à un point...

— N'est-ce pas toi qui prônais la prudence ? Qui insistais pour que Lucas et moi vivions à l'écart de Los Altos Hills ?

— Si !

Une fois informé de leur départ, leur père aurait fort bien pu revenir plus tôt que prévu de Singapour et se lancer à leur recherche, aussi avait-elle voulu tout faire pour éviter une confrontation avec lui.

— N'aie crainte, je veille au grain, déclara sa sœur d'un ton assuré.

Un an plus tôt, Vic préparait son master à Stanford, à des centaines de kilomètres de Los Altos Hills, et elle eut une pensée émue pour cette sœur fidèle et aimante.

— Je ne te remercierai jamais assez pour ton aide, Vic. Sinon, rien de suspect à signaler ? Aucun rôdeur autour du cottage ?

Sa sœur eut un petit rire.

— Papa a le bras long, mais laisse-lui le temps de rentrer ! Non, rassure-toi, nous sommes en sécurité au moins pour un temps.

Car une fois leur fugue découverte, Stephan Degraff risquait fort de deviner leur destination finale.

— Je doute que notre père ou quiconque puisse trouver notre cachette, tant cet endroit est hors des sentiers battus, insista sa cadette.

— Tu as gardé les volets fermés comme je te l'avais conseillé ?

— Oui, et Lucas et moi n'avons pas fait de bruit.

— As-tu assez de couches, de biberons, de lait, pour ne pas avoir à sortir ?

— De quoi soutenir un siège.

Elle poussa un soupir.

— Dans deux jours, je serai de retour.

Elle s'était donné ce laps de temps pour décider si, oui ou non, Damon était un homme fiable et honnête ou si, au contraire, elle avait affaire à un aventurier sans scrupule comme le lui avait tant de fois seriné son père.

— Et maintenant, à ton tour de raconter, ajouta Victoria.

À l'exception du baiser, sa sœur fut mise au courant de son appel au bureau du shérif de Santa Clara County et, plus généralement, de ses retrouvailles avec ce mari qu'elle n'avait pas vu pendant près d'un an.

Vic émit un long sifflement.

— Si Damon dit vrai, alors notre père pourrait être à l'origine de cette machination ?

Elle revit Stephan la poussant en riant sur sa balançoire, ou lui apprenant, au cours d'une promenade en forêt, à distinguer plantes médicinales et empoisonnées, bons et mauvais champignons.

Comme elle l'avait aimé, à l'époque !

L'aimait-elle encore ?

Plus que jamais elle fut submergée par l'impression de devoir reconstituer un puzzle dont manquaient les pièces maîtresses...

— Je trouve curieux que papa ne se soit pas alarmé davantage quand j'ai été enlevée et qu'il ait laissé à Damon le soin de payer ma rançon, finit-elle par déclarer.

— Ça n'est pas parce que papa était furieux de te voir épouser Damon qu'il aurait pour autant voulu te faire du mal, répondit sa sœur d'un ton posé.

Son père n'avait-il pas pris en main sa convalescence : le séjour dans leur maison de Vancouver, l'infirmière attitrée, le médecin qui la visitait deux fois par semaine ?

Curieusement, quand elle s'était souvenue du visage de ses ravisseurs, un nouveau traitement décidé par le docteur, avec l'aval de Stephan Degraff, avait eu pour effet de flouter ses réminiscences.

C'était à n'y rien comprendre !

— Tout ce que je sais, Vic, c'est que mon mari est un homme bien. Je n'arrive pas à me méfier de lui et, d'un autre côté, je n'ose pas encore croire que notre père ait pu être mêlé à ma disparition.

— Les drogues données par les ravisseurs t'ont fait perdre tes repères, insinua sa sœur, et le plus sage serait d'attendre ta guérison complète avant d'accuser papa. Ou quelqu'un d'autre.

Son cœur se serra.

— Toi aussi, tu doutes de moi ? Tu veux m'abandonner ?

— Tu sais bien que non, car si tel avait été le cas, alors je ne t'aurais pas accompagnée ici avec Lucas, l'assura Vic.

Elle réfléchit.

— Je n'ai pas inventé ma captivité au Mexique, pas plus que mes contacts quotidiens avec mes geôliers, je t'en fais le serment.

La température s'étant rafraîchie, elle augmenta, à l'aide de la télécommande, l'intensité des flammes de la cheminée à gaz.

— Je te crois, fit Victoria en baissant le volume du téléviseur, mais supposons que tes troubles de mémoire soient plus sévères encore qu'il ne paraît. Supposons que ta perception du temps soit tronquée ?

— Eh bien ?

— Si ta captivité, au lieu d'avoir duré des mois comme tu l'imagines, n'avait duré que quelques semaines... Dans ce cas, notre père ne serait coupable de rien et tu aurais, en effet, parfaitement pu quitter Damon pour incompatibilité d'humeur.

Les doses massives de benzodiazépine ingérées durant sa période de détention lui avaient-elles à ce point fait perdre la tête ? La notion du temps ? Des événements ?

Envisager une fois de plus que son mari ait pu la manipuler lui était presque insupportable tant elle avait hâte de lui avouer qu'il était papa d'un adorable petit Lucas.

— Alors, pourquoi ne t'aurais-je pas téléphoné, à l'époque, pour te dire que je ne m'entendais plus avec Damon ? interrogea-t-elle celle qui avait toujours été sa confidente depuis la mort de leur mère.

Sa sœur émit un soupir.

— Mes examens universitaires m'accaparaient et j'étais moins disponible pour toi. Il se pourrait aussi que papa, déjà furieux de te voir épouser l'homme dont il convoitait la place, ait obtenu que tu me tiennes à distance des événements.

Elle réfléchit.

— En tout cas, je garde le souvenir d'avoir été seule au manoir, le jour de ma disparition.

— Tu en es sûre ?

— Certaine. J'attendais le retour de Damon quand soudain, deux inconnus sont entrés dans la maison. Si seulement je pouvais me souvenir de la suite...

— Comment peux-tu être sûre que Damon n'a pas été mêlé à tout ça ? objecta sa sœur.

Si elle se rappelait sa terreur devant ces individus patibulaires, tout se brouillait ensuite.

— J'aimerais tant savoir ! s'exclama-t-elle.

— Calme-toi, lui dit Victoria d'un ton apaisant. Il te faut être patiente, car, à l'évidence, ta mémoire ne reviendra pas d'ici longtemps.

Exactement ce que lui avait dit le médecin après sa libération.

Un cri perçant relayé par le babyphone envahit l'écouteur.

— Tu as entendu ?

— Lucas appelle, répondit Vic. C'est l'heure du biberon de minuit...

Son cœur se serra à la pensée de son bébé loin d'elle, loin de ses bras et de ses baisers.

— Occupe-toi bien de mon petit trésor. Embrasse-le fort pour moi...

Ce jeu de cache-cache l'épuisait.

Elle avait exagéré son amnésie pour en savoir plus sur le compte de Damon, mais ce dernier risquait fort, en éventant sa ruse, de lui en vouloir de l'avoir dupé.

— Je sais que Lucas te manque, fit Victoria, mais il faut prendre patience. Encore quelques jours...

— Soyez prudents tous les deux, dit-elle, avant de couper la communication.

Demain, elle avait rendez-vous avec la police et alors, peut-être saurait-elle enfin si, oui ou non, son mari s'était soucié de sa disparition.

Et elle, avait-elle, comme le prétendait son père, cherché à fuir Damon ?

Dans tous les cas, elle risquait fort de perdre une seconde fois, et définitivement, ce mari qu'elle désirait toujours quand il se découvrirait père.

De bon matin, profitant du fait que Caroline dormait à poings fermés dans la suite voisine, Damon se connecta sur Skype avec son frère Gabe.

Très loin, en Martinique, le soleil brillait déjà.

— Ton problème n'est pas si compliqué qu'il n'y paraît, frangin ! fit Gabe qui, un cocktail, à la main, était confortablement installé sur la terrasse luxuriante du Birdsong Hotel.

— Tu crois ça ? Ma femme fait enfin surface après avoir mystérieusement disparu pendant dix mois ; son père veut me chasser de ma société ; mes techniciens ont détecté une faille dans notre dernier logiciel et, comme si ça ne suffisait pas, je n'ai pas le soutien de Jager.

— Jager n'a aucune mauvaise intention vis-à-vis de toi, mais il se méfie des décisions que pourrait prendre le prochain conseil d'administration.

— Degraff est loin d'avoir gagné la partie, lança-t-il, la moutarde lui montant au nez.

— En tout cas, Jager nous a rendu service en s'occupant de ta société pendant que tu étais à la recherche de Caroline, lui rappela Gabe.

Ce qu'il ne pouvait nier.

— En attendant, je suis de retour et je refuse de laisser mon beau-père m'éjecter de mon poste. Et je ne manque pas de nouvelles idées de logiciels.

Après avoir posé son verre sur la table en osier, Gabe fit jouer ses orteils dans ses sandales.

— Maintenant que nous avons réintégré le giron du clan

McNeill, pourquoi ne vas-tu pas plaider ta cause auprès de grand-père Malcolm, à New York ?

— Jolie mentalité ! Alors, selon toi, je devrais ramper devant le patriarche et tendre la main, comme un vulgaire mendiant ?

Gabe releva ses lunettes de soleil pour mieux le dévisager.

— Qui parle de mendier ? Si j'ai autant investi dans ta société, c'est parce que tu es mon frère, bien sûr, mais aussi parce que Transparent a un énorme potentiel, ce qui n'a sûrement pas échappé à grand-père Malcolm.

Il n'en doutait pas, mais jusqu'où Stephan Degraff était-il capable d'aller pour lui ravir Transparent ?

Si, au début, il avait pu croire que Caroline voulait favoriser l'ascension de son père au sein de sa firme, il avait découvert que, en l'épousant, elle s'opposait à la volonté de Degraff, une preuve selon lui qu'elle l'aimait vraiment.

Bien des points obscurs méritaient d'être éclaircis et, à l'heure qu'il était, il n'en savait pas beaucoup plus sur les circonstances de la disparition de sa femme, pas plus que sur son enlèvement et sa séquestration.

Dire qu'il avait payé une colossale rançon, virée sur un compte à l'étranger, sans que Caroline lui soit rendue pour autant !

Cet argent avait sûrement profité à quelqu'un, mais qui donc ?

— Je sais que Transparent a du potentiel, dit-il, et dans tous les cas, je suis content d'avoir pu te parler.

— Moi de même, répondit Gabe avant de lui adresser un petit salut de la main.

Une fois la communication Skype coupée, il hésita entre aller se faire un café ou se recoucher. Un murmure provenant de la suite de Caroline l'alerta et, peu après, il découvrit sa femme vêtue de pied en cap, assise sur le bord du lit, le portable à l'oreille.

— L'inspecteur Downey devait me rappeler, mais j'ai pris

les devants et la standardiste m'a précisé qu'il venait d'arriver au commissariat, expliqua son épouse d'un ton gêné. Allô, inspecteur Downey ? Ici Caroline McNeill...

La discrétion lui commandait de partir, mais sa curiosité fut plus forte que tout et il resta dans la pièce.

— Il paraîtrait que mon père ne vous aurait pas contacté tout de suite, lançait Caroline à son interlocuteur. Oui, c'est en tout cas ce que prétend mon mari...

Décidément !

— Ah, je vois... Bien, je vous remercie de m'en avoir dit un peu plus sur les déclarations de mon père. Oui... Non, pas encore. D'accord, je passerai au commissariat dès que je me sentirai en état de faire ma déposition.

Il eut une pensée nostalgique pour sa vie à la Martinique quand, avec ses frères, tous trois géraient une marina et un domaine loué à l'occasion à de riches touristes qui y organisaient des fêtes mémorables.

Autant là-bas qu'ici, sa réputation était sans tache et il jugeait blessant que Caroline puisse mettre sa parole en doute, surtout dans le cadre d'une enquête policière.

— Je vais préparer le petit déjeuner, dit-il avant de s'éloigner.

Caroline le rejoignit bientôt, l'air embarrassé.

— Ne va pas t'imaginer que j'agis derrière ton dos...

Une vraie conversation avec sa femme s'imposait.

— Je m'étonne que, avec ta mémoire défaillante, il puisse être question d'une déposition au commissariat, lança-t-il en lui tendant un mug fumant.

Un regard gêné lui répondit.

— Quand je suis venue te voir, il y a deux jours, j'ai exagéré la sévérité de mon état. En fait, je me souvenais de pas mal de choses.

Il tomba des nues.

— Pourquoi m'avoir menti ?

Se pouvait-il que Caroline, influencée par son père, ait à

un moment ou à un autre, pris parti contre lui ou nui à ses intérêts ?

— Mon père m'avait tellement répété pis que pendre sur ton compte que j'avais des doutes à ton sujet. J'avais tort, bien sûr, mais je tenais à m'entourer d'un maximum de précautions. Et, tu sais, si j'ai plus de souvenirs que ce que tu croyais, il manque bien des pièces encore pour reconstituer le puzzle.

— Si nous doutons l'un de l'autre, où irons-nous ? dit-il, son regard plongé dans celui de sa femme qui ne cilla pas. Quand comprendras-tu que ton père a joué un double jeu, dans cette affaire ? Et qu'il veut ma peau, à tout prix ?

— Je lui dois d'avoir été sauvée sur cette île du Mexique et...

— Tiens ? Je croyais qu'un pêcheur t'y avait retrouvée...

— Mon père est intervenu tout de suite après et m'a emmenée chez un spécialiste de la mémoire. Si j'ai pu être soignée rapidement, c'est à lui que je le dois.

La confiance que Caroline témoignait encore à ce père dont elle aurait pourtant eu toutes les raisons de se méfier mit le comble à sa déception et il perdit ce qu'il lui restait d'espoir et d'illusions.

— J'ai compris, va. Et maintenant, dis-moi depuis quand toi et ton père, vous vous entendez pour me manipuler ?

— Damon !

— Avez-vous combiné ensemble de m'éjecter de mon poste de P-DG ou bien, est-ce seulement ton père qui en a eu l'idée ? Depuis combien de temps vous fichez-vous de moi, tous les deux ?

4

Les yeux clos, Caroline concentra ses pensées sur son fils puis sur Damon, l'homme qu'elle avait épousé près d'un an plus tôt et en qui elle voulait encore croire.

L'avait-il seulement aimée ou bien, comme l'avait prétendu son père, s'était-il servi de leur mariage pour ses intérêts personnels ?

Et ces photos, celles de leur lune de miel les montrant main dans la main, souriants et heureux, devait-elle y ajouter foi ?

Oui, à condition que le jeu n'ait pas été faussé dès l'origine entre elle et son époux.

— Eh bien, tu ne dis plus rien ? déclara Damon en posant à plat, sur le comptoir de la cuisine, ses larges mains hâlées qui, naguère, l'avaient si bien caressée.

— Il n'y a pas de complot contre toi, dit-elle enfin. Et du reste, mon père ignore que je suis revenue te voir.

Ce qui était la stricte vérité, mais elle n'en avait pas moins menti à Damon en exagérant son amnésie. Et elle s'était gardée de lui dire qu'il était papa d'un petit Lucas…

— J'aimerais te croire, fit-il d'un ton sceptique.

— Tu dois me croire. Je me bats pour faire la part des choses depuis mon enlèvement et, oui, j'ai des raisons de penser que mon père a fait tout son possible pour m'embrouiller les idées.

Damon la dévisagea sans aménité.

— Ton père, toujours lui ! Et tu as toi-même admis m'avoir

menti, un an plus tôt, quand tu prétendais rendre visite à cette amie à Londres alors que, en vérité, c'était ton père que tu devais rencontrer.

— Je voulais régler certains points avec lui, mais ensuite, je n'ai rien eu de plus pressé que de revenir en Californie, à Los Altos Hills, pour y attendre ton retour.

Damon serra les poings.

— Et c'est à ce moment-là que tu as été kidnappée ? Avoue que toute cette histoire est pour le moins suspecte...

Elle haussa les épaules.

— C'est pourtant la stricte vérité. Je guettais ton arrivée, je me réjouissais déjà d'être dans tes bras, quand j'ai entendu la porte du bas s'ouvrir.

— Où te tenais-tu alors, exactement ?

— À l'étage, dans la chambre où je comptais installer mon bureau. Au début, j'ai pensé qu'il s'agissait de ton retour et j'en étais heureuse. Je suis descendue au rez-de-chaussée et là, j'ai cru que mon cœur allait s'arrêter de battre, car j'avais devant moi deux individus à l'allure sinistre.

— Que tu n'avais jamais vus ?

— Non, jamais. Et puis, j'ai le souvenir qu'on m'a passé une cagoule. Ensuite, tout devient confus...

— Ces hommes t'ont-ils fait du mal ? demanda Damon en serrant les poings.

— Non, ils m'ont juste attaché les poignets. Oh ! Damon, c'était horrible !

— Quand je suis arrivé au manoir, je t'ai cherchée dans toutes les pièces sans te trouver. J'ai vu que tu avais laissé tes bagues sur place et je n'osais pas comprendre... J'ai alerté la police, mais celle-ci avait déjà été contactée par ton père.

— Papa prétend que c'est faux.

— Ma parole contre la sienne. Et ton père affirmait, alors, que tu étais en parfaite santé, mais que, pour incompatibilité d'humeur, tu préférais me quitter, voyager, en bref oublier notre désastreux mariage.

Atterrée, elle secoua plusieurs fois la tête.

— C'est absurde ! Et c'est pourquoi je veux à tout prix mettre les choses au point avec les inspecteurs qui ont enquêté, à l'époque, sur ma disparition, et qui en ont conclu que j'étais partie d'ici de mon plein gré.

Damon lui lança un regard méfiant.

— Sois assurée que je cherche moi aussi à connaître la vérité même si celle-ci risque fort de m'ôter mes dernières illusions.

Ce fut plus que ce qu'elle pouvait supporter.

— Il faut que tu me croies ! J'ai été attaquée par deux hommes, ici, dans ce manoir, et on m'a passé une cagoule. Ensuite, on m'a fait une piqûre et j'ai perdu la notion du temps.

— Pourquoi m'as-tu dit que, à ton réveil, tu pensais te trouver au Mexique ?

— Ceux qui me gardaient parlaient espagnol et le Mexique est proche de la Californie. J'avais l'impression que le temps n'existait plus ou, plutôt, qu'il était devenu élastique, ni long, ni court... Et quand j'ai refusé de m'alimenter, on m'a nourrie de force avec cet horrible plat à base de haricots qui me donnait la nausée.

Le visage de Damon n'exprimait plus ni colère ou impatience, mais une immense compassion qui lui fit chaud au cœur.

— Continue.

— J'ai changé de cachette une dizaine de fois, poursuivit-elle, pour finalement être transférée dans un lieu désert de la presqu'île de Basse-Californie, au Mexique, sans aucun moyen de communiquer, et c'est là que, un jour, un pêcheur m'a enfin secourue.

Comme s'il doutait de la véracité de ses dires, Damon n'avait cessé de la scruter pendant qu'elle parlait.

— Et comme par hasard, ton père est intervenu peu après ?

— Le surlendemain, je crois. Mes ravisseurs me faisaient des piqûres à chaque visite, d'où mon amnésie chronique.

Dès lors que je n'ai plus été droguée, je me suis souvenue de certains détails concernant mon enlèvement et ma captivité.

— Au lieu de te prétendre totalement amnésique l'autre jour, quand tu es revenue ici, tu aurais dû me dire la vérité, gronda Damon.

— C'est vrai, mais, sans doute à cause de ce que mon père m'avait dit à ton sujet, je voulais d'abord être sûre de ta loyauté...

Le regard de Damon s'adoucit.

— Oui, je comprends. Ton père, décidément ! Toujours lui ! Et ne trouves-tu pas curieux qu'il ait su si vite que ce pêcheur t'avait retrouvée, sur ton île perdue ?

— J'étais trop heureuse de le revoir après cette longue captivité pour me poser ce genre de questions.

Elle avait été soignée dans les meilleures cliniques, auscultées par les meilleurs obstétriciens qui, après maints examens, l'avaient rassurée sur la santé de son futur enfant.

L'accouchement s'était déroulé sans anicroche et tenir contre elle son bébé adoré avait été le plus beau jour de sa vie.

— Rien n'est clair dans cette histoire, fit Damon en serrant ses poings, et si tu es d'accord, je vais t'accompagner au commissariat, car il y va de mon honneur et de ma réputation.

De nouveau, ces doutes qui l'envahissaient.

— Selon mes geôliers, tu aurais refusé de payer cette rançon et c'était la raison pour laquelle je continuais d'être captive.

— Avant de recevoir la demande de rançon, j'ai longtemps cru que tu souhaitais simplement t'éloigner de moi et que tu voyageais en Europe. Et puis, quand tes ravisseurs ont réclamé de l'argent pour ta libération, j'ai fait procéder à ce virement, sur un compte étranger, et j'ai espéré ton retour.

Ce que lui disait Damon était empreint d'un tel accent de vérité qu'elle eut honte de douter de lui.

— Pardon d'être si méfiante.

— Tu ne pouvais pas savoir. Et la police a prétendu que tu

étais partie de ton plein gré, car ton père affirmait avoir été en contact avec toi et se portait garant de ta liberté.

— Et ils l'ont cru ?

— Ta présence était signalée un peu partout en Europe, ce qui s'est révélé faux par la suite. Qui se faisait donc passer pour toi ? Qui utilisait ta carte bancaire à ta place ? Qui réglait les mensualités de remboursement d'emprunt sur ton appartement new-yorkais ?

— Je te jure que je ne suis en rien mêlée à ce mystère, s'empressa-t-elle de dire.

N'était-elle pas la première victime de cette machination ?

Damon la regarda droit dans les yeux.

— Au moins me crois-tu, Caroline ?

Prêter totalement foi aux explications de son mari était, du même coup, douter de l'innocence de son père, ce qu'elle peinait encore à admettre.

À l'évidence, l'un des deux hommes de sa vie mentait.

— Tu affirmes avoir payé cette rançon, n'est-ce pas ?

— Veux-tu voir le bordereau du virement ? Et les factures de l'agence de détectives qui t'a recherchée partout en Europe ?

Comme elle aurait aimé chasser ces doutes qui s'immisçaient entre elle et lui, qui l'obligeaient à louvoyer…

— C'est à la police qu'il faut fournir ces éléments-là, dit-elle tout en se demandant si elle n'avait pas eu tort de dévoiler ses cartes en livrant à Damon de nouveaux détails sur sa captivité.

Et si c'était son père qui disait vrai ! Si son mari lui mentait ?

— Quand j'ai, à l'époque, donné ces informations à la police, notamment à l'inspecteur Downey, on m'a dit qu'il s'agissait sans doute d'une arnaque, peut-être d'un tiers qui aurait profité de ta disparition pour me rançonner.

— Je vois… Mais la police n'a jamais cru à mon enlèvement ?

— La parole de ton père suffisait et selon lui, tu étais partie de ton plein gré. Aujourd'hui, je suis déterminé à tirer les choses au clair avec les officiers qui s'occupent du dossier, répondit Damon sans ciller.

Damon lui disait-il toute la vérité ?

Plutôt que de laisser une nouvelle fois les doutes l'envahir, elle se remémora ces photos d'Italie, leurs sourires tandis qu'ils se tenaient par la main ou qu'ils s'embrassaient devant l'objectif.

— Moi aussi, je veux tirer les choses au clair, dit-elle d'un ton résolu.

Quand il s'approcha d'elle, son magnétisme viril éveilla ses sens.

— Quelqu'un est forcément derrière toute cette mise en scène destinée à faire croire à la police que tu étais libre de tes mouvements, et que tu m'avais quittée de ton plein gré, insista Damon comme s'il devinait ce qui la tracassait tant.

— Quelqu'un, mais qui donc ? demanda-t-elle, en frémissant déjà à la possible réponse.

— Quelqu'un de riche, Caroline. Quelqu'un qui avait intérêt à briser notre mariage et à me faire passer, à tes yeux et aux yeux des autres, pour un salaud voire pour un criminel.

L'allusion, transparente, à une éventuelle implication de Stephan Degraff dans cet imbroglio ne fit qu'aggraver son malaise et elle se surprit à tracer machinalement du doigt, sur le comptoir, une série de cercles concentriques.

— Ah, si la mémoire me revenait totalement ! Après ma libération, j'ai réellement souffert d'amnésie en plus d'avoir été éprouvée physiquement et, aujourd'hui, je ne sais toujours pas où est le vrai, où est le faux.

— Tu t'es tournée vers ton père. C'est lui que tu as sollicité, pas moi, répondit Damon d'un ton de reproche.

Elle fut submergée d'une brusque envie de pleurer.

— J'avais la mémoire en miettes. J'étais désespérée ! Peu à peu, certains souvenirs me sont revenus et j'ai commencé à douter de papa et de ce qu'il voulait me faire croire.

Stephan Degraff ne lui avait-il pas affirmé mordicus que l'enfant qu'elle attendait était celui d'un étranger, un vague séducteur croisé par elle au cours d'une soirée ?

— C'est grâce à ma sœur, poursuivit-elle, que j'ai appris la vérité nous concernant. Le certificat de mariage retrouvé par elle dans mes affaires prouvait que mon père mentait et m'avait délibérément coupée de toi et de ce qu'avait été ma vie d'avant.

Mais elle avait continué de se méfier de Damon, au point de lui cacher l'existence de Lucas.

— C'est tout à fait exact, confirma Damon, et comme ton père avait interdit à ta famille d'assister à notre mariage, je n'ai à ce jour rencontré ni Victoria ni tes frères.

— Je m'en veux d'avoir omis de les inviter, à l'époque, reprit-elle. Enfin, l'important est que ce certificat m'ait convaincue de te rechercher et de revenir vers toi.

— Caro !

— Je m'en veux, maintenant, d'avoir fait semblant de souffrir d'amnésie, l'autre jour, alors même que bien des souvenirs de toi et de moi remontaient à la surface. Le spécialiste que j'ai consulté à Vancouver prétend que j'ai été non seulement droguée durant ma captivité, mais aussi soumise à un lavage de cerveau, à une manipulation de mes émotions. Sans l'intervention de Victoria, peut-être ne me serais-je jamais réveillée de ce cauchemar.

— C'est alors que tu as douté de ton père ?

— Oui, car ce qu'il racontait ne cadrait plus avec les faits tels que je les découvrais peu à peu. De ce jour, j'ai su que papa faisait passer ses intérêts d'affaires, notamment le fait de vouloir s'approprier Transparent, avant moi, avant le reste...

Damon serra les poings.

— S'il s'agissait d'un autre que ton père, crois bien qu'il passerait déjà un mauvais quart d'heure. Quand je pense qu'à cause de lui, tu as imaginé que je t'avais délaissée...

Pouvait-elle encore longtemps cacher à son mari qu'il était père d'un petit Lucas ?

— Je te demande pardon. Je voulais découvrir la vérité,

savoir une fois pour toutes à quoi m'en tenir sur toi, sur nous, sur le rôle joué par mon père dans ma disparition.

Damon hocha rageusement la tête.

— Tu aurais dû aller trouver la police immédiatement ! Et en revenant seule au manoir alors que tu doutais de ma bonne foi, ne courais-tu pas un risque ?

— J'ai suivi mon impulsion ! Il fallait que je sache à quoi m'en tenir et puis, j'espérais que le fait de te revoir, de me retrouver dans des lieux où j'étais censée avoir vécu, accélérerait ma guérison.

Damon lui prit la main et l'entraîna vers la porte.

— Dans ce cas, allons à la police et sans perdre une minute.

— Attends, j'ai encore quelque chose d'important à te dire.

Attrapant au passage un trousseau de clés, Damon repartit avec elle vers le garage.

— Plus tard. Ne faisons pas attendre les deux inspecteurs, car cette fois-ci, j'ai bien l'intention de leur demander de fouiller au fond des choses.

— Damon !

— Quoi encore ?

Elle lui prit les clés de la main et les posa sur le comptoir, près des livres de cuisine.

— Si j'ai mis tant de temps à revenir vers toi, c'était parce qu'un événement très important était survenu dans ma vie.

Il s'immobilisa et la regarda.

— Quelque chose de plus important que ton enlèvement ?

Elle rassembla son courage.

— Quand on m'a kidnappée, j'étais enceinte de toi.

— Enceinte ?

— Oui, et je...

Poings serrés sous l'effet de la colère, Damon ne semblait plus être le même homme.

— Ces salopards t'ont droguée alors que tu étais enceinte ? Sans penser que le bébé pouvait en souffrir ?

— J'ignorais alors que j'attendais un enfant de toi et mes

ravisseurs l'ignoraient forcément aussi. L'important est que notre fils soit aujourd'hui en parfaite santé.

— Quand est-il né ? Réponds, voyons !

— Il y a six semaines. Il s'appelle Lucas.

Confrontée au regard ébahi puis furieux de Damon, elle mesura à quel point elle avait mal agi en gardant le silence.

5

Il fallut quelques secondes à Damon pour reprendre ses esprits.

Un fils !

Et Caroline qui ne lui avait rien dit plus tôt !

— Damon, écoute-moi, je t'en prie ! fit-elle d'un ton suppliant.

Tous deux venaient à peine de se retrouver, mais l'espoir de renouer affectivement avec son épouse s'éloignait à tire-d'aile, songea-t-il, confus.

Encore sous le choc, il se jucha sur le plus proche tabouret.

— Où se trouve mon fils actuellement ?

— En lieu sûr. Victoria m'a aidée à partir avec Lucas de Vancouver et, à présent, elle veille sur lui.

— Où donc ? insista-t-il d'une voix où perçait la colère.

— Près d'ici. J'ai loué sous un faux nom une fermette équipée d'un système de sécurité et j'ai payé en liquide. En principe, mon père ne devrait pas pouvoir remonter jusqu'à nous et dans tous les cas, Vic a reçu pour consigne de ne pas mettre le nez dehors et de garder les volets clos.

Degraff !

Toujours lui !

Il damerait le pion à cet homme qui lui avait déjà fait tant de tort, quitte pour cela, et selon les conseils de son frère Gabe, à demander l'aide de ses demi-frères et du richissime grand-père McNeill, à New York.

— Quand as-tu découvert que tu étais enceinte ?

— Au début de ma captivité. Je n'avais pas la possibilité de faire un test, mais je sentais le bébé en moi, je savais qu'il était là. Et j'avais des nausées chaque matin.

Un fils !

Son devoir était de prendre soin de lui, de veiller sur sa sécurité tout autant que sur celle de sa mère, et de les mettre tous deux à l'abri d'éventuels prédateurs.

Et tant pis si Caroline avait fait preuve de légèreté à son égard.

Impulsivement, il attrapa les clés de la voiture.

— Allons au commissariat. Nous parlerons en route.

— D'accord, acquiesça sa femme en lui emboîtant le pas.

Une fois dans le garage, il l'aida à prendre place sur la banquette de la Land Rover.

— Nous devons savoir à quoi nous en tenir, comprends-tu ? Lorsque le ou les responsables de ton enlèvement seront sous les verrous, notre fils sera définitivement en sécurité... Et toi aussi du même coup.

— Et si l'enquête n'aboutit pas ?

— Nous redoublerons de précautions et une équipe de surveillance veillera en permanence sur Lucas et toi.

Lucas !

Et dire que son propre père, Liam McNeill, avait abandonné femme et enfants en Martinique, sans jamais se soucier d'eux.

Tout en roulant en direction de Los Altos Hills, Damon interrogea Caroline sur sa captivité et apprit que, une fois libérée, il lui avait fallu plusieurs semaines avant de récupérer des bribes de souvenirs.

— Ton amnésie était bien réelle, alors ?

— Oh oui. Plusieurs spécialistes de Vancouver se sont penchés sur mon cas.

— Et ton père ?

— Il était adorable avec moi, mais je lui en voudrai toujours de m'avoir coupé de ma vie d'avant, de toi en particulier.

Il se promit d'engager autant de détectives qu'il faudrait pour traquer jusqu'au bout du monde ceux qui avaient enlevé sa femme et, du même coup, mis la vie de leur enfant en danger.

Encore lui faudrait-il savoir si Caroline était désormais digne de confiance...

Ne lui avait-elle pas menti, quelques jours plus tôt, en prétendant avoir perdu la mémoire alors même que son amnésie était moins sévère qu'elle le disait ?

Et pourquoi lui avoir caché qu'il avait un fils ?

— Nous sommes arrivés, annonça-t-il en se garant devant le commissariat où ils demandèrent à parler à l'inspecteur Downey.

Le policier, un grand brun musclé, lui fit une excellente impression et, sous sa directive, Caroline et lui remplirent chacun une déclaration.

Dans la sienne, il stipula que Degraff avait menti, dix mois plus tôt, en prétendant avoir des nouvelles de sa fille qui se serait trouvée en Europe alors même qu'elle était déjà entre les mains des ravisseurs.

— Nous vérifierons, monsieur McNeill, l'assura l'inspecteur.

Pour sa part, il souhaitait que le ou les responsables écopent d'une peine maximale pour leur forfait. La prison à vie, pourquoi pas ?

— J'ai du mal à imaginer mon père mêlé à tout ça, fit remarquer Caroline, en déposant son stylo.

La culpabilité de Stephan Degraff ne faisait pour lui pas le moindre doute, mais, en attendant les conclusions de l'enquête, il se devait de rallier au plus vite le fief des McNeill, à New York, où sa femme et Lucas seraient à l'abri de toute personne mal intentionnée.

Une fois leurs déclarations respectives remplies et signées, Caroline et lui furent successivement entendus par un inspecteur travaillant pour le commissariat de Los Altos Hills, puis par l'adjoint du shérif de Santa Clara County.

Quand Caroline décrivit sa captivité, son angoisse d'être

isolée de tout, de manquer de nourriture, d'eau, sans compter ses nausées matinales, il ne put s'empêcher de lui prendre la main et de serrer celle-ci avec force.

L'un des officiers leur demanda de patienter dans le couloir.

— Nous organiserons des rondes autour du manoir, promit le policier avant d'emporter leurs déclarations pour en faire une copie.

Il n'avait pas la moindre illusion sur l'efficacité de ces rondes et sut que c'était à lui, et à lui seul, qu'incombait la sécurité des siens.

Caroline et Lucas...

Alors que son épouse et lui patientaient sur leurs chaises, deux jeunes gens vinrent signaler le vol de leur voiture, puis une femme entre deux âges, qui n'avait sans doute pas toute sa tête, passa devant eux, accrochée au bras d'un homme grisonnant qui la regardait avec tendresse.

Ces deux-là semblaient s'aimer et être tout l'un pour l'autre, exactement ce qu'il avait souhaité pour Caroline et lui avant de voir son rêve brisé pour cause de mensonges.

Caroline le tira par la manche.

— Que dirais-tu si nous nous installions au manoir avec Victoria et Lucas, puisque la police a promis de faire des rondes ? Plus le temps passe et plus je languis de mon bébé...

— Pour commencer, je préférerais que tu dises « notre bébé » et non « mon bébé », rectifia-t-il, d'un ton acide. Et ensuite, tu sais bien que le premier réflexe de ton père sera de te chercher chez moi quand il découvrira que l'oiseau s'est envolé du nid.

— C'est vrai, admit Caroline, mais alors, que suggères-tu ?

Le retour de l'inspecteur, muni des doubles de leurs déclarations, l'empêcha de répondre.

— Tout sera fait pour identifier les ravisseurs de Mme McNeill, l'assura le policier qui, avant de repartir, leur souhaita bonne chance.

Il ne leur restait plus qu'à se rendre au cottage où les attendait

Lucas et, après une hésitation, Caroline lui abandonna sa main qu'il serra dans la sienne.

— Je suis désolée de t'avoir caché la naissance de ton fils, lui dit-elle en se dirigeant de sa démarche élégante vers la Land Rover.

— L'essentiel est que je sois au courant, répondit-il, en l'aidant à s'installer sur la banquette, puis en enregistrant, dans le système GPS, les coordonnées de la fermette louée par sa femme.

— Si tu estimes que le manoir n'est pas un endroit sûr, où pourrions-nous aller ? demanda Caroline.

Une forteresse surveillée jour et nuit par le FBI lui semblait être un excellent choix...

— À New York ?

— Mon père sait que j'ai un appartement à Manhattan, reprit Caroline d'un ton où perçait une certaine inquiétude. Dès qu'il aura compris que je ne suis pas à Los Altos Hills, c'est là qu'il me cherchera.

— Je pensais plutôt à l'immeuble des McNeill. Là-bas, Lucas et toi serez en sécurité, répliqua-t-il en démarrant, plus décidé que jamais à veiller étroitement sur sa femme.

Caroline parut hésiter.

— Mais je connais à peine ta famille !

— Et moi guère plus, aussi ce sera l'occasion ou jamais de rencontrer mes demi-frères.

— Récemment, j'ai pu lire un article concernant l'un de tes demi-frères, celui qui est fiancé à une ballerine. Est-il vrai que votre grand-père exige de ses petits-enfants qu'ils soient mariés sous peine de les priver d'héritage ?

— C'est tout à fait exact.

Et dire qu'il s'était marié par amour, tout ça pour être séparé pendant près d'un an de son épouse et, depuis peu, de leur fils.

— Que sais-tu d'autre sur ta famille de New York ? l'interrogea Caroline, d'un ton où perçait la curiosité.

— Pas grand-chose, à vrai dire. L'an passé, mon père Liam, dont je n'avais plus de nouvelles depuis mon adolescence, a informé Malcolm McNeill de mon existence et de celle de mes deux frères, en Martinique.

— Ce Malcolm McNeill est-il aussi riche qu'on le dit ?

— Multimillionnaire même. Fondateur de la chaîne hôtelière des McNeill Resorts. Grand-père s'est mis en tête, suite aux révélations de mon père, de réunir sous son aile les deux fratries des McNeill, la légitime et l'autre, à laquelle j'appartiens avec Jager et Gabe.

Alors que Caroline posait sa main sur son bras, l'absence de bagues à son doigt le replongea dans la perplexité.

Avait-elle vraiment été enlevée, dépouillée de son alliance et de son brillant par ses ravisseurs, ceci expliquant qu'il ait retrouvé les bijoux au manoir ? Ou était-ce de sa propre volonté qu'elle s'en était démunie, parce qu'elle ne l'aimait pas et voulait le fuir, la thèse défendue par Degraff ?

Dans tous les cas, au moins pouvait-il compter sur ses frères et l'esprit de famille des McNeill pour l'aider.

— J'ai quelque chose à te demander, fit Caroline d'une voix hésitante, mais promets-moi de ne pas te fâcher.

— C'est promis.

— Mon père prétend que tu m'as épousée par intérêt, afin d'être couché sur le testament du patriarche des McNeill...

S'il lui restait encore quelques illusions sur la moralité de Degraff, cette révélation venait de les lui ôter jusqu'à la dernière.

Comment un père pouvait-il s'abaisser à mentir ainsi, dans le seul but de torpiller un mariage qu'il désapprouvait ? Puis Damon se reprit : la vraie question était de savoir pourquoi, exactement, Degraff tenait autant à ce que sa fille ne devienne pas sa femme...

Sans lâcher son volant, il tourna brièvement son regard vers Caroline.

— Je t'assure que c'est faux, archi-faux. À l'époque où nous

nous sommes fiancés, j'ignorais encore tout de ma fratrie cachée et jusqu'au nom de Malcolm McNeill. Du reste, quand l'un de mes demi-frères est venu à Los Altos Hills pour me mettre au courant de cette clause de testament, j'étais déjà en Europe, à ta recherche.

— Et que s'est-il passé, ensuite ? demanda Caroline.

— Grand-père Malcolm a chargé Bentley, un détective privé, de me retrouver et c'est par lui que j'ai été informé et de l'existence du testament, et de cette fameuse clause.

— Comme je voudrais te croire ! Tout serait si simple, répondit Caroline avec un soupir.

— De quel côté es-tu, Caroline ? Si tu prends le parti de ton père, alors je ne vois pas ce que nous avons à faire ensemble.

Des larmes brillèrent dans les yeux de son épouse.

— Pardonne-moi, Damon. Mon amnésie n'est pas encore guérie et j'avoue ne plus savoir très bien où j'en suis.

— Comprends-tu au moins que ton père a joué un rôle trouble dans ta disparition ?

— Je sais qu'il m'a menti sur plusieurs points, répondit-elle en scrutant le GPS, et ce séjour à New York, dans ta famille, me paraît une excellente idée. Changer de décor sera bénéfique.

Alors qu'il se réjouissait d'entendre Caroline abonder dans son sens, un signal du GPS les avertit qu'ils arrivaient à destination et son cœur se mit à battre la chamade.

Lucas !

Bientôt, il pourrait faire la connaissance de ce fils auquel il n'avait cessé de penser et qu'il avait tellement hâte de serrer entre ses bras.

Anxieuse de revoir son enfant, Caroline avait pris la précaution de prévenir par texto sa sœur de son arrivée et de celle de Damon, mais devant la fermette, alors qu'elle allait descendre de la Land Rover, Damon la retint par le coude, l'air soucieux et inquiet, très différent de l'homme qui, la veille encore, l'avait si fougueusement embrassée.

— Laisse-moi jeter un coup d'œil alentour. Qui sait si ton père n'a pas déjà retrouvé ta trace...

— Tu as raison.

Pendant qu'il effectuait sa ronde, elle se félicita de l'avoir auprès d'elle, car, de son propre chef, elle n'aurait pas même songé à cette mesure de prudence élémentaire.

— Tout semble tranquille, déclara Damon en revenant vers elle, mais mieux vaut être vigilants. Dès que nous serons rentrés avec Lucas et ta sœur au manoir, j'engagerai une équipe de gardes du corps assermentés.

— Je te fais confiance.

— Vraiment ?

Une allusion manifeste au fait qu'elle lui avait dissimulé l'existence de son fils et lui avait menti à propos de la gravité de son amnésie.

— Oui, vraiment, insista-t-elle, tandis qu'il l'aidait à mettre pied à terre.

Sur l'allée pavée conduisant à la fermette restaurée, elle remarqua que Damon s'abstenait de lui donner la main et en conclut qu'il lui en voulait toujours.

Pourquoi être si distant ? Désormais, je ne te cacherai plus rien, promis.

Des mots sincères, certes, mais qui allaient se heurter à la réalité, tôt ou tard...

La porte s'ouvrit et Vic lui apparut, soulagée, Lucas dans ses bras.

— Enfin te voilà ! Tout à l'heure, quelqu'un est venu rôder autour du cottage et j'ai vraiment cru que papa nous avait retrouvés.

— Il n'y a plus personne à présent, la rassura Damon sans quitter Lucas des yeux.

Les présentations faites, alors que Vic avait donné Lucas à Caroline, Damon, très ému, se rapprocha pour embrasser le bébé sur le front, les joues et le bout du nez.

— Lucas promet d'être aussi beau que vous, déclara à

Damon sa sœur, qui avait toujours eu un faible pour les grands bruns.

Une remarque anodine, mais qui rendit Caroline soupçonneuse, car, durant leur longue séparation, Damon pouvait fort bien avoir eu des aventures.

Elle n'osa pas lui poser la question.

— Quel beau bébé ! Il... Quelle perfection ! murmura son mari, fasciné par les mimiques du nourrisson.

— Ta réaction me rassure, dit-elle.

Damon sourit d'un air béat.

— Désormais, je suis là pour vous protéger, toi et lui.

Après les avoir fait entrer dans la pièce principale encombrée de couches, de biberons et de couvertures, sa sœur annonça qu'elle allait ranger les chambres du haut avant leur départ.

— De cette façon, ton mari fera connaissance avec son fils, ajouta-t-elle avant de s'éclipser.

Quand les pas de Victoria retentirent au-dessus de leurs têtes, elle s'approcha de Damon.

— Le prénom que j'ai choisi pour notre enfant ne te dit-il rien ?

— Si ! Quelques jours après notre mariage, nous avions décidé de ne plus utiliser de moyens contraceptifs. La nuit italienne était belle, douce...

— Et nous étions très amoureux l'un de l'autre, n'est-ce pas ?

Il la regarda avec émotion.

— Nous espérions même avoir un bébé et, au cas où ça aurait été une fille, j'avais proposé Chloé comme prénom.

— Et moi Lucas si c'était un garçon.

Chloé... Lucas...

Les mains de son mari caressant son corps offert, et cette nuit chaude, si chaude...

— J'aime ce prénom. Si tu savais comme je regrette de ne pas avoir été là pour toi, pour lui, alors que tu étais enceinte, malade, coupée de tout, ajouta Damon sans quitter Lucas des yeux.

— Veux-tu le tenir dans tes bras ?

Et sur un signe d'assentiment de sa part, elle lui remit leur enfant.

— On jurerait que tu as pouponné toute ta vie ! s'étonna-t-elle, tout en ajustant la couverture sur les pieds du bébé.

Damon la regarda.

— Au printemps dernier, mon frère Gabe s'est retrouvé père d'un petit garçon nommé Jason, dont la mère ne désirait pas s'occuper. Du reste, elle est partie quelques mois plus tard.

— Je crois deviner...

— Gabe était débordé et, plus d'une fois, je l'ai dépanné soit pour changer Jason, soit pour lui donner le biberon. Je me suis rendu compte que j'aimais les enfants...

— Je comprends.

— Les deux bambins se ressemblent, ajouta Damon en scrutant le visage de Lucas.

Rien d'étonnant, car elle avait remarqué la similitude entre les deux fratries, après la lecture d'un article récemment paru et illustré des photos de Damon, Jager et Gabe posant aux côtés de leurs demi-frères Quinn, Ian et Cameron.

Qu'il s'agisse des McNeill de New York ou de ceux de la Martinique, les uns et les autres étaient pareillement dotés de superbes yeux bleus et d'une carrure athlétique.

— L'esprit de famille, commenta-t-elle avec une pointe de malice.

— C'est un fait, approuva Damon, et je me réjouis de savoir que Lucas aura des cousins et des cousines de son âge. Jason, bien sûr, mais aussi Isla, fille adoptive de mon demi-frère Cameron et de son épouse Maresa. Du reste, tu auras l'occasion de les rencontrer bientôt.

Une bouffée d'anxiété l'envahit.

— J'ai peur, parfois ! Oh ! pas tant pour moi que pour Lucas... Si jamais mon père nous retrouvait ! Ou s'il s'en prenait à ma sœur pour faire pression sur moi !

— Je vais engager des gardes du corps dès notre retour au

manoir. Nous partirons pour New York demain et, une fois chez les McNeill, toi et Lucas n'aurez plus rien à craindre, assura Damon.

Comme Vic redescendait l'escalier les bras chargés de bagages, Caroline eut un mouvement du menton vers elle.

— Et Vic ?

Avant que Damon ait pu répondre, sa sœur prit la parole.

— Il me semble que j'ai mon mot à dire, non ? Alors, pas question d'être surveillée par des molosses.

— Damon a raison, dit-elle en aidant Vic à porter les valises. Tant que nous ne saurons pas qui m'a enlevée, et pourquoi, je ne veux pas t'exposer au moindre danger.

Ses ravisseurs n'avaient-ils pas, et plusieurs fois, menacé de s'en prendre à ses proches ?

— Les gardes seront triés sur le volet et vous ne remarquerez pas leur présence, déclara Damon. Quant à vos jeunes frères encore en pension, ils bénéficieront d'une protection discrète, mais efficace.

Victoria afficha une expression agacée.

— Ces précautions sont bien exagérées. Je me vois mal effectuant des recherches à la bibliothèque universitaire sous la surveillance d'un malabar armé...

Sa sœur avait beau compter vingt-quatre printemps, elle lui paraissait bien immature, comparée à elle qui en avait à peine quatre de plus.

— Le jour où des voyous t'enlèveront comme moi je l'ai été, tu seras bien contente de bénéficier de la protection d'un malabar.

Victoria battit timidement des paupières.

— Ne te fâche pas, Caro.

— Alors, ne soulève pas d'objections oiseuses. Et toi, Damon, autant que tu portes les bagages dans l'auto pendant que Vic et moi vérifions n'avoir rien oublié ici.

Elle reprit Lucas dans ses bras et, pour la première fois peut-être, Damon et elle échangèrent le même regard ardent qu'au début de leur mariage, quand toute occasion était bonne pour se caresser et s'embrasser.

Leurs mains se frôlèrent.

Lucas serré contre elle, une vague de chaleur l'envahit.

Damon !

Il y avait bien trop longtemps que tous deux n'avaient plus fait l'amour...

6

Dès leur retour, Damon avait programmé de la musique d'ambiance dans tout le manoir à l'exception de la chambre qu'il avait fait préparer à l'intention de Lucas, agrémentée de berceuses.

Comme promis, il avait contacté Fortress, une société de sécurité renommée de San Jose que dirigeait Zach Chance, un ancien shérif et, une heure après, des hommes surentraînés s'étaient déployés dans et autour de la demeure, en prévision de leur départ prévu pour le lendemain.

Victoria avait accepté le principe d'une protection rapprochée et deux gardes du corps devaient l'accompagner à Stanford jusqu'à ce que toute cette affaire soit éclaircie.

En attendant, son fils lui donnait envie de sauver leur mariage et, si la confiance n'était pas encore de retour entre lui et Caroline, il désirait sa jeune épouse autant sinon plus qu'au premier jour et il comptait bien mettre à profit cette dernière soirée passée à Los Altos Hills pour renouer le fil avec celle qui le séduisait toujours autant.

— Damon ? l'appela Caroline.

— Je viens.

Il la trouva occupée à langer leur fils d'une main experte et sentit son cœur fondre.

— Je peux t'aider ?

— Peut-être...

Tandis qu'il la regardait faire, Lucas agrippait puis relâchait de ses petits doigts sa couverture brodée de dinosaures.

Lucas !

Peu après, les minuscules paupières retombèrent comme deux volets pâles sur ses yeux endormis.

— Alors, es-tu content d'avoir un fils ? l'interrogea Caroline.

— Plus que tu ne le sauras jamais, dit-il en contemplant cette vie conçue dans le feu de la passion, un an plus tôt.

Pourquoi Caroline lui avait-elle si peu fait confiance lors de leurs retrouvailles, au point d'exagérer son amnésie et de lui cacher l'existence de leur bébé ?

— J'ai du temps perdu à rattraper avec notre petit trésor, ajouta-t-il.

Caroline quêta son regard.

— Tu pourrais peut-être lui donner son biberon de 4 heures du matin ?

Il accepta avec enthousiasme, tout en sentant renaître entre lui et sa femme cette confiance malmenée par les événements. Élever Lucas aiderait à cicatriser les plaies ou du moins, c'était son plus cher souhait.

— Je suis heureuse d'avoir un enfant de toi et heureuse aussi que notre fils ait un père qui te ressemble, déclara Caroline en lui adressant un sourire tendre.

Qu'elle était belle !

— Et moi, je suis heureux que notre Lucas ait une mère telle que toi.

La récente déposition de Caroline à la police, au sujet de son enlèvement, de tout ce qu'elle avait subi, lui revint en mémoire et, plus que jamais, il soupçonna Degraff d'être impliqué dans cette sombre affaire.

Le fait que son beau-père ait secouru sa fille frappée alors d'amnésie sans lui révéler qu'elle avait un époux, sans non plus le prévenir, lui, que Caroline était saine et sauve, lui apparaissait tout simplement comme monstrueux.

Un tel comportement était cruel, irresponsable, et expliquait aussi la méfiance que Caroline lui avait témoignée durant leurs retrouvailles, alors même qu'elle avait accouché seule, et avait dû s'occuper de Lucas pendant six semaines sans son aide, sans son appui.

Une fois en possession de ce fameux certificat de mariage opportunément découvert par Victoria dans les affaires de leur père, Caroline avait-elle cru qu'il s'était désintéressé de son sort ? Voire qu'il l'avait oubliée ?

Tout était possible.

— Ah, Lucas s'est endormi, dit-elle alors à voix basse. Toujours d'accord pour lui donner son biberon nocturne ?

Apprendre à mieux connaître ce fils qui lui était tombé du ciel était son vœu le plus cher.

— Plus que jamais.

Caroline lui lança un regard reconnaissant.

— Jusqu'à présent, j'ai pu compter sur Vic pour s'occuper de Lucas, mais ma sœur part demain et ta présence va grandement faciliter les choses.

— Ma proposition d'engager une nounou tient toujours, rappela-t-il. Après les épreuves que tu as subies, un peu d'aide ne pourrait qu'être bénéfique.

— Nous verrons ça plus tard, répondit sa femme en ajustant le volume du babyphone et la luminosité de l'image vidéo sur son portable.

Après un dernier baiser envoyé à Lucas du bout des doigts, lui et Caroline quittèrent la chambre et, s'il eut la velléité de reprendre la discussion à propos des services qu'une nourrice pourrait leur rendre, il choisit de la reporter afin de ne pas rompre cette fragile harmonie qui renaissait entre eux.

— Et si nous buvions une infusion dans le patio, bien au chaud sous des couvertures ? suggéra-t-il après avoir jeté un coup d'œil, par la baie vitrée, au ciel étoilé.

Caroline hésita puis lui sourit.

— Oui, pourquoi pas ?

Au début de leur mariage, elle se serait déjà blottie contre lui,

lui aurait tendu ses lèvres, aurait réclamé baisers et caresses alors qu'à présent, il avait la nette impression qu'elle mettait une distance entre elle et lui.

— Autant se détendre un peu avant le voyage de demain, ajouta-t-il, en ouvrant la porte-fenêtre et en la guidant jusqu'aux canapés disposés sur la terrasse.

— Oui, tu as raison, convint-elle.

Sa voix fêlée l'alerta.

— Pas trop fatiguée par tous ces événements ?

— C'est vrai que ça a été une journée pleine d'imprévus, répondit Caroline en levant le nez vers les étoiles, mais rassure-toi, je tiendrai le coup.

Portée par la brise légère, une bouffée de son délicieux parfum vint lui chatouiller les narines et son désir ne fit que croître.

En d'autres circonstances, durant leur lune de miel par exemple, tous deux auraient déjà été en train de s'enlacer et de s'embrasser jusqu'à plus soif, d'autant que l'atmosphère médiévale du patio, avec ses fausses torches alimentées en propane, incitait à la romance.

Après avoir aidé Caroline à s'allonger sur l'un des canapés, il la blottit dans un plaid épais et s'efforça de chasser de son esprit les doutes qui n'avaient cessé de l'assaillir depuis le retour de sa femme.

— Pour moi aussi, cette journée aura été fertile en imprévus. Découvrir mon fils, son visage, entendre sa voix, quel bonheur pour un père...

À la façon dont Caroline tressaillit, il était clair qu'elle regrettait de lui avoir caché l'existence de Lucas.

— Après ma libération, je ne savais plus où j'en étais et j'avais perdu tout souvenir de mon mariage avec toi. Mon père prétendait que cet enfant que j'attendais était le fruit d'une soirée de hasard avec un aventurier, un pauvre type qui, après m'avoir fait boire plus que de raison, aurait abusé de moi...

— Et tu l'as cru ?

— Je te répète que je ne savais plus bien où j'en étais. Et puis Lucas est né... Pourquoi avais-je choisi ce prénom et pas un autre ? Sans doute que, inconsciemment, je me souvenais de notre discussion en Italie, de notre envie d'appeler ainsi un fils que nous aurions pu concevoir, toi et moi.

— Quand as-tu compris que j'existais, que nous avions été mariés et que cet enfant était de moi ?

— Petit à petit, j'ai commencé à revoir tes traits. J'ai lu un article dans le journal sur Transparent où tu posais à côté de ton équipe... Et puis, ma sœur a retrouvé ce certificat dans les papiers de mon père. Oh ! Damon, j'aurais tant aimé que tu assistes à la naissance de Lucas !

— Bon, mais qu'a dit ton père en s'apercevant que tu recouvrais la mémoire ? Que je n'étais pas un inconnu pour toi ?

Caroline prit son visage entre ses mains.

— Comme je lui demandais des comptes, comme je voulais comprendre pour quelle raison il m'avait caché que j'étais mariée avec toi, il m'a expliqué que tu m'avais épousée par intérêt et que tu te moquais bien d'avoir un bébé...

Degraff, encore et toujours lui !

Décidément, cet homme lui aurait causé bien du tort, et aussi à sa fille, son épouse qu'il continuait de chérir et à qui il entendait pardonner, au moins autant qu'il le pourrait, de lui avoir dissimulé la vérité.

Lui vivant, en tout cas, jamais Lucas ne manquerait de rien, il en faisait le serment.

— L'important est que nous soyons désormais réunis, dit-il en maîtrisant un restant de colère.

— C'est vrai, murmura Caroline.

— Il est aussi temps de rétablir la confiance entre nous, ajouta-t-il, en prenant sa main dans la sienne.

Les yeux de Caroline se mirent à briller dans la pénombre.

— J'ignore ce qui a poussé papa à me mentir. La jalousie, peut-être ? Ou le fait que je t'aie épousé contre sa volonté ?

Quelle que soit la réponse à cette question, jamais il n'accorderait, pour sa part, son pardon à Degraff.

— Les deux sans doute et, aussi, l'envie de s'approprier Transparent.

Sans perdre de vue l'écran montrant le visage de Lucas, Caroline l'écoutait intensément, un sourire triste aux lèvres.

— Papa devait bien se douter que je finirais par découvrir ton existence, mais peut-être espérait-il que tu m'aurais oubliée d'ici là, voire que tu aurais refait ta vie...

Si Stephan Degraff l'avait cru capable de bigamie, alors l'esprit de son beau-père était encore plus retors que ce qu'il aurait pensé.

— Nos tisanes ont suffisamment infusé, dit-il en tendant une tasse à Caroline.

Tôt ou tard, Degraff devrait payer pour ses forfaits, peut-être même pour avoir — s'il était en effet coupable — organisé l'enlèvement de sa propre fille.

Quand il aurait des certitudes en la matière, alors seulement s'en ouvrirait-il à celle qu'il voulait reconquérir et convaincre de sa bonne foi absolue.

— Ta tisane est délicieuse, fit sa femme, en essuyant ses jolies lèvres roses.

Il la regarda avec émotion puis lui présenta, ouverts, les deux écrins qu'il venait de sortir de sa poche et dont le premier abritait une magnifique bague de fiançailles sertie de brillants, et le second, une alliance en platine et diamants non moins belle.

— Selon la police, le fait que tu sois partie sans emporter ces bijoux était la preuve que tu ne voulais plus de moi...

— Quel mensonge ! Je suis certaine de les avoir eues à mes doigts durant mon enlèvement.

— Ton père a affirmé que tu ne voulais plus me voir et que tu avais retiré ces bagues devant lui.

— C'est faux ! Je n'avais aucune raison de te quitter.

— Oui, mais la police l'a cru, dit-il tout en laissant Caroline examiner à loisir les deux anneaux.

L'expression lointaine ou pour le moins mitigée de sa femme fit naître une fois de plus le doute en lui.

Comment savoir si, le jour de sa disparition, peu avant l'intrusion au manoir des kidnappeurs, Caroline n'était pas déjà lasse de lui, de leur mariage, ceci expliquant qu'elle se soit dépouillée de ses bijoux ?

Dans ce cas, Degraff n'aurait pas menti…

— Oh ! Damon, tout ceci est absurde ! Quand je me suis réveillée en captivité, on m'avait retiré mes bagues et c'est la stricte vérité.

— Je suis heureux de te les restituer, dit-il avant de déposer les deux anneaux au creux de la paume de son épouse.

Ah, si seulement il avait pu être certain de sa bonne foi…

Caroline fronça les sourcils.

— Où les avais-tu retrouvées, déjà ?

— Bien en évidence. Il aurait fallu être aveugle pour ne pas les voir…

— Une fois encore, je n'ai aucun souvenir de les avoir ôtées.

— Réfléchis ! C'est très important…

Les traits crispés par l'effort, sa femme lui lança un regard de détresse.

— Tu ne sembles pas comprendre que deux hommes m'ont assaillie et passé une cagoule. Les bagues ont peut-être glissé de mes doigts ? Je… Je ne me rappelle plus la suite, tu sais, car j'avais alors été droguée.

Anxieux et frustré, il serra les poings, plus impatient que jamais de clore cette chasse aux souvenirs, à cette remise en ordre d'un passé qui, pour le moment, lui échappait encore totalement.

Son objectif n'était-il pas de renouer des liens conjugaux avec celle qui demeurait son épouse, d'attendre que, d'elle-même, elle porte de nouveau ces bagues puis qu'ensemble, ils recommencent à vivre tout en élevant leur fils dans les meilleures conditions possible ?

— J'espère que tu accepteras, quand nous serons à New York, l'aide d'un spécialiste des soins post-traumatiques, non seulement pour que toi et moi puissions y voir clair, mais aussi pour Lucas, pour qu'il puisse grandir dans un climat apaisé et sans zones d'ombre.

Après avoir longuement joué avec les deux bagues dont l'or chatoyait à la lueur des torchères, Caroline fixa sur lui l'éclat si lumineux de son regard.

— Moi aussi je veux des réponses à toutes ces questions troubles, n'en doute pas.

Il lui sembla retrouver la Caroline d'avant, celle qui avait envie de se battre, celle qu'il avait épousée par amour avant d'être confronté à sa surprenante disparition, aux manœuvres de Degraff, à l'incrédulité des policiers qui avaient ajouté si peu foi à ses déclarations.

— Tout ce que je demande est une nouvelle chance, autant pour toi que pour moi, dit-il en enfilant, d'autorité, les bagues aux doigts de Caroline.

Et tant pis si ses doutes n'étaient pas entièrement levés.

— Merci, fit-elle d'un ton ému.

Sur l'écran du portable, l'image vidéo du visage endormi de Lucas lui rappela que le combat ne faisait que commencer.

— C'est à notre enfant que nous devons penser en priorité.

— Oui, Lucas avant tout, approuva Caroline avec un beau sourire.

Serrant fort la main de son épouse retrouvée, où brillaient enfin les deux bagues, il lui sembla entendre cette dernière jurer qu'elle l'aimerait toujours, pour le meilleur et le pire.

À l'époque, il avait cru en elle, cru que, en effet, leur union serait éternelle, sans savoir qu'il affronterait bientôt un cauchemar qui allait durer dix mois.

— Il se fait tard, dit-il en voyant Caroline étouffer un

bâillement. Sans doute veux-tu dormir un peu avant le départ, demain ?

Était-ce un éclair de regret qu'il vit passer dans ses yeux ?

— Restons encore ensemble, murmura-t-elle en approchant ses lèvres des siennes.

Sans plus réfléchir, il pressa sa bouche contre la sienne et tous deux échangèrent un vrai, un long baiser qui, pour un temps du moins, fit s'envoler ses doutes.

Se sentir enlacée par les bras virils de Damon suscita chez Caroline un frisson d'excitation.

Comme il la serrait avec ardeur contre lui !

Le passé n'était pas éteint et les bagues à ses doigts attisaient leur désir réciproque.

En elle naquirent des envies de volupté qui irradièrent jusqu'au cœur de sa féminité.

Damon était bel et bien son mari, sans conteste aucun, et se retrouver enfin avec lui, dans ce manoir, faisait surgir des souvenirs qu'elle aurait crus effacés de sa mémoire.

Damon !

Elle avait besoin de lui, de ses lèvres sur les siennes, de ses mains sur son corps, de ça elle fut plus certaine qu'elle ne l'aurait jamais été.

Troublée par ce parfum masculin qui émanait de lui, de ses cheveux, de tout son corps musclé, elle languissait déjà d'un prochain baiser qu'elle voulait encore plus prolongé, encore plus intense que le précédent.

— J'ai envie de toi, murmura-t-elle à l'oreille de l'homme redevenu son mari.

— Moi aussi j'ai envie de toi, répondit Damon d'une voix que l'émotion altérait.

Elle se pressa alors contre lui et s'offrit à ses baisers dont chacun attisait son désir.

Plus Damon multipliait ses caresses, plus elle brûlait de

toucher sa peau nue et d'appuyer sa joue en feu contre son cœur afin de vérifier qu'il battait bien à l'unisson du sien.

Cette lune de miel dont les détails lui revenaient, ces heures de félicité absolue, elle ne les avait pas imaginées, pas plus qu'elle ne doutait de celui dont elle savourait en cet instant précis la proximité, à qui elle tendait les lèvres.

Pour la première fois depuis son enlèvement, elle eut le sentiment de retrouver le temps d'avant, celui où elle avait été heureuse.

— Embrasse mes seins comme tu le faisais si bien, dit-elle en déboutonnant son chemisier.

Alors qu'elle fermait les yeux dans l'attente du baiser espéré, une plainte les lui fit ouvrir tandis que le visage mécontent de Lucas s'affichait sur l'écran du portable.

— J'y vais, dit-elle en rajustant à regret les pans de son haut.

— C'est à moi de m'occuper de Lucas, fit Damon en l'embrassant sur le front puis en se dirigeant vers l'intérieur du manoir.

Une fois seule, elle étouffa un soupir de regret, car tout avait si bien commencé entre eux.

Que Damon veuille profiter de leur fils était bien sûr naturel, mais, dans le fond, quelle preuve avait-elle qu'il la désirait vraiment ?

Peut-être lui en voulait-il toujours de lui avoir caché la naissance de Lucas ?

À moins qu'il n'ait d'autres raisons de ne plus vouloir d'elle comme femme...

Un instant plus tôt, quand Lucas s'était mis à pleurer, Damon avait paru soulagé d'interrompre leurs ébats et elle n'était plus si sûre de pouvoir, un jour, regagner sa confiance.

Peut-être même que ce mari enfin retrouvé ne l'aimait déjà plus, pour autant qu'il l'eût jamais aimée.

7

Le lendemain, une limousine vint chercher Damon et les siens à l'aéroport de New York pour les conduire, sous l'œil vigilant d'un garde du corps, jusqu'à l'immeuble historique des McNeill, dans le quartier de l'Upper East Side, à Manhattan.

En voyage d'affaires avec deux de ses fils, grand-père Malcolm ne reviendrait à New York que plus tard.

En attendant, son but était de contrecarrer, avec l'appui financier de sa richissime famille, les plans de Degraff visant à le déposséder de Transparent et de sa place de P-DG.

Par la suite, il projetait de mettre en vente le manoir de Los Altos Hills qui lui rappelait trop de mauvais souvenirs.

Et pour le reste...

Caroline n'accepterait sans doute pas de vivre avec lui en Martinique, sa vraie patrie, mais il tenait à ce que leur fils Lucas fasse la connaissance de ses deux oncles, ses frères Jager et Gabe, en plus de sa famille de New York.

Alors qu'ils approchaient de Central Park, Caroline se tourna vers lui.

— J'ai hâte de découvrir le berceau historique des McNeill.

— Tu ne seras pas déçue, car l'immeuble, qui date du siècle dernier, est un parfait exemple de ce qui se construisait alors dans l'Upper East Side.

Son regard glissa du paysage urbain à la paire de jambes sexy dont la nature avait doté son épouse.

Dire qu'hier, tous deux auraient pu refaire l'amour !

Il avait adoré leur baiser ardent autant que la chaleur de leur étreinte, mais bien sûr, un long chemin restait à parcourir avant qu'elle et lui puissent reprendre leur romance là où elle avait été interrompue, près d'un an plus tôt.

— Nous arrivons, annonça-t-il en pointant du doigt l'imposant immeuble, propriété des McNeill.

Contrairement à son frère féru d'architecture et occupé à restaurer l'hôtel familial en Martinique, les vieilles pierres ne l'intéressaient guère, en tout cas pas autant que le galbe des jambes de son épouse.

— Je suis impressionnée ! fit Caroline en retirant ses gants.

Soulagé, il vit qu'elle portait toujours ses bagues, puis ses pensées le renvoyèrent trois mois plus tôt, après que le détective privé engagé par son grand-père l'eut retrouvé en Europe.

Incapable de savoir si Caroline était partie d'elle-même ou bien si elle était retenue quelque part contre sa volonté, il n'avait alors pas du tout le cœur à la fête, c'était le moins qu'on puisse dire.

Sa première entrevue avec Malcolm McNeill avait été lourde de sous-entendus, de regards furtifs échangés avec le patriarche et les autres membres du clan à qui il venait d'être présenté.

Puis la tension s'était dissipée et il avait eu le sentiment d'être accepté parmi eux.

— Quand je pense que tu avais effectué des recherches pour me retrouver et en plus, de l'autre côté de l'océan, remarqua Caroline tandis qu'ils arrivaient à destination.

Comme il se sentait proche de cette femme belle, quoiqu'un peu amaigrie, et aussi de leur fils, ce bébé plein de vie qui lui ressemblait déjà tant et sur qui il avait veillé durant une partie de la nuit !

— Des indices attestaient de ton passage à Paris, à Prague et ailleurs, alors j'ai confié la gestion de Transparent à mon frère Jager et je me suis envolé pour l'Europe, expliqua-t-il, en saisissant la main de Caroline.

Jager était compétent, mais les actionnaires s'étaient plaints de son absence, ce qui avait donné l'occasion à Degraff d'avancer ses pions et de préparer, en douce, une future prise de pouvoir sur sa société.

Caroline lui caressa le bras.

— Ce que je ne comprends pas, Damon, est que tu te sois coupé de tout pendant ce long voyage.

— Te retrouver m'importait plus que tout et je ne voulais pas être tenté de revenir aux USA si jamais Jager m'avait appelé en urgence.

Un acte d'autant plus irréfléchi que, une fois libre, Caroline n'avait pas pu le joindre et avait donc imaginé le pire.

Alors que, dehors, les premiers flocons de neige tombaient, Caroline et lui se regardèrent avec émotion.

— Il reste bien des points à éclaircir, dit-elle en souriant, mais l'essentiel est que nous soyons tous les trois réunis aujourd'hui. Et je ne te remercierai jamais assez d'avoir fourni une protection à ma sœur.

La société Fortress les avait tenus informés de l'arrivée de Victoria à Sanford et de son installation dans un appartement surveillé jour et nuit.

— C'était la moindre des choses.

— J'apprécie ton aide, ajouta Caroline, d'un ton ému, et Vic sait qu'elle doit m'appeler immédiatement si elle a des nouvelles de papa ou si un inconnu tente de prendre contact avec elle.

Au moins son épouse ne considérait-elle plus Degraff comme un petit saint.

— Une sage précaution, remarqua-t-il, sans aller au bout de ses doutes.

Tandis que sa femme rajustait le plaid sur les jambes de Lucas, il envisagea une fois de plus la possibilité que Caroline ait pu vouloir le quitter après leur dispute en Italie.

Degraff n'aurait fait alors qu'aider sa fille à mettre un terme à leur mariage, projet dont elle aurait perdu le souvenir à la suite du choc causé par son enlèvement.

Toi et tes suppositions ! Laisse donc la police faire son travail...

Bentley, le détective privé, n'avait encore que des soupçons sur le rôle joué par Degraff dans la disparition de Caroline.

Sans preuve formelle de l'implication de son beau-père tant dans le complot qui le visait, lui, que dans la machination dont sa femme aurait pu être victime, il était décidé à consolider ses liens avec son épouse miraculeusement revenue et leur baiser d'hier lui en fournissait précisément l'occasion.

Deux heures après son arrivée à New York, Caroline avait déjà pris ses marques dans la somptueuse demeure de grand-père Malcolm qu'elle avait visitée jusqu'au solarium du sixième étage muni d'un toit transparent.

De là-haut, la vue était à couper le souffle sur Central Park, la Cinquième Avenue et, à l'est, la 76e Rue.

Quant à Lucas, il n'aurait pu être en de meilleures mains que celles des deux nounous engagées pour la circonstance, une attention du milliardaire qui la touchait d'autant plus qu'elle était encore pour lui une totale étrangère.

Enfin, comme pour mieux souligner les liens futurs entre les nouveaux arrivants et les membres historiques du clan, le berceau où dormait Lucas avait servi récemment à la fille adoptive de Cameron McNeill, demi-frère de Damon.

Le personnel n'avait pas manqué de lui raconter les derniers potins familiaux et l'espoir qu'avait le patriarche d'entendre retentir les rires de ses petits-enfants entre les murs de ce fief ancestral.

Pour ne pas faire de tort à Marcie et Dana, les deux jeunes nounous, elle avait consenti à leur confier Lucas, tout en gardant un œil sur son fils grâce à la vidéo de la nurserie dont les images étaient retransmises sur son téléphone.

Comme il était actif, remuant, joyeux !

Le regarder exécutant sa gymnastique pour bébé sur fond de musique classique, sous la surveillance de ses deux anges gardiens, était pour elle le plus émouvant des spectacles.

Si émouvant, même, qu'elle ne réagit que tardivement à l'arrivée de Damon, qui s'était changé et portait un ensemble décontracté très seyant.

Elle huma son parfum mâle auquel s'ajoutait la senteur du bois de santal, un mélange dont elle raffolait.

Du reste, en Italie, c'était cette odeur qui l'avait maintes fois subjuguée, preuve que sa mémoire se restaurait un peu plus chaque jour.

— Tout va bien, Caro ? Je t'ai cherchée partout.

Au moins lui avait-elle manqué !

— J'ai profité de ton absence pour visiter l'immeuble de fond en comble et maintenant, je jouis du spectacle de toute cette neige tombant sur New York, dit-elle, en s'installant sur le canapé faisant face aux baies vitrées, avec l'espoir que son mari la rejoindrait.

Ce fut avec un battement de cœur qu'elle le vit approcher, son odeur si caractéristique lui chatouillant les narines.

— Tu risques d'avoir froid, remarqua Damon. Veux-tu que je fasse un feu ?

— Oh non, inutile.

— Dans ce cas...

Il vint s'asseoir à son côté, mettant ses sens à rude épreuve.

— Parle-moi du temps où tu vivais à New York, lui demanda-t-il.

Son amnésie touchant le passé récent, elle n'eut aucune peine à faire surgir ses souvenirs d'alors, teintés d'espoir et d'ambitions.

— J'étais très studieuse et quand je sortais, c'était surtout pour explorer mon quartier. Je ne crois pas être allée beaucoup plus loin que Canal Street.

Garder sa voix posée et neutre fut pour elle une tâche bien

difficile tant la proximité de Damon, sa façon de l'observer, de se rapprocher d'elle, de laisser pendre son bras sur le dossier du canapé, avait le don de l'exciter.

Ah, ces notes de santal et, sur elle, ce regard mâle qui la subjuguait !

— Je sais que tu as grandi à San Francisco et plus tard, que tu as étudié l'économie à Boston, mais qu'en a-t-il été ici ? insista Damon.

— Eh bien, j'étais tout juste diplômée et je voulais gagner mon indépendance, si possible sans l'aide de mon père. En fait, j'ai surtout travaillé pour lui...

— Je vois... Mais aimais-tu la vie à New York ?

— Je l'ai adorée. Sans compter que c'était la première fois que j'étais autonome.

Durant ses études, elle avait souffert de la comparaison avec des condisciples moins riches et bien plus doués qu'elle l'était, aussi était-elle anxieuse de faire ses preuves.

Audit en entreprise, elle avait été chargée d'évaluer la santé financière de sociétés spécialisées dans l'informatique, ainsi que leurs chances de croissance.

Son père intervenait parfois en sous-main, mais, très vite, elle avait manifesté des dons pour l'analyse financière et sa capacité à juger, seule, de la santé d'une firme.

— Quand tu louais un appartement ici, ton père et toi étiez en contact ? demanda Damon.

— Au début, très souvent, et puis de moins en moins, car j'obtenais d'excellents résultats de mon propre chef. Toute Caroline Degraff que j'étais, ceux qui recouraient à mes services n'auraient pas hésité à me licencier si je ne leur avais pas convenu, alors, et c'était nouveau pour moi, je me suis sentie responsable de mon sort, maîtresse de mon destin.

— Et en dehors du travail, quels étaient tes loisirs ? insista Damon avec un petit sourire.

Elle ne put s'empêcher de rire.

— Je menais une existence très sage. J'allais au cinéma, au

théâtre parfois. Je rêvais de rencontrer le prince charmant, mais, en définitive, mon métier m'accaparait plus que tout le reste.

Quand son père l'avait appelée auprès de lui, en Californie, elle avait choisi de sous-louer son appartement de Spruce Street au cas où il lui prendrait la fantaisie de revenir y vivre, un jour...

— Et, finalement, tu as quitté New York ? s'enquit Damon, sans la lâcher des yeux.

Qu'il s'intéresse à elle, à son passé, pouvait être le signe de son attachement réel, mais, aussi une façon de tester sa mémoire ou de mesurer jusqu'à quel point elle avait pu le leurrer, quelques jours plus tôt, en prétendant ne se souvenir de rien ou presque.

— Mon père m'avait demandé de retravailler pour lui et, pour le remercier d'avoir financé mes études, j'ai accepté.

— Collaborer avec un homme à la personnalité aussi forte ne te dérangeait pas ?

— C'est vrai que j'avais un peu peur de lui, mais, d'un autre côté, j'avais fait mes preuves, à New York. Mes deux premiers audits lui avaient permis d'investir à bon escient dans les sociétés que je passais au crible, et de gagner beaucoup d'argent. Quand papa s'est intéressé à Transparent, j'ai été priée d'y entrer en tant qu'EIR et de lui donner mon opinion sur le potentiel de ta firme.

Damon la scruta.

— Aurais-tu, à l'époque, conseillé à ton père d'acquérir des parts de Transparent si toi et moi n'avions pas entamé une relation ?

Les souvenirs du début de leur idylle se firent plus précis.

— Oh ! absolument. Dès ma première semaine dans ta société, j'en avais perçu tout le potentiel, sans compter que l'ambiance y était excellente.

— Vraiment ?

— Oui. Tes collaborateurs ne manquaient pas d'idées ni

d'énergie et même sans te connaître, j'aurais conclu mon rapport plus que favorablement.

Damon fronça les sourcils.

— Si ma mémoire est bonne, tu avais pris de nombreuses notes sur le fonctionnement de Transparent ?

— J'ai toujours travaillé ainsi.

— Et tu savais donc que ton père souhaitait mon départ, en tout cas un vote du conseil d'administration qui m'aurait chassé de mon poste de P-DG…

Elle ne put s'empêcher de rougir.

— Papa estimait qu'un autre que toi aurait été plus qualifié pour développer Transparent, ce dont je doutais bien sûr.

— Ces notes, les as-tu gardées ou bien auraient-elles mystérieusement disparu au moment de ton enlèvement ? insista Damon.

Il y avait encore un mois, elle aurait été incapable de répondre à cette question tant son amnésie était sévère.

— Victoria a retrouvé ces carnets parmi mes affaires. Tout y est consigné, depuis la structure de l'entreprise jusqu'aux nouveaux logiciels conçus par tes chercheurs.

— Ton père a-t-il eu l'occasion de lire ces notes ?

— Bien sûr. N'était-ce pas à sa demande que j'avais été chargée de m'intégrer à Transparent ?

Damon hocha la tête.

— Après ta disparition, un hacker engagé par mes soins a détecté plusieurs failles informatiques dans l'un de mes nouveaux logiciels, et naturellement j'ai pris les mesures qui s'imposaient pour pallier ces défauts.

Elle ne fut pas longue à comprendre.

— Et tu te demandes si mon père a été au courant de ta démarche ? Je crois pouvoir affirmer que non puisque j'étais la seule à lui transmettre des informations « sensibles » concernant Transparent.

Damon se frotta les mains l'une contre l'autre.

— Si j'apporte aux investisseurs la preuve que mes nouveaux

logiciels, et en particulier le dernier, sont désormais sécurisés, j'ai peut-être une chance de sauver ma tête lors du prochain conseil d'administration.

Elle réfléchit.

— À condition que papa accepte de revendre ses parts sinon, tel que je le connais, il fera tout pour prendre le contrôle de ta société.

— C'est aussi ma crainte et celle de mes frères, déclara Damon.

— Avant même qu'il ne soit question de mariage entre nous, papa t'en voulait d'avoir refusé de suivre ses recommandations tant sur le plan de la gestion de Transparent, que sur la stratégie commerciale et les programmes de recherche, rappela-t-elle.

Le regard de Damon flamboya.

— Ton père entendait contrôler mes faits et gestes alors que tout ce que je lui demandais était un apport financier.

— Dès lors qu'il investit son argent dans une entreprise, papa a pour habitude de se mêler de tout, approuva-t-elle.

Damon se leva puis marcha d'un pas nerveux jusqu'à la baie vitrée dominant New York.

— Il n'a pas supporté que je te vole à lui.

— Ce sont des suppositions.

— Il a pris pour une trahison le fait que tu puisses avoir des sentiments pour moi, et c'est ce qui a déclenché son désir de revanche contre moi, relança Damon d'un ton brusque.

Devait-elle le croire ?

— Alors, selon toi, papa aurait mis ma vie et celle de Lucas en danger rien que pour avoir le plaisir de te faire mordre un jour la poussière ?

— Il n'a pas hésité à te couper de moi, et à me priver de Lucas. Et c'est lui qui, après ta disparition, a aiguillé la police sur une fausse piste.

Qu'un père puisse manipuler sa fille, enceinte de surcroît,

afin d'avoir la satisfaction de tacler un adversaire lui semblait toujours inimaginable et pourtant...

En captivité, n'avait-elle pas subi un véritable lavage de cerveau responsable de son amnésie partielle ?

De simples ravisseurs en quête de rançon auraient-ils tenu à effacer ses souvenirs puisque, dans tous les cas, elle aurait été incapable de les reconnaître sous leurs cagoules ?

Quelqu'un avait cherché à la couper de sa vie d'avant, à lui faire oublier Damon, le père de son futur enfant, mais qui était donc cette personne ?

Un proche ?

Le cœur déchiré par le doute, elle fit face à son mari.

— Dans cette affaire, l'attitude de mon père n'est pas nette, mais tu ne me feras jamais croire qu'il ait pu vouloir me détruire par intérêt financier. Il existe sûrement une autre explication...

— Laquelle ?

— Mais je n'en sais rien, Damon ! En tout cas, tant que je serai sans certitudes, je ne me soumettrai ni à toi ni à mon père, que ça soit clair.

D'un geste tendre, Damon lui caressa l'épaule.

— Tout ce que j'essaie de faire est de te protéger et de protéger Lucas. J'estime ton père professionnellement, mais je sais aussi qu'il convoite Transparent, ce qui, s'il arrivait à ses fins, signifierait priver Lucas de son héritage futur.

Elle n'avait pas pensé à cet aspect des choses et l'argument fit mouche.

— Je cherche moi aussi le bonheur de notre fils et, bien sûr, je ferai tout pour que Transparent lui revienne un jour. Sois assuré que je ne ferai rien pour favoriser ton éviction.

— Dans ce cas, j'apprécierais que tu me communiques tes notes de travail afin que je sache à quoi m'en tenir sur les informations dont dispose ton père, rétorqua Damon.

Son devoir de loyauté envers Stephan Degraff, celui qui l'avait élevée, qui l'avait soutenue financièrement, qui l'avait aimée, devait-il ou non l'emporter sur sa fidélité envers son mari ?

— Tu peux compter sur moi, mais j'aimerais comprendre pourquoi papa, qui a déjà investi des millions de dollars dans Transparent, semble tout faire à présent pour saboter ton entreprise ?

— Quand te mettras-tu dans la tête que ton père m'en veut à mort ?

— Sans toi, Transparent n'existerait pas. Mon père n'est pas idiot, quand même...

Damon éclata de rire.

— Décidément, tu connais bien mal la nature humaine. Ton père me hait et ferait tout pour se venger de l'homme qui a osé épouser sa fille sans son accord.

— C'est fou !

— Non, c'est humain. Et les autres investissements de ton père couvriront ses pertes éventuelles causées par la déconfiture de Transparent, s'il devait arriver à ses fins.

Elle prit le temps de réfléchir.

— Selon toi, papa irait jusqu'à priver son petit-fils d'héritage pour le plaisir d'une revanche ?

— Lucas est un McNeill, non un Degraff, alors pourquoi ton père se sentirait-il tenu à la moindre loyauté à son égard ?

Au moins était-elle certaine de la loyauté de Damon envers elle et son fils, certaine aussi qu'il saurait les protéger tous les deux même si ce qu'il éprouvait désormais pour elle n'était pas de l'amour.

— Tu auras dès ce soir mes notes sur Transparent, promit-elle.

8

Damon s'en voulait d'avoir contribué au stress de Caroline par leur discussion de la veille, dans le solarium, mais comment passer sous silence les failles de Degraff, ce père qu'elle plaçait si haut dans son estime et son affection, et qui n'était peut-être qu'un coquin prêt à tout pour arriver à ses fins, y compris à le déposséder de sa firme ?

Aussi fut-il ravi quand, le lendemain, Caroline accepta d'aller faire avec lui des glissades dans Central Park.

— Les sports d'hiver à New York ? Qui aurait cru ça possible ! dit-elle, tandis qu'ils traversaient la Cinquième Avenue.

— Tu devrais savoir que les hivers sont rigoureux, par ici, répondit-il, tout en s'assurant de la proximité de leur garde du corps.

Engoncée dans sa combinaison de ski, les joues rougies par le froid, jamais Caroline n'avait été plus naturelle ou séduisante.

— À l'époque où j'habitais New York, mon principal souci était le travail, pas les sorties, répliqua-t-elle, de la vapeur s'échappant de sa bouche.

La veille, elle lui avait transmis comme promis l'intégralité de ses notes prises quand elle était EIR à Transparent, tout en précisant qu'elle ne retirait pas sa confiance à son père, ce dont il avait pris acte.

— Aujourd'hui, pensons à nous amuser, dit-il, peu désireux de se laisser de nouveau envahir par le doute et l'inquiétude.

De bon matin, quand l'idée d'une sortie dans Central Park enneigé lui était venue, il lui avait suffi d'en faire la demande auprès du personnel de Malcolm McNeill pour que, presque aussitôt, leur soient fourni pique-nique, luges et vêtements.

Alors que leurs pas s'enfonçaient dans l'épais tapis blanc couvrant le parc, il se tourna vers Caroline.

— Ne trouves-tu pas que New York est une belle ville ?

Avec un hochement de tête appréciateur, Caroline lui montra une rangée d'ifs givrés sur fond de gratte-ciel.

— En effet, et même en hiver… Si mon père n'avait pas insisté pour que je travaille avec lui, je me serais peut-être décidée à vivre ici. Mais tu vois, le destin fait bien les choses…

— Oui, le destin fait bien les choses, approuva-t-il, non sans émotion.

Un an plus tôt, en Italie, celle qui marchait à ses côtés n'avait-elle pas été la plus délicieuse des épouses ?

Des souvenirs lui revinrent en mémoire, comme cette glace aux fruits de la passion dégustée à une terrasse ensoleillée, ou encore cette promenade en gondole, et ce baiser échangé sous le pont des Soupirs.

Caroline savait également faire preuve d'efficacité dans le travail et s'était révélée une excellente conseillère financière, capable de négocier des contrats compliqués, d'obtenir des prêts ou encore de préparer une augmentation de capital.

Si Degraff avait tout du loup sans foi ni loi, sa fille était son exact contraire, et c'était pourquoi il l'avait engagée comme EIR dans sa société, plus d'un an auparavant.

Il avait été subjugué par sa beauté, mais aussi par son intelligence et sa perspicacité.

Quand s'était posée la question de la croissance de Transparent, et quitte à devoir rendre des comptes au conseil d'administration, il avait suivi en toute confiance les recommandations de Caroline en ignorant alors les noirs desseins de Degraff à son égard.

Caroline !

Il l'aimait toujours autant, mais les événements récents ne devaient-ils pas l'inciter à la prudence ?

Alors qu'un vendeur ambulant proposait beignets et chocolat chaud aux promeneurs, sa femme lui montra, sur l'écran de son portable, leur fils Lucas faisant de la chaise à roulettes, dans l'immeuble historique des McNeill, sous la surveillance de ses nounous.

— Ton fils se débrouille bien pour son âge, déclara Caroline avec fierté.

— C'est vrai, convint-il, avec une pensée pleine d'amour pour le bambin.

Pourvu qu'il n'en soit pas séparé un jour par une décision de justice si Caroline et lui venaient à divorcer !

— Quand nous en aurons fini avec les glissades, Marcie, Dana, Lucas et le garde du corps nous rejoindront ici pour le pique-nique, poursuivit Caroline.

— Alors, dépêchons-nous de grimper la colline ! dit-il, fermement déterminé à profiter et de ce temps de saison, et de sa femme.

Très enneigée, Cedar Hill était littéralement prise d'assaut par de nombreux amateurs de glisse, mais, en jouant des coudes, Caroline et lui purent faire leur première descente en luge.

Entre rires, cris, et baisers furtivement échangés, c'était presque une seconde lune de miel que tous deux vivaient, et ce, d'autant plus que d'invisibles haut-parleurs diffusaient précisément l'une des chansons à la mode qui avait bercé leur séjour en Italie.

— Tu entends ? fit Caroline, le feu aux joues.

— Oui, quelle heureuse coïncidence ! répondit-il, en aidant sa femme à remonter la pente pour effectuer une nouvelle descente.

Une bosse mal négociée les fit basculer genoux par-dessus tête dans la neige épaisse.

— C'est si drôle ! fit Caroline, avec un sourire qui découvrait ses dents blanches. Es-tu allé souvent aux sports d'hiver ?

— Jamais !

Et il lui expliqua que sa mère étant morte quand il était enfant, lui et ses deux frères avaient dû se mettre au travail, restaurer la propriété familiale, nettoyer la plantation de la Martinique et, dès que possible, rentabiliser leur héritage en y accueillant des hôtes payants.

Grâce aux bénéfices, il avait créé Transparent et concrétisé ses idées de logiciels.

— Mais dis-moi, reprit-il, ton père avait sûrement assez d'argent pour t'envoyer en vacances dans les Alpes, quand tu étais adolescente ?

— Bien sûr et j'ai eu droit à de fastidieuses leçons de ski quotidiennes, enchaîna Caroline tout en s'intéressant à la façon qu'avait une jeune femme en bonnet rouge de descendre la pente.

— Tes progrès ont été rapides ?

— Oui, car papa tenait à ce que j'excelle en ski, tennis et le golf, l'occasion rêvée selon lui pour nouer des contacts utiles quand on fait des affaires...

Que Degraff ait entrepris très tôt de préparer sa fille à le seconder ne le choquait pas outre mesure, mais il n'en eut pas moins le cœur serré en l'imaginant privée des distractions de son âge.

Lors d'une nouvelle descente, tous deux empruntèrent la piste la plus raide et ce fut avec bonheur qu'il joignit ses cris excités à ceux de son épouse tandis que la luge rebondissait entre les talus enneigés.

— Je ne me suis jamais autant amusée ! fit Caroline, essoufflée, le bout de son nez ravissant rougi par le froid.

Devant le spectacle de ces hanches rondes moulées par le

pantalon fuseau, il dut se faire violence pour ne pas attirer la jolie jeune femme à lui.

— Allez, recommençons ! fit-il avec enthousiasme en grimpant la pente, la luge dans son sillage.

Tous deux s'élancèrent de nouveau, blottis l'un contre l'autre, si serrés qu'en dépit de la vitesse et de l'excitation, il lui vint des idées plus qu'érotiques.

À la sixième descente, une bosse fit dévier la luge de sa trajectoire et ils basculèrent tête la première dans la neige.

Il reprit rapidement ses esprits et sa première pensée fut pour Caroline qui s'ébrouait à deux mètres de là.

— Tout va bien ?

Comme elle tardait à répondre, il envisagea le pire et son soulagement fut grand de la voir sourire, le bonnet de guingois et les joues écarlates.

— Quelle descente !

— Et quelle peur tu m'as faite !

Il ne savait plus s'il devait la gronder ou la féliciter d'avoir tant d'énergie.

— Allez, on recommence ! décréta Caroline, avant d'aller récupérer leur luge.

— On recommence ! acquiesça-t-il, plus déterminé que jamais à reconquérir son épouse au nez et à la barbe d'un beau-père félon dont il avait tout à craindre.

Une heure plus tard, Caroline, encore endolorie par ses chutes, salua l'arrivée, sous la protection d'un second garde, de Marcie et Dana, l'une poussant Lucas et l'autre tirant une luge sur laquelle était ficelé un panier à pique-nique.

Coiffé d'un bonnet à oreillettes qui le faisait ressembler à un personnage de dessin animé, Lucas l'accueillit avec des cris joyeux.

Tout aussi ému qu'elle, Damon se pencha sur le bébé tandis que les deux nounous demandaient la permission de se retirer.

— Bonnes glissades, leur dit-elle tandis que le premier garde du corps, aussi impressionnant que discret, se mettait en faction à quelques mètres de là.

Elle l'oublia vite au profit de Damon qui continuait de faire des risettes à son fils aux yeux si bleus.

Damon !

Elle adorait sa façon de s'habiller en jean et veste polaire, et son désir pour lui ne fit que croître.

— Où veux-tu pique-niquer ? lui demanda-t-il, ses lunettes de ski relevées sur le front.

— Pourquoi pas là-bas ? répondit-elle en lui désignant un sous-bois tranquille.

Sur le chemin damé par les allées et venues des promeneurs, pousser Lucas s'avéra très facile et elle en profita pour admirer une fois de plus ce petit qu'elle chérissait.

— Bébé n'a pas trop froid ? s'inquiéta Damon, en ralentissant l'allure de façon à marcher à ses côtés tout en effleurant la joue de son fils.

— Il est chaudement couvert et, après ce long voyage, prendre l'air lui fait le plus grand bien, répondit-elle.

La présence du garde du corps, sur leur droite, lui fut un réconfort, alors même que lui revenaient en mémoire les épisodes de son enlèvement, de sa terrible séquestration.

Comme s'il lisait dans ses pensées, Damon lui adressa un sourire rassurant.

— Je suis là, désormais. Pour toi et pour Lucas...

— Je sais et j'en suis heureuse, dit-elle, alors qu'ils atteignaient l'endroit choisi pour leur pique-nique.

Les muscles encore endoloris, elle se redressa et se massa les reins.

— Tu as mal ? s'inquiéta Damon.

— Juste quelques courbatures. Il me faudra un moment pour retrouver ma forme. Que veux-tu, ces mois de captivité m'ont épuisée.

Après l'avoir longuement regardée, Damon posa un baiser sur ses cheveux poudreux de neige.

— Je le sais, mais permets-moi de te dire que tu es toujours aussi belle…

Le compliment lui fit chaud au cœur.

— Heureusement que les bébés passent une bonne partie du temps à dormir et non à courir dans tous les sens, car ainsi, je pourrai m'occuper un peu de moi.

Damon étendit sur la neige la couverture qu'il venait de prendre dans le sac.

— Je suis là pour t'aider, ne l'oublie jamais. Que nous soyons de nouveau réunis est un miracle…

Comme elle l'aimait de se charger de tout, ce pique-nique par exemple, bien sûr, mais aussi de leur voyage depuis la Californie ainsi que de sa sécurité et de celle de Lucas.

Tout en imprimant une légère oscillation au landau, elle s'assura que le garde du corps était bien à son poste, et il l'était, efficace, mais assez discret pour ne pas lui gâcher le plaisir de ces moments privilégiés avec un époux qui lui inspirait du désir.

Damon !

Depuis leurs retrouvailles, elle ne cessait de penser à lui, à eux, à ce qu'ils avaient déjà partagé d'amour sensuel.

La mémoire lui revenant peu à peu, les moindres caresses échangées avec son mari, durant leur lune de miel, prenaient de nouveau tout leur sens.

— En avant pour notre pique-nique d'hiver ! lança Damon d'une voix joyeuse.

Gardant un œil sur Lucas qui somnolait, elle vint s'asseoir sur la couverture et lorgna le panier avec gourmandise.

— Hum… Quel est le menu ? Des bonnes choses, j'imagine…

— Ce qu'il y a de meilleur, répondit Damon qui, ses gants ôtés, sortait quantité de mets qu'il déposait au fur et à mesure devant eux.

— Un festin !

— Dans la forêt profonde ! L'idéal pour les pionniers affamés que nous sommes, déclama son mari, en alignant sur une nappe à carreaux les thermos, les assiettes, les mugs, un assortiment de fromages, de la salade aux crevettes, du jambon et un énorme gâteau au chocolat et aux fraises.

Elle ne put s'empêcher de battre des mains.

— Rien n'aurait pu me faire davantage plaisir !

Comme par magie, une bouteille apparut dans son seau à glace.

— Du champagne ! N'est-ce pas interdit par la loi ?

— La consommation d'alcool est contrôlée, mais pas prohibée. Autrement dit, madame McNeill, n'en buvez pas trop, mais buvez-en quand même.

— Tu t'es donné tant de mal pour que cette journée de plein air soit une réussite, dit-elle, émue. Je comprends maintenant pourquoi tes idées de logiciels ont fait le succès de Transparent.

— J'aime l'efficacité, répondit Damon, en tirant du panier un assortiment de minibouteilles de liqueurs, whisky, cognac.

Tandis qu'elle garnissait leurs assiettes, Damon alluma les mèches de deux lanternes qu'il plaça de part et d'autre de la couverture.

— À ta santé ! dit-il en remplissant leurs flûtes incassables de bulles dorées.

Boire, oublier, profiter…

Après avoir goûté aux divers mets, elle réclama plus de champagne puis, plus tard, elle dégusta le gâteau qu'accompagnait une tasse de chocolat chaud tout droit sortie d'une Thermos.

— Un peu de whisky dans le chocolat ? suggéra Damon, le sourire aux lèvres.

Voulait-il par hasard la séduire ?

— Pourquoi pas, juste une goutte alors.

L'esprit si léger qu'elle avait envie de rire, elle regarda son mari malaxer de la neige.

— Que fais-tu ?

— Un coussin naturel pour toi, pour que tu n'aies pas mal au dos, dit-il en plaçant ces bourrelets contre ses reins.

— Tu penses à tout !

— Je veux que tout soit parfait pour notre première sortie ensemble, dit Damon en s'installant à ses côtés, un éclat de satisfaction dans ses beaux yeux bleus.

Cette journée merveilleuse, elle la devait à son mari qui, alors même qu'elle dormait encore, avait commandé les luges, les vêtements chauds, et dressé le programme des festivités.

Cher Damon...

— À notre famille, fit ce dernier, en levant sa flûte où pétillait le champagne.

— À notre famille, renchérit-elle, non sans émotion.

Tandis que les bulles explosaient sur son palais, elle croisa le regard de Damon et ce qu'elle lut au fond de ses prunelles ne laissait guère place à l'équivoque.

Oui, il la désirait, mais n'était-ce pas aussi son cas à elle ? N'avait-elle pas, encore la nuit dernière, rêvé qu'il l'embrassait puis lui caressait les seins ?

Comme au premier jour de leur rencontre, à Transparent, cet homme exerçait toujours sur elle un attrait évident que ni leur longue séparation ni les doutes qui avaient pu l'assaillir n'avaient réussi à contrarier.

Aujourd'hui, sous la clarté du soleil d'hiver, sous ce ciel bleu de Central Park, alors que le champagne lui tournait un peu la tête, eh bien, oui, elle avait envie de Damon, envie de faire l'amour avec lui, et le nier aurait été mentir.

— Viens, murmura-t-elle.

Sa bouche près de celle de son époux, leurs deux souffles parfumés de whisky...

Tandis que son esprit s'échauffait, elle se revit en Italie, durant leur lune de miel, sur ce lit d'hôtel, rideaux tirés, quand jamais leurs deux corps ne semblaient avoir la force de se séparer l'un de l'autre.

— Je me sens si bien avec toi, murmura-t-elle à l'oreille de l'homme dont les doigts se glissaient sous ses vêtements.

— Moi aussi.

Damon, son parfum de bois de santal mêlé à l'odeur des conifères...

Être avec lui, jouir avec lui de la fraîcheur ensoleillée de cette journée d'hiver, sentir sur sa bouche la caresse furtive des lèvres de son époux et enfin, le baiser tant attendu.

Ah, leurs deux langues se confondant, leurs souffles liés !

Et sa féminité qui s'embrasait !

Alors qu'elle s'abandonnait déjà, Damon rompit leur étreinte.

— Là, sur ta lèvre, une miette.

Et du doigt, il l'en débarrassa.

— Merci, dit-elle sans parvenir à cacher sa déception.

Après tout, ils n'étaient pas dans leur chambre à coucher, mais dans un parc public avec leur fils, sous le regard vigilant d'un garde du corps.

— C'est moi qui te remercie d'avoir accepté cette sortie, répondit Damon en lui adressant un sourire un peu contrit.

Elle aurait été bien sotte de lui tenir rigueur de sa prudence et, dans son for intérieur, elle fit des vœux pour que tous deux soient bientôt réunis et de façon très intime cette fois-ci.

9

Escortés par leur garde du corps, Damon et sa famille quittèrent Central Park en fin d'après-midi.

Son épouse avait accepté l'idée d'un dîner en tête à tête devant un bon feu de cheminée, dans leurs appartements et, pour un peu, il se serait cru revenu au temps de leur lune de miel, quand l'échange d'un simple regard suffisait à enflammer leurs sens.

Et cette fois-ci, il espérait bien tirer pleinement parti de la situation, sans avoir à se soucier du qu'en-dira-t-on ou de la présence d'un vigile...

— Alors, c'est entendu ? Pendant que je m'occupe de Lucas, tu en profiteras pour te reposer ? rappela-t-il à Caroline en engageant le landau sur le passage piéton de la Cinquième Avenue.

Elle resserra les pans de son manteau, car la nuit tombait déjà et le froid était plus vif.

— D'accord ! Je me suis amusée comme jamais, aujourd'hui. Après ces mois de captivité, faire des glissades dans Central Park était une idée géniale.

— Au fait, ton rendez-vous de demain avec cette spécialiste de la mémoire a été confirmé, ajouta-t-il alors qu'ils arrivaient devant l'hôtel particulier des McNeill.

— Je serai ponctuelle.

Plus que jamais, il avait à cœur de faire toute la lumière

sur les circonstances de la disparition de sa femme et, s'il soupçonnait toujours Degraff des pires desseins, au moins était-il désormais convaincu de l'innocence de sa fille.

Alors qu'ils étaient rentrés et que Caroline retirait ses bottes, Wade, l'un des gardes du corps, vint lui remettre une enveloppe.

— Un fax pour vous, expédié depuis Los Altos Hills, monsieur McNeill.

Fortress, la société de protection, signalait la présence d'un individu louche autour de son manoir. L'homme, sommé de se présenter, avait pris la fuite non sans avoir été filmé par les caméras vidéo. Une photo de lui était jointe.

— De quoi s'agit-il ? demanda Caroline.

Il le lui dit et montra le cliché du suspect.

— Je reconnais cet homme ! s'exclama Caroline. Il s'agit du pêcheur qui m'a secourue sur cette presqu'île, au Mexique.

— Tu es sûre ?

— Oui.

Elle marqua un temps d'arrêt et fronça les sourcils.

— Ce que je ne comprends pas est comment il a pu faire le lien entre moi et Los Altos Hills ? Qui lui aurait donné l'adresse de mon mari ?

— Je suis aussi étonné que toi, dit-il, sans oser dire tout haut ce qu'il soupçonnait tout bas.

Caroline l'interrogea du regard.

— Et si ce pauvre pêcheur savait quelque chose sur ceux qui m'ont kidnappée ? Auquel cas, son intervention pour me secourir ne serait peut-être pas le fait du hasard...

— En tout cas, à l'époque où il t'avait sauvée, tu étais amnésique et tu n'aurais donc pas pu lui fournir mon nom, encore moins mon adresse de Los Altos Hills, remarqua-t-il.

Caroline devint très pâle.

— Dans ce cas, il faut croire que ce pêcheur était bien renseigné. Penses-tu que... qu'il aurait pu travailler pour mon père ?

— Je te laisse tirer tes conclusions, dit-il d'un ton grave.

Caroline afficha un air désolé.

— Papa aurait manigancé cette affaire dans le seul but de m'éloigner de toi, de casser notre mariage ? Mais dans quel but ?

C'était toute la question.

Serrant Lucas contre lui, il se tourna vers Wade.

— Avez-vous d'autres informations sur ce rôdeur ?

Le garde du corps hocha la tête.

— Nous avons déjà fait quelques recherches, monsieur McNeill, et il s'agit d'un Canadien français du nom de Theo Bastien qui a travaillé pour Stephan Degraff, à Vancouver.

— Mon Dieu ! s'exclama Caroline.

— Quel genre de travail ? insista-t-il.

— Chauffeur occasionnel et gardien de la propriété que M. Degraff possède au Canada.

Là où sa femme avait effectué sa convalescence après sa libération !

— Merci, Wade. Je veux un rapport complet des mesures de sécurité prises à Los Altos Hills, au cas où nous y retournerions. Et passez l'info à l'inspecteur Downey.

— La police est déjà au courant, monsieur McNeill, répondit Wade. Stephan Degraff semble avoir quitté son domicile de Californie pour une destination inconnue...

Ainsi, ses pires soupçons se confirmaient.

— Très bien, vous pouvez partir, se hâta-t-il de dire au garde pour éviter de faire paniquer sa femme.

Comme il n'était plus question pour lui de s'occuper de son fils comme il l'avait projeté, il sonna la gouvernante qui surgit, pimpante dans son uniforme bleu et blanc.

— Monsieur McNeill ?

— Pourriez-vous prévenir Marcie que Lucas veut son biberon ? Dites-lui aussi de procéder ensuite à sa toilette et de le coucher.

— Très bien, monsieur.

— Faites-nous servir à dîner dans deux heures, dans notre suite, dit-il, en confiant Lucas aux bras de la dame. Et plus que jamais, interdiction de laisser pénétrer quiconque dans l'immeuble sans autorisation préalable, et sans la présence du garde du corps.

— Certainement, monsieur, approuva la gouvernante, avant de s'éloigner avec Lucas et Wade.

— Oh ! Damon, je suis si inquiète, déclara Caroline une fois qu'ils furent seuls. Mon père...

— Que ton père ait disparu ne prouve rien, dit-il moins par conviction que pour tranquilliser son épouse dont il entendait bien regagner et la confiance, et l'amour.

Et pas plus tard que ce soir...

Quelques minutes plus tard, après avoir pris dans le dressing de sa suite une tenue d'intérieur chaude et confortable, Caroline se sentit plus que jamais emplie de doutes et de soupçons.

Non content d'avoir préparé son enlèvement, son père aurait-il poussé le cynisme jusqu'à organiser sa prétendue libération, ceci afin d'apparaître aux yeux de tous comme son sauveur ?

À choisir, elle aurait préféré croire que Damon n'avait plus voulu d'elle plutôt que d'avoir à se dire qu'un Stephan Degraff cruel et calculateur pouvait être responsable de sa longue captivité.

Et si Damon, si la police, si les agents de sécurité de Los Altos Hills, se trompaient du tout au tout en persistant à accuser son père ?

Son époux et elle ne s'étaient-ils pas disputés avant qu'elle ne s'envole de Londres pour Los Altos Hills ?

Aujourd'hui encore, sa mémoire chancelait et elle n'écartait pas tout à fait l'hypothèse que son père ait pu chercher à la soustraire — pour son bien — à la vindicte d'un mari en colère...

Mais alors, pourquoi, dès ses retrouvailles avec Damon, avait-elle eu la certitude d'aimer cet homme, sans compter ces photos prises durant leur lune de miel et qui les montraient si tendrement enlacés ?

Avec un soupir, elle se changea puis, assise devant son miroir, elle entreprit de brosser ses longs cheveux non sans jeter de fréquents coups d'œil — par portable interposé — à Marcie donnant le biberon à Lucas.

— En as-tu encore pour longtemps ? entendit-elle Damon demander depuis leur salon.

— J'arrive ! dit-elle en posant sa brosse puis en entrant dans la pièce que baignait une lumière tamisée.

Lui faudrait-il un jour choisir entre son père et son mari ?

Pourvu que non !

Toujours prévenant, Damon avait avancé l'un des canapés près de la cheminée où brûlait un bon feu de bois et, d'un geste, il l'invita à y prendre place.

— Je veux que tu te sentes bien, lui dit-il.

Elle se convainquit que jamais Damon n'aurait pu être un imposteur, un maître manipulateur d'on ne savait quelle obscure machination.

Quel aurait été son intérêt, du reste ?

Et si, en effet, Stephan Degraff était responsable de son enlèvement, quel avait dû être l'effroi de Damon en ne la trouvant plus au nid, à son retour à Los Altos Hills.

Damon, le mari idéal et non un quelconque aventurier, de quoi nourrir ses remords pour l'avoir privé de Lucas durant six interminables semaines...

— Je ne demanderais pas mieux que de me sentir bien, mais penser à mon père me déprime, avoua-t-elle.

Après avoir posé son tisonnier sur l'âtre, Damon combla d'un pas rapide l'espace qui les séparait puis il l'aida à s'allonger sur le canapé.

— Alors, ne pense plus à lui et profitons l'un de l'autre. As-tu assez chaud ?

— Oui... Non, pas vraiment, admit-elle en croisant frileusement ses bras autour de sa poitrine.

— Dans ce cas, je vais aller te chercher une couverture, dit-il après lui avoir glissé deux coussins dans le dos, là où ses vertèbres lui faisaient mal.

Elle mit à profit son absence pour observer Lucas sur l'écran de son portable et le spectacle de son fils assoupi l'émut. Que ferait-elle sans cet enfant qui était autant le sien que celui de son mari ?

— Et voilà ! fit Damon de retour, étendant sur elle un épais plaid en laine blanche puis s'asseyant à ses côtés, le regard chaud de promesses.

Elle lui saisit le poignet.

— Merci pour tout. Et, tu sais, Lucas dort déjà alors nous avons du temps devant nous...

Damon et sa chaleur virile lui manquaient, autant que ses caresses et ses baisers !

— Après toutes nos glissades, tu dois être fatiguée et je ne voudrais pas t'empêcher de prendre un repos bien mérité, fit-il en caressant doucement sa main.

— Reste ! De toutes les façons, après notre discussion, je n'arriverai jamais à m'endormir.

Et son mari était si attirant...

— Va, je comprends ce que tu ressens, déclara Damon en venant s'allonger près d'elle. Ton père...

— Mon seul parent depuis que maman est morte, dit-elle en fixant les flammes de l'âtre.

— Ma mère aussi est morte, tu sais, observa Damon.

Elle lui lança un regard empreint de compassion.

— Quel courage il t'a fallu pour couper les ponts avec le tien, de père, même en considérant le tort fait à ta mère.

Damon passa un bras autour de ses épaules et, de l'autre, lui caressa doucement les cheveux.

— Comment aurais-je pu aimer cet homme qui nous avait abandonnés, moi, mes frères et ma mère ?

— Mais cet homme restait quand même ton père, remarqua Caroline. Comment arrive-t-on à ne plus aimer l'un de ses parents ? Moi, il me semble que je n'aurais pas pu, dit-elle, sans parvenir à retenir ses larmes.

Et pourtant, s'il était prouvé que son père avait trempé dans une machination visant Damon et la visant, elle, ne lui faudrait-il pas prendre ses distances avec Stephan Degraff ?

— Chaque cas est différent. En ce qui me concerne, je ne pardonnerai jamais à Liam, mon père, de s'être détourné de nous.

Damon aimait évoquer Transparent et sa vie professionnelle, mais pas sa vie privée, aussi fut-elle surprise qu'il aborde franchement ce sujet et, la mémoire lui revenant, elle se rappela quelques confidences qu'il lui avait faites au début de leur mariage.

— N'était-ce pas la décision de ta mère de faire fructifier le domaine de sa famille, en Martinique ?

— Si, mais ça n'enlève rien aux torts de mon père.

— Savait-il qu'elle souffrait d'un cancer ?

Damon se crispa.

— Non, mais s'il avait eu un tant soit peu le sens de l'honneur, il aurait pu prendre plus souvent des nouvelles d'une femme qui lui avait donné trois enfants.

— Si j'ai bien compris, votre mère l'aimait ?

— Pour son plus grand malheur, car, à force d'espérer, puis de désespérer, elle a sûrement développé ce cancer qui devait l'emporter. Je tiens mon père responsable, même indirectement, de la mort de maman.

Elle posa ses lèvres sur la poitrine de Damon puis frotta sa joue à la sienne.

— Cette perte a dû être un choc terrible, bien plus encore que de devoir grandir sans père. Je comprends mieux ta rancune.

— N'est-ce pas ? Et toi, maintenant que tu sais ce dont ton père est capable, quels sont tes sentiments pour lui ?

Un cas de conscience.

— Une part de moi continue de l'aimer et donc, de souffrir. Je m'interroge encore et toujours sur ce qui a pu le pousser à agir ainsi, pour autant bien sûr qu'il soit coupable.

Alors que, dans l'âtre, une gerbe d'étincelles illuminait la pénombre, Damon la dévisagea avec tendresse.

— Ces questions trouveront peut-être leurs réponses un jour, mais en attendant, l'important est que Lucas et toi soyez en sécurité.

— Tu as raison.

— Tant que ton père ne se manifestera pas, ou tant que la police ne l'aura pas retrouvé, toutes les hypothèses restent envisageables, ajouta son mari.

Elle approuvait son souhait de l'éloigner d'un père jugé dangereux, mais qu'allait-il advenir de ses jeunes frères qui, eux, étaient toujours légalement sous la tutelle de Stephan Degraff ?

Ne serait-ce que pour eux, peut-être serait-il plus sage qu'elle ne se coupe pas totalement de ce père dont elle ne savait plus vraiment que penser ?

— Le conseil d'administration de Transparent se tient la semaine prochaine, dit-elle, et comme papa veut un vote en faveur d'un autre que toi comme P-DG, il devra forcément se manifester ce jour-là.

Damon s'écarta insensiblement d'elle.

— Je n'oublie pas que ton père a investi des millions dans mon entreprise, Caroline.

Elle avait en toute bonne foi vanté à Stephan Degraff le potentiel énorme de Transparent, sans se douter alors que son père aurait le dessein d'en chasser Damon pour nommer à sa place un P-DG disposé à se plier à ses volontés.

— Mon souhait est de voir Lucas hériter un jour de ce que son père, toi en l'occurrence, a pu bâtir, dit-elle.

Damon lui sourit.

— Tu penses ce que tu dis ?

— Bien sûr. Je suis de ton côté et du côté de notre fils.

C'est du reste pour ça que je t'ai confié mes notes datant de l'époque où j'étais EIR dans ton entreprise.

— Et tu m'as rendu un fier service, opina Damon, car comme ton père ignore que je les ai lues, il me sera plus facile de le contrer devant le conseil d'administration.

Cet affrontement futur entre les deux hommes de sa vie ne manqua pas de lui serrer le cœur.

— Ne t'imagine pas avoir gagné la partie parce que je t'ai communiqué mes notes de travail. Papa a investi des millions dans Transparent et il n'hésitera pas à miser le double pour convaincre les actionnaires de voter contre toi, et de nommer un nouveau P-DG.

Damon lui effleura le menton puis la regarda dans les yeux.

— Les McNeill ont les moyens de contrecarrer les plans d'un Stephan Degraff.

Elle éprouva un pincement de dépit.

— Si je comprends bien, nous sommes ici parce que tu veux t'assurer du soutien financier de ton richissime grand-père ?

— En partie seulement, car mon souci principal était de vous éloigner de Los Altos Hills, Lucas et toi, afin de vous mettre à l'abri de tout danger, répondit Damon en lui caressant la joue.

Elle se serra contre lui.

— L'héritage de ton grand-père et la participation à la gestion de la chaîne hôtelière McNeill Resorts ne t'intéressent donc pas plus que ça ?

Damon lui sourit.

— Ce qui m'importe est de garder le contrôle de Transparent, une société que j'ai créée, que tu m'as aidé à développer, et que j'espère un jour pouvoir transmettre à notre fils.

Elle comprit qu'il était sincère et si elle eut un regret, ce fut d'avoir pu lui donner l'impression, lorsqu'elle était EIR, de l'espionner au bénéfice de Stephan Degraff.

— Crois-tu que nous pourrons revivre comme avant,

je veux dire comme au temps de notre lune de miel ? Oh ! Damon, j'en ai tellement envie !

Il embrassa une à une les deux bagues qu'elle portait à ses doigts.

— Ne sommes-nous pas mari et femme ? Et dans tous les sens du terme ?

Sa voix chaude et la caresse de ses lèvres firent naître une nouvelle ardeur en elle et un flot de désir irrigua ses veines.

Bientôt, le conseil d'administration de Transparent déciderait du sort de Damon, l'actuel P-DG, mais en attendant, rien ne les empêchait de profiter du moment présent, de se faire du bien et de toutes les façons possibles.

La bouche sèche et le cœur battant plus vite, elle regarda Damon au fond des yeux.

— Alors, qu'attendons-nous pour passer aux actes ?

10

Comme si c'était hier, le souvenir de sa brûlante lune de miel avec Caroline vint titiller Damon.

Un regard, un geste suffisait alors à éveiller leur ardeur, parfois même alors que tous deux étaient en train de dîner aux chandelles, dans l'un de ces romantiques restaurants du bord de la mer.

Délaissant leurs assiettes à moitié pleines, ils regagnaient leur chambre et s'y aimaient avec passion jusqu'au matin.

Et si le désir les submergeait alors qu'ils visitaient un site touristique, le jeu consistait à dénicher au plus vite un lieu tranquille où tous deux donneraient libre cours à leurs caresses les plus osées.

Comme il avait aimé déshabiller Caroline, lui retirer un à un ses vêtements, l'embrasser partout et de toutes les façons possibles...

Il prit sa main et la serra avec force.

— Je ne demande pas mieux, mais, et ta santé ?

Que Lucas ait pu naître sans séquelles alors que sa mère avait été droguée tenait pour lui du miracle, sans omettre l'amnésie dont elle souffrait toujours.

— Selon ce spécialiste de Vancouver, je peux reprendre une vie normale dans tous les domaines, répondit-elle en lui caressant l'avant-bras.

— Dans tous les domaines ?

— Oui.

Rejetant la couverture, Caroline se pressa contre lui puis ses lèvres s'unirent aux siennes.

Que c'était bon !

Et comme il aimait ce parfum subtil émanant d'elle, un mélange de notes acidulées évocateur de leur lune de miel.

Pendant que Caroline l'embrassait de nouveau, il glissa ses mains sous le T-shirt de son épouse puis palpa ses seins tendant un soutien-gorge en fine dentelle.

— Déshabille-moi ! commanda-t-elle.

Le haut voltigea et les globes laiteux jaillirent bientôt hors du sous-vêtement délicat.

— Embrasse-les !

Il se pencha pour en lécher les pointes.

— Oh oui ! fit Caroline en laissant échapper une plainte qui eut pour effet d'attiser un peu plus encore sa virilité.

Plus impatient que jamais, il continua de déshabiller son épouse avec fièvre.

— Fais-moi l'amour, lui dit-elle, alors que les flammes de l'âtre éclairaient son corps presque sans voile.

— Allons dans la chambre, dit-il en emportant Caroline dans ses bras, sans oublier, bien sûr, le téléphone portable qui permettait de surveiller Lucas.

Pour leurs retrouvailles, un grand lit confortable ne valait-il pas mieux qu'un canapé ?

— Tu te souviens, en Italie..., murmura-t-elle à son oreille.

Leur première nuit d'amour !

Ce désir qui les dévorait tous deux.

— Je n'ai cessé d'y penser depuis ta disparition, répondit-il, ému.

— Avant que les drogues de mes ravisseurs ne me fassent trop d'effet, moi aussi j'ai pensé à toi. Je rêvais que tu me tenais nue entre tes bras, exactement comme maintenant... Ensuite, tout s'est brouillé et j'ai perdu la notion du temps et des choses.

Cette évocation attisa ses remords, son regret de ne pas avoir pu défendre et soutenir celle qui était alors enceinte de son fils.

— N'y pense plus, mon cœur, dit-il en déposant Caroline sur le grand lit à baldaquin.

Sous son regard vigilant, il se déshabilla à son tour et vint la rejoindre entre les draps, ému de sentir ce corps nu se presser langoureusement contre le sien.

— Désormais et quoi qu'il arrive, je veillerai sur toi et sur Lucas, assura-t-il.

— Merci, répondit Caroline en l'embrassant au creux de l'épaule, et je ne dis pas non à un compagnon de lit inventif et disponible.

— Ma chérie !

— J'ai très envie de toi, ajouta-t-elle en guidant sa main jusqu'à l'orée de son ventre.

Et elle pressa ses lèvres contre les siennes.

Ses ultimes scrupules balayés, il acheva de déshabiller son épouse, ne lui laissant que sa culotte en dentelle qui faisait une tache sombre sur sa peau claire.

— Continue, lui souffla Caroline à l'oreille.

Le sous-vêtement glissa lentement jusqu'à mi-cuisses et ce fut avec ferveur qu'il posa sa bouche sur ce sexe offert dont le parfum sensuel ranimait les souvenirs de leurs étreintes passées.

Caroline gémissait à présent, ondulant au rythme de ses baisers toujours plus intimes, toujours plus profonds.

Elle le suppliait, cambrée, et les petites plaintes que ses lèvres laissaient échapper ne faisaient que renforcer sa fougue, son désir pour elle.

Longuement, il embrassa ce sexe qu'elle lui abandonnait tout en serrant et desserrant ses cuisses, puis, soudain, alors même qu'il faisait preuve d'encore plus d'audace, Caroline sembla se figer sous sa langue.

— Oh ! mon chéri, c'est trop... Arrête !

Mais il persista jusqu'à ce que, les doigts crispés sur le drap, sa femme laisse libre cours à son plaisir.

Et quel plaisir !

La retrouver telle qu'elle était avant son enlèvement le libéra de ses derniers scrupules et il couvrit ce ventre palpitant de ses baisers les plus passionnés.

— Viens plus haut ! souffla-t-elle.

— N'aimes-tu pas ce que je te fais ?

— Si, mais je veux te sentir en moi.

Tandis qu'il caressait ses seins, elle l'embrassa avec fougue puis elle se jucha sur lui.

— Laisse-moi faire, déclara-t-elle, tout en lui retirant son boxer.

Ces doigts féminins enserrant son sexe lui arrachèrent un long frisson.

— Ma belle à la toison brune ! murmura-t-il.

En Italie, quand tous deux faisaient l'amour, il donnait à sa jeune épouse des surnoms tendres et coquins.

— Oh Damon ! fit Caroline, en se mettant en position sur son érection.

Tout en lui tenant les hanches, il la fit monter et descendre en cadence, heureux de retrouver cette maîtresse inventive qu'elle n'aurait jamais dû cesser d'être si un mauvais destin ne les avait pas séparés.

— Mon cœur... J'aime ce que tu me fais, confessa-t-il.

— Et moi donc !

Ce sourire...

Le même que naguère, en Italie, du temps de leur lune de miel.

De leur bonheur.

Juchée sur son mari, tétanisée par la jouissance qui avait chamboulé ses sens, Caroline aurait juré que le temps venait de s'arrêter.

Damon et elle unis par le même souffle, leurs cœurs battant à l'unisson, son regard si bleu la pénétrant au plus profond.

Enfin !

— Caroline...

— Oui, murmura-t-elle en ondulant lentement des hanches, pleine du remords d'avoir pris son plaisir la première.

— Continue, commanda Damon d'une voix rauque.

Elle frissonna quand, agrippant sa taille, Damon la fit se mouvoir sur lui sans jamais la quitter des yeux.

Ah, que jamais ne cesse le bonheur de fusionner avec la virilité d'un homme qui la comblait si bien et de toutes les façons possibles !

Impatiente, elle laissa libre cours à sa fougue et fit tant et si bien que, bientôt, Damon se libéra en elle.

— Caroline !

À bout de souffle, elle se laissa alors choir sur son torse viril et resta ainsi un long moment, heureuse, apaisée.

Comblée.

Enfin, elle changea de position, s'allongea près de Damon, anxieuse de l'entendre dire ces mots tendres, ces paroles d'amour, comme au temps de leur lune de miel.

Mais non, Damon se taisait...

Pourquoi ce silence, mon chéri, alors que nous venons de vivre un tel bonheur ?

Au lieu de la complicité attendue, son mari se contentait de lui caresser la nuque et cette soudaine distance entre eux lui gâchait son plaisir.

— Tout va bien ? se risqua-t-elle à demander.

— Mais oui.

Damon aurait-il peur de lui ouvrir son cœur, d'admettre qu'il ne ressentait plus pour elle les mêmes sentiments que naguère, en Italie ?

N'as-tu pas compris qu'il ne t'aimait plus ? Qu'il ne t'a peut-être même jamais aimée ?

Elle espérait se tromper, mais, au cas où elle aurait vu juste, alors il ne lui resterait plus qu'à rompre avec cet homme par ailleurs si remarquable.

Et qui lui donnait tant de plaisir !

Oui, elle partirait avec leur fils et tant pis pour les conséquences, tant pis pour l'enfance tronquée qu'elle préparerait à Lucas.

Une vie de couple sans amour était pour elle la pire des choses et elle ne s'y résignerait jamais.

11

Tout en donnant le biberon du soir à Lucas, Damon s'approcha de la fenêtre et regarda la neige tomber sur un Central Park féerique.

Derrière lui, plus belle que jamais dans sa robe de chambre brodée, Caroline achevait de desservir la table du dîner.

N'était-il pas déjà en train de perdre sa femme une seconde fois alors que tous deux venaient à peine de se retrouver ?

Refaire l'amour aurait dû le combler, mais ce qu'il ressentait à présent était de la tristesse, un sentiment d'épuisement moral et l'impression d'avoir été trahi.

Et bien malin qui aurait pu lui enseigner la façon de restaurer entre Caroline et lui cette confiance évanouie.

Au moins lui restait-il ce fils aux grands yeux bleus, une raison supplémentaire de se battre et de ne jamais abandonner Transparent à Degraff puisque désormais, et quoi qu'il arrive, il avait un héritier.

Ce fut alors qu'il entendit frapper à la porte.

— J'y vais, dit-il, après avoir donné avec précaution Lucas à sa mère.

Wade, sa casquette à la main, le salua avec déférence.

— Désolé de vous déranger, monsieur McNeill, mais vous avez des visiteurs.

— Qui ?

— M. Cameron McNeill et son épouse. Je leur ai dit que j'allais vous avertir de leur venue.

C'était bien ce qu'il avait exigé et il fut satisfait de constater que ses ordres étaient respectés.

— Votre portable est-il connecté à la vidéo intérieure ? demanda-t-il à Wade.

— Bien sûr, monsieur McNeill, répondit ce dernier en lui présentant l'écran de son téléphone.

La ressemblance entre lui et Cameron était frappante.

— Ma femme et moi attendions leur visite demain, mais, puisqu'ils sont là, je ne manquerai pas d'aller les saluer.

Il vit briller les yeux de Caroline.

— J'ai hâte de faire la connaissance de ton demi-frère et de sa femme. Lucas va grandir et aura besoin d'une vraie famille ; or, la mienne est en train de se désintégrer...

Il n'avait pas pensé à cet aspect des choses.

— Eux aussi seront ravis de te rencontrer, assura-t-il Caroline.

— Le temps d'avertir la nounou et de passer une robe, et je vous rejoindrai en bas, conclut son épouse, avant de faire demi-tour.

L'enthousiasme de Caroline pour sa famille signifiait-il qu'elle voulait, après tout, reformer un couple heureux avec lui ?

C'était son vœu le plus cher, car, jusqu'à présent, leurs retrouvailles lui laissaient une sensation d'inachevé, l'impression qu'elle ne lui avait pas tout dit de ses relations avec Degraff.

Mais, même à supposer que Caroline lui fasse des confidences, aurait-il le désir de se fier à cette femme qui lui avait déjà menti, et ce à plusieurs reprises ?

Sans trop y croire, Caroline n'en nourrissait pas moins l'espoir d'avoir un jour sa place dans le clan McNeill.

La relation privilégiée entretenue avec son père l'avait

isolée du reste du monde, et elle était déterminée à ce que son fils bénéficie d'influences plus diverses.

Une fois les présentations faites, Maresa, sa ravissante belle-sœur, et elle-même, s'installèrent sur un canapé d'angle, dans la bibliothèque du troisième étage, somptueusement décorée de vases en porcelaine et de fresques chinoises.

Pendant que, sur un siège voisin, Damon bavardait de choses et d'autres avec Cameron, Maresa lui parla de son quotidien à Saint-Thomas, une île des Caraïbes.

La mère de Maresa, qui souffrait de sclérose en plaques, avait perdu un soir le contrôle de sa voiture et si elle s'en était sortie indemne, Rafe, le jeune frère de Maresa, avait failli y laisser la vie.

Concierge dans l'un des hôtels des McNeill à Saint-Thomas, Maresa avait pris en charge sa famille jusqu'à ce qu'elle rencontre et épouse Cameron et que ce dernier leur offre une nouvelle existence et des soins médicaux appropriés à New York.

Depuis lors, elle vivait un bonheur sans nuages avec son mari, sa mère et son frère.

Avec ses yeux d'ambre, son teint cuivré et les boucles dorées de sa longue chevelure, Maresa était tout simplement fascinante.

— Croyez-vous que Rafe soit heureux ici ? demanda Caroline.

— Il lui a fallu un peu de temps pour s'adapter, répondit sa belle-sœur, mais il occupe aujourd'hui un emploi de jardinier municipal qui semble lui convenir.

— Tant mieux !

— Et si vous me parliez de vous ? Votre santé ? l'interrogea Maresa avec ce sourire si charmant qui incitait aux confidences.

Ignorant jusqu'à quel point le clan McNeill était informé de ses épreuves passées, elle n'entra pas dans le détail.

— Je reprends des forces après l'accouchement. Aujourd'hui, Damon nous a emmenés faire de la luge dans Central Park.

— Quelle bonne idée, mais, et votre amnésie ?

— Ah, vous êtes au courant ?

— Par Gabe, mais, rassurez-vous, je ne veux pas me montrer indiscrète.

Le tact de sa belle-sœur lui alla droit au cœur.

— Ma mémoire est en progrès, mais il y a encore bien des choses dont je ne me souviens pas.

Entre autres, la façon dont son kidnapping s'était déroulé, mais elle hésitait à en parler, par crainte de devoir mentionner le rôle trouble de son père dans cette affaire.

Maresa posa sur son bras une main ornée d'une bague aux multiples brillants.

— Je suis sûre que vous guérirez. Et puis, Damon vous aime tant ! Vous ne pouvez pas savoir combien il se morfondait sans vous et combien il espérait votre retour.

— Vraiment ?

— On aurait dit un fantôme au regard vide, insista sa belle-sœur. Rien de comparable avec aujourd'hui. Votre absence le taraudait et sans vous, Damon n'était plus que l'ombre de lui-même.

Pourquoi alors, après leur récente étreinte, n'avait-il pas prononcé ces paroles de tendresse et d'amour qui lui auraient fait tant de bien ?

Quand elle repensait à la fougue avec laquelle ils s'étaient aimés puis à ce long, inexplicable silence, comment croire que son mari puisse encore vraiment tenir à elle ?

— Parlez-moi de Cameron, suggéra-t-elle, autant par curiosité que pour changer de sujet.

Un sourire illumina le joli visage de sa belle-sœur.

— Il est formidable. Au début, quand nous sommes venus à New York, j'avais peur que le clan rechigne à m'accepter, mais tout s'est bien passé.

— Cameron n'avait-il pas une certaine prévention contre ses demi-frères de la Martinique, cette part de la famille qui lui était étrangère ?

— Au début, si. Et puis, il s'est finalement bien entendu

avec eux. Je peux même vous dire qu'il trouve Damon très sympathique.

Un coup d'œil en direction des deux hommes le lui confirma.

— Et la réciproque est vraie, me semble-t-il. Vous savez que Damon espère un soutien de la part de grand-père Malcolm ?

— Je suis au courant, répondit Maresa, mais grand-père Malcolm ne pourra pas assister au conseil d'administration de Transparent et il a chargé Cameron de le remplacer.

Elle ne s'attendait pas à cette défection.

L'absence du milliardaire risquait fort de laisser les coudées franches aux adversaires de son mari et, en particulier, à Stephan Degraff.

Damon et son père, les deux hommes de sa vie !

Son père devait la haïr pour lui avoir faussé compagnie en emmenant Lucas, et en ce qui concernait Damon, elle avait la quasi-certitude qu'il ne l'aimait plus comme avant.

— Grand-père Malcolm aurait-il eu un empêchement de dernière minute ? demanda-t-elle.

Maresa se pencha vers elle.

— Une vieille affaire de famille. Malcolm veut à tout prix retrouver l'un de ses fils avec lequel il est en froid depuis la nuit des temps.

— Quel fils ? Liam, le père de Damon ?

— Non : Donovan. Avant de mourir, grand-père Malcolm a juré de se réconcilier avec ce fils maudit.

Son mari manquait-il donc tant de confiance en elle pour ne jamais lui avoir fait part de ce secret ?

— Pensez-vous que Damon ait été au courant ?

— J'ignore si grand-père Malcolm en a informé ses petits-fils de la Martinique, mais ce que je peux vous dire est que Quinn, Cameron et Ian connaissent l'existence de leur oncle.

— Quel âge Liam pouvait-il avoir, lors de cette rupture ?

— Treize ou quatorze ans, je crois, la renseigna Maresa avant de se lancer dans un historique de la famille McNeill.

Certains membres de la tribu avaient fait souche au

Wyoming et étaient devenus des ranchers fortunés dans le même temps où, sur la côte Est, l'autre branche des McNeill édifiait un empire immobilier.

Après avoir longuement bavardé avec Maresa, elle ne put s'empêcher d'étouffer un bâillement non d'ennui, mais de pure fatigue, ce qui n'échappa pas au regard vigilant de Damon.

Cameron donna le signal du départ et elle prit chaleureusement congé de lui et, surtout, de Maresa, une femme dont elle se sentait proche et qui, sans nul doute, serait pour elle une amie et une alliée au sein du clan, à supposer bien sûr qu'elle en fasse durablement partie.

Après avoir raccompagné son demi-frère et Maresa à la porte, Damon revint vers elle.

— Maresa est jolie, mais toi, tu es un cran au-dessus.

— Flatteur ! répondit-elle avec un frisson de plaisir.

— Pendant que je parlais avec mon Cameron, je n'arrivais pas à détacher mon regard de toi. Cette robe te va à merveille, renchérit son mari avant de l'enlacer.

Tout à l'heure, c'était à dessein qu'elle avait opté pour ce modèle Nehru avec une fente latérale et des pressions tentatrices, l'idéal pour séduire Damon avec l'espoir d'être encore aimée de lui et non juste désirée...

— Vous sembliez pourtant être en grande discussion, ton frère et toi, insinua-t-elle.

— Je m'efforçais de lui répondre quand il me questionnait, mais, en vérité, je ne pensais qu'à nous deux.

Et, d'une sensuelle caresse, Damon la récompensa de s'être vêtue, ce soir, avec un soin sexy.

— Je suis heureuse d'avoir choisi une tenue qui stimule ton imagination, dit-elle, mais au fait, cette robe ne te rappelle rien ?

— Notre lune de miel...

— Exactement ! Nous l'avions achetée à Milan. Ces fameuses pressions semblaient beaucoup te plaire...

— Je n'ai pas oublié, répondit Damon en posant ses lèvres sur son front.

Avant de quitter Vancouver avec Vic et Lucas, une impulsion lui avait fait emporter le vêtement dans sa valise.

— Alors, prouve-le-moi, dit-elle en guidant sa main jusqu'au premier bouton.

La caresse de ces doigts qui cherchaient sa peau nue lui tira un long frisson de plaisir.

— Tu es belle, si belle ! murmura Damon d'une voix rauque.

— Et toi, tu me plais toujours autant, répondit-elle, consciente de jouer son va-tout.

— J'ai envie de toi.

D'un geste adroit, son mari libéra les deux premières pressions qui maintenaient la robe fermée et les pans s'écartèrent.

— Viens ! commanda Damon en l'attirant à lui.

Un flot de désir l'envahit, mais la prudence fut plus forte que tout.

— Quelqu'un pourrait nous surprendre, dit-elle, en retenant le tissu sur ses seins.

— Dans ce cas, allons dans ce petit salon qui ferme à clé, fit Damon d'un ton fiévreux.

Il la conduisit dans la pièce déjà visitée, et meublée d'une table de poker et de fauteuils club.

— Ici, nous serons tranquilles, ajouta-t-il.

Le cliquetis du verrou ne manqua pas d'exciter ses sens et son imagination d'autant que son mari avait une façon de la scruter qui ne laissait aucun doute sur ses intentions à son égard.

Mais n'y avait-il pas aussi, au fond des prunelles si bleues, une expression de tendresse qu'elle n'y avait pas vue auparavant ?

Tout en caressant ses hanches, Damon libéra les ultimes pressions de cette robe qui se portait sans soutien-gorge et le vêtement glissa à ses pieds, la laissant seins nus, à peine couverte d'une petite culotte de satin rouge.

— Caro !

Après avoir effleuré ses mamelons, Damon entreprit de les embrasser puis de les lécher suavement.

C'était bon. Si bon, même qu'elle se décida à frotter son ventre contre la bosse déformant le pantalon de son mari.

— Petit démon !

— Et tu n'as encore rien vu…, répondit-elle d'une voix sensuelle.

— Alors, montre-moi…

Pressée contre cette virilité, elle ondula des hanches en une danse aussi érotique que lascive dont elle avait, en rêve, répété les moindres mouvements.

Comme elle l'avait espéré, Damon laissa libre cours à son désir mâle et, après avoir été embrassée et caressée, elle se retrouva allongée sur la table de poker.

— Es-tu vraiment à moi ? lui demanda-t-il d'une voix rauque.

Inspirer tant de passion la comblait, même si son mari n'éprouvait plus pour elle l'amour attendu en retour.

— Tu sais que je t'appartiens !

Avait-elle jamais pensé à un autre que lui depuis leur mariage ?

— Caroline !

Le ton impatient éveilla son ardeur et quand Damon se déboutonna sans la quitter du regard, elle était moite et prête à l'accueillir en elle.

Son époux était beau, sexy, viril de la tête aux pieds !

Elle aimait ses larges épaules, son torse couvert d'une fine toison et, peut-être plus que tout encore, son ventre plat et musclé.

— Viens, viens, mon cœur. Et caresse-moi encore, murmura-t-elle à l'oreille de cet homme tant désiré.

Son boxer déformé par une fantastique érection, Damon la fit gémir tant et plus, puis il tirailla l'élastique de sa culotte de satin rouge avant de dévoiler son sexe impatient.

Son souffle était tiède sur sa peau nue et elle gémit en sentant sa langue se glisser en elle.

— Encore ! supplia-t-elle.

Tantôt la léchant, tantôt l'embrassant, Damon lui fit subir un délicieux supplice pendant qu'elle agrippait des deux mains le rebord de la table.

— Je te veux en moi ! cria-t-elle, à bout de forces.

Débarrassé de son boxer, Damon se positionna entre ses cuisses puis, tout en s'étendant sur elle, la pénétra d'une poussée aussi profonde qu'intense.

Exactement ce dont elle avait rêvé !

— Damon ! Damon !

Pendant qu'elle répétait le prénom de son mari comme on psalmodie un mantra, ce dernier accompagnait ses va-et-vient d'innombrables baisers qui laissaient sur sa peau nue une traînée de désir.

Comme elle l'aimait !

Cette violence érotique déclencha chez elle un orgasme sonore, aussitôt suivi d'un second, encore plus incandescent que le précédent.

Damon !

Serrée de toutes ses forces contre lui, s'ouvrant toujours plus à lui, sa joie fut intense quand, enfin, il se libéra en elle.

C'était si bon !

— Je t'aime, Damon. Si tu savais combien !

Avait-elle rêvé ou était-ce bien elle qui venait de murmurer ces mots du plus profond de son cœur ?

Des mots qui, hélas, n'eurent pas l'écho attendu.

Un an plus tôt, en Italie, Damon l'assurait pourtant de son amour...

Des mensonges !

Aujourd'hui, c'était uniquement du désir qu'il éprouvait pour elle et son seul but, en reprenant la vie conjugale, était de transmettre sa société Transparent à Lucas, ce fils qu'elle venait de lui donner.

— Il est tard, dit-elle avant de se dégager de l'étreinte de son époux, puis de se rhabiller.

Damon aurait pu la retenir, ou mieux encore, lui dire enfin ces mots tant espérés, mais il se contenta de l'imiter et, une fois qu'ils eurent regagné leur suite, elle eut hâte de se mettre au lit pour dormir et tout oublier.

Partir, loin !

Elle patienterait jusqu'à la tenue du conseil d'administration et, une fois assurée que son père ne pourrait pas en chasser Damon, et que ce dernier garderait le contrôle de Transparent, alors il ne lui resterait plus qu'à faire ses valises, à emmener Lucas sous son aile et à disparaître.

Loin de l'homme de sa vie.

Loin de celui qu'elle aimait d'un amour sincère et qui ne l'aimait pas.

12

Trois jours plus tard, alors que le conseil d'administration de Transparent allait se tenir dans quelques heures à peine, Damon achevait de déjeuner avec Gabe, sur le balcon du manoir de Los Altos Hills.

Incapable de se concentrer sur ce que lui disait son frère, il n'avait d'yeux que pour Caroline qui, les cheveux au vent, faisait son jogging dans les collines, sous la surveillance d'un garde du corps.

La pensée d'affronter les actionnaires et, en particulier, Degraff, lui nouait l'estomac, et quand il avait suggéré à Caroline d'être présente, cette dernière avait refusé, par crainte d'y rencontrer son père, ce qu'il avait fort bien compris.

Caroline !

L'autre soir, au lit, paralysé par ses doutes, se demandant encore et toujours quel jeu vraiment avait joué sa femme dans la guerre qui l'opposait à Degraff, il n'avait pu répondre à ses mots si tendres et, ma foi, aujourd'hui, il éprouvait des regrets de ne pas l'avoir fait.

Allait-il devoir se résigner à la perdre une seconde fois et, avec elle, son fils Lucas qu'il chérissait déjà tant ?

Caroline lui avait dit l'aimer, mais était-elle sincère ?

Quelle curieuse coïncidence que sa réapparition soudaine, si peu de temps avant le conseil d'administration dont dépendaient son sort et l'avenir de sa société Transparent tant convoitée par son père.

Et puis, de son propre aveu, Caroline ne se souvenait plus si, un an plus tôt, elle l'avait quitté pour incompatibilité d'humeur ou contrainte et forcée par de mystérieux kidnappeurs…

« Je t'aime, Damon. Si tu savais combien ! »

Et s'il s'agissait là de simples propos de circonstances prononcés dans la chaleur de leur plaisir partagé, après que tous deux se furent donnés l'un à l'autre ?

De nouveau ce doute lancinant, car l'amnésie n'expliquait pas tout et c'était bien là le hic.

— As-tu seulement écouté le quart de ce que je viens de dire ou bien est-ce Caroline qui te distrait autant ? s'enquit Gabe en lui tapotant l'épaule.

Responsable du Birdsong Hotel, en Martinique, Gabe avait fait le déplacement pour le soutenir lors du conseil d'administration de Transparent, et il lui en savait gré.

— En fait, non, je… Ne m'as-tu pas annoncé l'arrivée imminente de Jager ?

— Exactement. Notre frère atterrira d'une minute à l'autre à l'aéroport et nous serons donc quatre, avec Cameron, à assister au conseil d'administration.

— J'apprécie votre présence.

— C'est la moindre des choses, répondit Gabe.

— Ce matin, je suis distrait, ajouta-t-il, en quittant à regret Caroline des yeux pour se focaliser sur Jason, le fils de Gabe.

Âgé de neuf mois, le bambin jouait avec ses cubes sur le tapis comme le ferait sans doute bientôt son propre fils…

— Tu es tout excusé, fit Gabe, en esquivant l'objet en mousse que le bébé venait de projeter dans sa direction.

— Être papa n'est pas de tout repos, n'est-ce pas ?

Son frère, qui n'avait pas terminé ses œufs au bacon, esquissa une grimace.

— Parfois, je ne sais plus où donner de la tête avec ce petit diable…

— Mange tranquillement. Je ne demande pas mieux que de m'occuper de mon neveu.

— Merci, fit Gabe avec un grand sourire. La nounou de mon fils ayant déclaré forfait, cela fait plusieurs nuits que je n'ai pas dormi, sans parler de la fatigue du voyage et du décalage horaire…

Laissant son frère se régaler de ses œufs au bacon, il aida Jason à empiler ses cubes et échangea avec le bambin des sourires complices.

Quel déchirement serait pour lui le départ de Caroline ! Et que serait sa vie sans elle, sans Lucas !

Avoir manqué les premières semaines avec Lucas était déjà difficile, mais penser qu'il pourrait être de nouveau privé de lui avec, au mieux, un droit de visite, lui brisait le cœur.

— Veux-tu un conseil d'ami ? demanda Gabe, en reposant son verre de jus d'orange et en s'essuyant les lèvres.

— Bien sûr.

— Alors, ne laisse pas partir une perle comme Caroline, car tu n'en rencontreras pas deux comme elle dans ta vie.

— En somme, tu me trouves idiot d'avoir agi comme je l'ai fait ? De ne pas lui avoir assez dit que je l'aimais ?

Gabe hocha la tête.

— Oui, car ta femme a été kidnappée et elle fait tout pour récupérer après cette dure épreuve. Alors, parle-lui, n'attends pas qu'il soit trop tard.

Il serra les poings.

— Et lui dire quoi au juste ? Que j'ai toujours des doutes sur les sentiments qu'elle me porte parce que, après sa libération, c'est vers son père qu'elle est allée et non vers moi ?

— Tu devrais lui faire confiance. Et puis, ne m'as-tu pas expliqué qu'elle avait perdu en partie la mémoire et qu'elle ignorait alors que vous étiez mariés ?

— C'est vrai…

— Tu vois bien !

Il se gratta le menton.

— Qui me dit que Caroline n'avait pas eu l'intention de me quitter, peu avant son enlèvement, comme le prétend Degraff ? Aujourd'hui, elle n'a pas totalement recouvré ses souvenirs et ne peut donc pas savoir elle-même quel était son état d'esprit, à l'époque.

Joint par téléphone, le thérapeute de Caroline à Vancouver s'était abrité derrière le secret médical pour refuser de lui indiquer des pistes sur la meilleure façon de parler à son épouse, de renouer avec elle un dialogue constructif.

Quant à la spécialiste de New York que Caroline avait consultée, il n'avait rien su de leur entretien et n'avait pas osé questionner sa femme.

Tout en reboutonnant sa veste, Gabe quitta la table et vint les aider à édifier un château en cubes.

— Avant tout, tu dois dire à Caroline que tu l'aimes, reprit son frère. Répare ta gaffe de l'autre jour, car, crois-moi, si Caroline t'a ouvert son cœur et que toi, tu n'as rien dit en retour, elle est en train de vivre le martyre.

— J'ai surtout l'impression qu'elle m'en veut. Depuis l'autre soir, c'est tout juste si nous avons échangé dix mots et elle ne me fait pas part de ses états d'âme.

Peut-être pour mieux préparer leur inévitable rupture ?

— Mais à quoi t'attendais-tu donc ? remarqua Gabe. Caroline t'ouvre son cœur, te dit qu'elle t'aime, toi tu ne réponds rien et tu t'étonnes aujourd'hui qu'elle garde ses distances ?

— Ai-je tort de le penser ?

Après avoir confié son fils à la nounou déjà chargée de veiller sur Lucas, Gabe se tourna vers lui.

— Écoute, je n'ai pas la science infuse et encore moins quand il s'agit des femmes. Pour preuve, aucune ne m'a aimé assez pour vivre avec moi. Jager, lui, a trouvé son bonheur et j'aimerais bien que tu ne laisses pas passer le tien…

— Oui, tu n'as peut-être pas tort, reconnut-il, pensif.

Gabe jeta un coup d'œil à sa montre.

— Il est temps de se préparer si nous ne voulons pas arriver en retard à ce conseil...

— Allons-y, dit-il en se levant à son tour.

Son frère était presque sorti de la pièce quand il l'interpella.

— Ce qui me tracasse vraiment, c'est de ne pas savoir si, oui ou non, Caroline avait l'intention de me quitter après son retour de Londres.

— Mais sur quoi te bases-tu pour présumer qu'elle voulait partir ? demanda Gabe en se tournant vers lui.

— Nous nous étions disputés en Italie. Et après sa disparition, son père n'avait cessé d'affirmer à la police que sa fille était décidée à ne plus vivre avec moi.

Imaginer que Caroline avait pu souhaiter divorcer l'avait rongé de doutes et, à présent encore, face à l'incompréhension qui s'était réinstallée entre elle et lui, il ne savait toujours pas quoi penser et qui croire.

Gabe lui adressa un regard lourd de reproches.

— Réveille-toi, frérot, et arrête de te torturer la cervelle pour rien. Même si Caroline souffre toujours d'amnésie et ne peut donc dire si, oui ou non, elle avait bien l'intention de te quitter il y aura de ça un an, l'essentiel est que vous soyez de nouveau ensemble aujourd'hui et en mesure d'élever Lucas.

Jamais Gabe, en apparence si nonchalant, ne lui avait parlé avec tant de franchise et de perspicacité, et s'il n'y avait pas eu cette réunion cruciale, il aurait volontiers poursuivi cette conversation avec lui.

— Merci pour tes conseils. Nous reparlerons de tout ça après, si tu veux bien.

— Je ne demande qu'à t'aider, répondit Gabe.

Deux heures plus tôt, ses informateurs lui avaient confirmé le retour de Degraff en Californie et il ne doutait pas que son cher beau-père serait au premier rang pour leur mener la vie dure, et ce, avant que la justice ne soit saisie d'un éventuel dossier à charge contre lui dans l'enlèvement de sa propre fille.

La porte franchie, Gabe lui tapota affectueusement l'épaule.

— Si tu veux garder Caroline, n'attends pas qu'il soit trop tard.

Grâce aux larges baies vitrées, Caroline pouvait voir, mais non entendre son père, Damon et les autres actionnaires débattre dans la salle de réunion.

De l'issue de ce conseil dépendrait le sort de son époux, aussi n'avait-elle pas résisté longtemps à l'envie de se rendre discrètement dans les locaux de Transparent.

— Il faut que j'obtienne gain de cause ! se répéta-t-elle en faisant des vœux pour que son plan réussisse.

Au loin, le panorama des Santa Cruz Mountains lui rappelait ses promenades avec Damon et elle lança un regard furtif aux bagues à ses doigts.

Damon !

Elle s'était abstenue de lui parler de son idée qui, si tout se passait bien, devrait permettre à son mari de garder le contrôle de sa société et d'en rester le P-DG.

Une fois le conseil d'administration entré dans sa phase finale, la plus cruciale, juste avant le vote des actionnaires, le moment serait venu pour elle de persuader son père de vendre ses parts aux McNeill, mais y parviendrait-elle ?

Sans la connaissance intime qu'elle avait des méthodes paternelles, Damon perdrait à coup sûr la bataille et c'était pourquoi, par amour pour lui, elle était fermement déterminée à intervenir alors même qu'elle s'apprêtait à quitter ce mari qui, hélas, ne l'aimait pas.

Si tout se déroulait comme prévu, Damon allait hurler, crier à la trahison, mais elle n'avait pas d'autre moyen de lui offrir la victoire et elle n'attendait rien en échange puisque sa décision de partir avec Lucas était arrêtée.

Damon... Lucas !

Ces deux prénoms chantaient dans sa tête et une fois de plus, elle se reprocha d'avoir douté de son époux, de s'être laissé influencer par un père qui lui serinait que Damon était le diable et ne se souciait plus d'elle.

Aujourd'hui encore, elle se reprochait d'avoir, sous l'influence de Stephan Degraff, caché à Damon, durant six semaines, la naissance de Lucas.

Sur un seul point, son père avait eu cependant raison : Damon ne l'aimait pas et elle en voulait pour preuve son silence, l'autre soir, à New York, après leur brûlante étreinte.

Derrière elle, le tintement de l'ascenseur signala une arrivée et ses deux gardes du corps se mirent en alerte.

— Madame McNeill ? Vous n'assistez donc pas au conseil d'administration ?

Elle pivota vers le nouveau venu.

— Bonjour, inspecteur Downey. Je compte intervenir, mais pas tout de suite.

— Les débats semblent animés, observa le policier.

Cinq actionnaires, au nombre desquels son propre père, faisaient face au clan McNeill et elle aurait presque pu sentir l'odeur de la poudre dans l'air !

Fort heureusement, Stephan Degraff lui tournait le dos et elle n'eut donc pas à affronter son regard.

— L'enjeu de ce conseil est de taille, inspecteur. Au fait, avez-vous du neuf concernant mon enlèvement ?

Le policier glissa ses lunettes solaires dans sa poche.

— Nous avons interrogé l'homme qui rôdait, il y a peu, autour du manoir de votre époux à Los Altos Hills.

— Théo Bastien, celui qui a été au service de mon père au Canada ?

— C'est cela. Bastien semble en avoir gros sur la conscience et c'est ce qui expliquerait qu'il ait cherché à vous contacter ou à contacter votre mari. Nous l'avons de nouveau entendu, et cette fois-ci, il nous a fourni certains détails sur votre enlèvement et sur l'identité de vos geôliers, au Mexique...

— Mon père serait-il lié de près ou de loin à mon kidnapping ? demanda-t-elle avec un petit frisson d'appréhension.

— C'est ce que nous voudrions déterminer, madame McNeill. Une fois que nous aurons pu interroger votre père, nous en saurons plus sur la question, mais d'ores et déjà, je dois vous avertir que M. Degraff est impliqué dans cette affaire.

— J'ai du mal à le croire.

Mais ne s'en doutait-elle pas un peu ?

— S'agissant de votre propre père, je comprends votre réaction, répondit le policier, avec un hochement de tête.

Que Stephan Degraff puisse être mêlé à son enlèvement lui posait un vrai cas de conscience, mais que pouvait-elle faire d'autre sinon laisser la justice suivre son cours ?

— En tout cas, merci de m'avoir avertie, dit-elle, la gorge serrée par l'émotion.

Surtout, ne pas craquer au moment où elle s'apprêtait à faire pencher la balance du côté de Damon et des McNeill en persuadant son père de leur céder ses actions de Transparent !

— C'était bien normal, dit l'inspecteur avec sympathie.

Dans la salle du conseil d'administration, Damon venait de poser devant Degraff le contrat invitant ce dernier à lui vendre les parts qu'il détenait dans sa firme, une offre que son père allait forcément refuser et qu'elle comptait bien pourtant le pousser à accepter.

Pour Damon.

Pour Lucas aussi.

— Excusez-moi, mais l'heure a sonné pour moi d'entrer en scène, dit-elle en saluant le policier puis en se dirigeant vers la porte donnant accès à la pièce.

— Voulez-vous que je vous accompagne ? suggéra l'inspecteur.

— Mes gardes du corps suffiront, mais votre présence à l'extérieur sera néanmoins appréciée, répondit-elle.

Ôtant ses alliances, elle glissa les bijoux dans son sac, prête à jouer le rôle le plus décisif de sa vie de femme puis, les deux vigiles dans son sillage, elle fit son entrée dans la salle du conseil d'administration.

Aurait-elle dû avertir Damon que jamais Stephan Degraff n'accepterait, en l'état actuel des choses, de lui céder ses parts comme son mari semblait l'espérer ?

— Vendre mes parts dans Transparent ? Pas question ! déclara avec éclat Stephan Degraff.

Damon fut pris de court, car, après tout, son beau-père était le principal suspect dans l'enlèvement de sa propre fille et son intérêt aurait été de sauter sur la proposition en or des McNeill.

Par chance, Caroline et Lucas étaient bien vivants et en bonne santé, mais, dans le cas contraire, rien n'aurait pu le retenir d'exercer une terrible vengeance à l'encontre de celui qui, le sourire aux lèvres, avait encore le culot de vouloir prendre le contrôle de sa firme.

— Mes frères et moi, nous vous avons fait une offre particulièrement généreuse, poursuivit-il, car rien ne dit que, dans quelques jours, vous ne serez pas en prison pour répondre d'un kidnapping.

Toujours tiré à quatre épingles, ses chaussures anglaises brillant comme des miroirs et le nœud de cravate impeccable, Degraff lui répugnait, jusqu'à cette façon de poser méticuleusement devant lui son gros stylo Montblanc pour bien signifier aux McNeill qu'il ne signerait rien.

— Mon frère se laisse emporter par son imagination, lança Gabe, non sans lui avoir décoché, sous la table, un coup de pied dans le tibia.

Degraff avait pâli.

— Attention à ce que vous dites, vous les McNeill, sinon je pourrais montrer les dents.

Cameron intervint.

— L'incident est clos, monsieur Degraff, mais il n'empêche que notre offre est très généreuse compte tenu du manque de visibilité de notre prochain logiciel.

En fait, le développement futur de Transparent était assuré, le hacker engagé par ses soins ayant remédié aux failles dudit logiciel, ce qu'ignoraient encore et le conseil d'administration, et Degraff.

— Je vous répète que je ne signerai pas la cession de mes parts dans cette firme, déclara Degraff avec un sourire mielleux.

Le refus de son beau-père de se retirer avait valeur de garantie, et les actionnaires manifestèrent leur contentement soit en soupirant, soit en desserrant leur nœud de cravate.

— Un nouveau P-DG à la tête de Transparent s'impose, ajouta Degraff, en le regardant dans les yeux. Oh ! je sais, Damon, que vous souhaitez mon départ et que mes investissements dans votre société n'ont jamais eu l'heur de vous plaire.

— Je n'ai pas l'intention de céder ma place, répondit-il sans ciller.

Son beau-père eut un sourire crispé.

— Tant pis pour vous, Damon, et tant pis pour votre famille. Il ne fallait pas m'enlever cette fille que je chéris plus que tout au monde.

— Je crois qu'on parle de moi ?

Aussi surpris que les autres, Damon vit approcher Caroline dans un cliquetis de talons aiguilles.

Avec sa nouvelle coiffure et son tailleur de haute couture, son épouse était l'incarnation rêvée d'une femme d'affaires qui n'aurait pas oublié d'être sexy et sensuelle.

— Caroline ! s'exclama Degraff, mal à l'aise.

De son côté, il jeta à son épouse un regard interrogateur auquel elle ne répondit pas, focalisée sur son père.

— Damon ne m'a pas enlevée à toi, papa, dit-elle, en prenant place aux côtés de ce dernier.

Un murmure émana des autres actionnaires, et l'arrivée de Caroline ne fit qu'ajouter un peu plus encore à son embarras, car son beau-père, ce prédateur toujours en quête d'entreprises performantes à racheter, le fixait d'un air moqueur.

Il aurait dû s'y attendre, savoir que jamais sa femme ne

lui pardonnerait son indifférence feinte de l'autre soir, à New York, après leur élan torride.

Ainsi, Caroline le trahissait au profit d'un père vil qui n'avait cessé de manœuvrer dans l'ombre et qui était, aujourd'hui, pourtant, soupçonné d'avoir organisé l'enlèvement de sa propre fille ?

Le monde à l'envers...

Pour agir de la sorte, sans doute ne devait-elle jamais l'avoir aimé et, durant un instant, il en vint à douter même de la réalité de son kidnapping.

Se pouvait-il que Degraff, complice de Caroline, ait monté cette mise en scène pour le chasser de Transparent ?

Degraff prit la main de sa fille dans la sienne.

— Je me suis fait tant de souci à ton sujet, ma chérie, mais enfin, l'essentiel est que tu sois là aujourd'hui, avec moi.

Le sourire que fit Caroline à son père fut pour lui le coup de grâce.

— J'ai pensé que ma présence pourrait t'être utile, papa. Pourquoi refuser de vendre tes parts ? Le prochain logiciel que Transparent compte commercialiser est promis à l'échec et en acceptant l'offre d'achat des McNeill, tu tires ton épingle du jeu, et avec un joli bénéfice.

Degraff fronça les sourcils.

— Es-tu certaine de ce que tu avances ?

— Sûre et certaine, papa.

Et Caroline tendit le Montblanc à son père, non sans se tourner à moitié vers lui, un sourire complice sur les lèvres.

Ce fut alors qu'il reprit espoir.

Sa femme, qu'il venait juste de cataloguer comme traîtresse, était en fait en train de manipuler Degraff pour amener ce dernier à vendre ses parts, et ce, au prix d'un mensonge, le nouveau logiciel ne comportant plus la moindre faille, comme Caroline le savait fort bien.

— Notre logiciel promis à l'échec ? De quoi s'agit-il ? paniqua aussitôt l'un des actionnaires.

— Oh ! rien de grave, répondit Caroline.

Pendant que Gabe tempérait l'inquiétude de l'homme par un flot d'explications techniques, il fut partagé entre la reconnaissance pour son épouse, et un certain chagrin à lui devoir tant au prix d'un tel stratagème.

Degraff leva vers sa fille un regard où brillait une infinie tendresse.

— Crois-tu vraiment que je devrais signer, Caroline ? Jusqu'à présent, tes conseils ont toujours été judicieux...

Et pour cause, Degraff ayant considérablement augmenté sa fortune grâce au flair de Caroline en matière d'audit d'entreprises !

À l'évidence, son rival hésitait entre l'envie de posséder Transparent et de l'en chasser, et celle de faire un profit rondelet en vendant des parts avant la catastrophe supposée.

Caroline !

Comme il l'aimait et comme il avait hâte de le lui dire.

— Signe, papa, je t'en conjure. N'attends pas que Transparent coule et puis, n'oublie pas que nous, les Degraff, nous passons avant tout le reste, l'entendit-il murmurer à l'oreille de son père.

Mû par un sursaut d'orgueil, il eut la tentation de déchirer l'offre de rachat sur le point d'être paraphée, mais un nouveau regard complice de Caroline l'en dissuada.

Stephan Degraff scruta la main de sa fille dépourvue d'alliances.

— Et tes bagues ? lui demanda-t-il avec espoir.

— Pourquoi les porterais-je puisqu'elles ne représentent plus rien à mes yeux ?

— Serais-tu prête à quitter ton mari ?

— Je n'attends qu'un mot de ta part, répondit Caroline.

Degraff sourit à sa fille.

— Je ferais n'importe quoi pour toi et pour la sécurité de notre famille, ma Caroline. Tu le sais ?

— Je le sais, papa.

La plume du Montblanc parapha le contrat.

— Et voilà, déclara son beau-père en se levant.

En état de choc, Damon se contenta de crisper les mâchoires, incapable de prononcer quoi que ce soit.

Pendant que Jager expliquait discrètement à deux actionnaires inquiets que le nouveau logiciel développé par Transparent serait sans conteste une réussite, Cameron lui épargna l'épreuve d'avoir à serrer la main de son pire ennemi.

— Si vous voulez bien me suivre, monsieur Degraff, enchaîna son demi-frère, notre comptable va vous remettre les fonds correspondants à vos parts.

— Bien sûr, répondit son beau-père, non sans froncer les sourcils à l'écoute des bribes de la conversation qui se déroulait non loin entre Jager et ses deux interlocuteurs.

Degraff était-il en train de comprendre qu'il avait été berné ? Que le logiciel en question était désormais sans faille ?

— Eh bien, papa, je crois que le moment est venu de nous dire au revoir, intervint Caroline.

Degraff se figea.

— Comment ça, ma fille ? Mais non, voyons, tu m'accompagnes et nous réglerons plus tard les modalités de ton divorce.

Caroline toisa son père.

— Pas question de divorce, papa. Je reste ici, avec mon mari.

Dépité, furieux, Degraff suivit Cameron hors de la salle de conférences et, avant que la porte ne se referme, il eut le temps d'apercevoir Downey et un autre policier s'approcher de l'homme.

L'heure des comptes venait de sonner pour le magnat !

Et lui, il était un idiot d'avoir douté de Caroline, d'avoir imaginé qu'elle était de mèche avec quelqu'un d'aussi dangereux et vil.

Alors qu'elle aurait eu toutes les raisons de se plaindre de lui, de sa froideur, de sa méfiance, elle lui offrait la plus belle victoire commerciale de toute son existence, mais était-ce vraiment cela qu'il voulait ?

Non, bien sûr...

Et il aurait volontiers troqué Transparent pour retrouver la Caroline des débuts, celle de leur lune de miel.

— Merci, lui dit-il tout bas.

— Je n'avais d'autre choix que de piéger mon père, répondit-elle d'une voix triste, mais crois bien que ça n'a pas été de gaieté de cœur.

Quand il voulut la prendre dans ses bras, Caroline se déroba.

— Je rentre... Nous parlerons plus tard.

Plus élégante que jamais dans son tailleur de femme d'affaires, elle prit congé de l'assemblée sans même lui adresser un dernier regard alors que Cameron revenait, la mine heureuse.

— Mission accomplie, frérot ! Et sois sûr que grand-père ne regrettera pas son investissement.

— Une belle victoire, le félicita Gabe.

Les millions des McNeill...

Certes, le pire avait été évité et il se réjouissait d'associer à présent sa famille à Transparent, mais perdre Caroline lui était tout simplement insupportable.

C'était un triomphe pour les siens, mais une défaite cuisante pour lui.

— Excusez-moi, mais j'ai quelque chose d'urgent à accomplir, dit-il à ses frères interloqués.

— Tu ne vas pas partir avant la fin de la séance ! protesta Cameron.

— Reste, voyons, renchérit Gabe.

Mais déjà il s'éclipsait, bien décidé à reconquérir celle qui occupait désormais toutes ses pensées.

13

Alors qu'elle s'éloignait de la salle où se tenait encore le conseil d'administration, Caroline croisa son père escorté par deux policiers.

— Contente de toi ? cracha-t-il à son passage.

Tout en la fusillant du regard, Stephan Degraff prit place sous bonne surveillance dans l'ascenseur.

Elle aurait pu compatir à son sort, mais non, ce fut une expression glaciale qu'elle renvoya sans ciller à ce père machiavélique.

— C'est de bonne guerre, répliqua-t-elle.

Ne s'était-il pas trop longtemps joué d'elle, allant jusqu'à insinuer que son époux était un monstre ?

Aujourd'hui, face à Stephan Degraff, elle se sentait enfin digne et forte, même si sa guérison était loin d'être complète et sa mémoire toujours défaillante.

Une fois seule, elle pensa, le cœur serré, à cette année qui venait de s'écouler et, plus encore, à son mariage naufragé.

Damon !

Elle l'avait perdu, cet homme naguère tant aimé d'un amour qu'elle aurait juré éternel.

Son mari…

Pour combien de temps encore ?

Depuis l'autre soir, à Manhattan, elle avait compris que rien ne serait jamais plus pareil entre elle et lui, et que ces mots qu'elle aurait voulu entendre, Damon ne les lui dirait pas.

Au moins lui restait-il son fils, Lucas, ce précieux enfant pour lequel elle devait continuer de se battre.

— Caroline ?

La voix grave, mâle, si familière...

Damon !

L'épaisse moquette avait étouffé ses pas.

Allait-il lui reprocher la manière dont, pour persuader son père de signer la cession de ses parts, elle avait feint de mettre en doute la fiabilité du nouveau logiciel de Transparent ?

— Il fallait que je te voie, dit-il sans la quitter des yeux.

Elle s'efforça de calmer les battements de son cœur.

— Tu t'es bien rendu compte que j'étais de ton côté, n'est-ce pas, et que mon but était de sauver ta société à tout prix ?

— Bien sûr ! Les actionnaires et moi, nous te devons beaucoup, mais en fait, c'est d'autre chose que je veux te parler.

Prise de court, elle baissa les yeux.

Se pouvait-il que Damon ait changé d'avis la concernant ? Qu'il ait pour elle d'autres sentiments que cette indifférence glaçante de l'autre soir, à Manhattan, quand elle espérait l'entendre prononcer ces mots tant attendus ?

— Je t'écoute.

— Ce que j'ai à dire est important. Pourrions-nous aller dans un endroit plus intime, par exemple dans mon bureau ?

Là où, un an plus tôt, ils étaient pour la première fois tombés dans les bras l'un de l'autre.

Comme elle était alors anxieuse et impatiente et lui, si fébrile, si plein de désir pour elle, mais cette fièvre était désormais révolue.

— Et si nous allions plutôt dans *le mien*, si mes affaires n'ont pas été déménagées depuis ma disparition ? suggéra-t-elle.

— D'accord, approuva Damon. Tout est à sa place et la police n'a touché à rien, j'y ai veillé.

L'émotion l'envahit.

— Tu te souciais donc vraiment de moi ?

— Bien sûr ! Comment peux-tu encore en douter ? répondit son mari, en la dévorant d'un regard fiévreux.

Elle eut honte de ne pas avoir compris plus tôt combien elle lui avait manqué.

Damon !

C'était lui qu'elle aimait, et même si sa mémoire était toujours défaillante, rien ne pouvait désormais lui faire remettre en question les sentiments qu'elle éprouvait pour cet homme.

— Allons-y, dit-elle en sortant de son sac une clé de sûreté accrochée à un cœur miniature, talisman retrouvé parmi ses affaires.

D'un pas pressé, elle parcourut le couloir et, une fois arrivée devant la porte, elle dut s'y reprendre à deux fois pour ouvrir la serrure tant sa main tremblait.

La pièce était vaste, d'un standing équivalent au bureau de Damon, et tout était, en effet, à la même place qu'il y avait un an, au moment où elle s'apprêtait, après le mariage, à s'envoler pour l'Italie avec son époux.

Peu à peu, sa mémoire lui revenait, précisant un détail, évoquant un parfum, une sensation, trop longtemps oubliés.

— Entre ! fit-elle en rougissant.

Comme dans tout l'immeuble de Transparent, d'immenses baies vitrées séparaient les espaces intérieurs et extérieurs et, comme le côté « bocal à poissons » ne lui avait jamais plu, elle s'était recréé une impression d'intimité en disposant des bibliothèques ici et là.

La vue de son fauteuil en cuir crème où, si le destin en avait décidé autrement, elle aurait dû travailler, main dans la main avec son P-DG de mari, lui serra le cœur.

Elle reconnut les branches de bouleau dans un vase en cristal, la petite sculpture qu'elle affectionnait, ces photos d'elle et de Damon prises lors de leur mariage et attestant de temps meilleurs.

— Tu te souviens ? dit-elle en s'approchant d'un des clichés qui la montrait dans les jardins de la Winchester Mystery House, enlaçant Damon sur un banc.

Avec naturel, Damon posa une main sur son épaule.

— Comment aurais-je pu seulement oublier ?

Elle portait alors une robe bleue à pois blancs, très romantique, et à son cou, un collier fantaisie formé de petites marguerites en verre.

— Ce collier !

— Il te plaisait beaucoup, fit Damon en lui souriant. Je te l'avais acheté ce jour-là, dans l'une des boutiques du parc.

Soudain, le voile se déchira dans son esprit.

— Oh ! mon Dieu ! Je sais à présent avec certitude que mon père était présent au manoir, le jour de ma disparition.

Ce collier offert par Damon après leur visite de la Winchester Mystery House, elle se souvenait l'avoir porté en s'envolant pour Londres, afin d'y rejoindre son père.

— Tu es sûre de ce que tu dis ?

— Oh oui ! répondit-elle en cherchant refuge entre les bras de son mari.

Elle dut s'appuyer à lui avant de pouvoir s'asseoir sur le canapé.

— C'est à la fois horrible et merveilleux ! Je me rappelle tout. Tout !

Deux jours plus tôt, le médecin spécialiste de la mémoire, consulté à New York, s'était montré pessimiste sur ses chances de guérison, sans exclure l'éventualité qu'une image, une odeur, une sensation puissent, de façon inopinée, ouvrir d'un coup les vannes du passé et lui rendre ses souvenirs.

— Tu m'avais acheté ce collier, car les marguerites qui le composaient rappelaient celles des vitraux de la Mystery House que nous venions de visiter et qui m'avait tant plu. Ensuite, nous avions pique-niqué sur la pelouse, moi d'un sandwich au poulet et toi, d'un sandwich au fromage...

Sentir ses souvenirs nets et lumineux fut pour elle un

immense réconfort, l'impression de sortir d'une nuit qui aurait duré bien trop longtemps.

Si la certitude de savoir son père responsable de son enlèvement lui déchirait le cœur, l'évocation de cette journée de bonheur compensait son chagrin.

Comme elle avait eu tort de douter de son mari !

— Tu avais tiré un petit miroir de ton sac pour t'admirer parée de ton nouveau collier, expliqua Damon, avec un sourire attendri.

— Exact. Et ce miroir me venait de ma mère, précisa-t-elle, fière de sa mémoire retrouvée.

Mais Damon l'aimait-il encore ?

Après la parenthèse enchantée de leur magnifique lune de miel, elle se remémora avec tristesse son retour solitaire à Los Altos Hills, un an plus tôt.

— C'était affreux. Tu me manquais terriblement. Je me sentais si seule dans ce grand manoir vide, car, curieusement, tout le personnel était en congé ce jour-là.

— J'ai découvert par la suite qu'ils avaient reçu de fausses instructions qu'ils croyaient signées de ma main.

— Ah, je comprends. Donc, je m'en voulais de t'avoir menti en prétendant avoir rendu visite à une amie à Londres alors que c'était mon père que je devais rencontrer.

— Tu aurais en effet dû m'en parler, fit Damon d'une voix douce.

— J'étais déchirée ! J'avais perdu ma mère très jeune et papa restait mon seul parent, ma seule référence.

— Je comprends, mais continue ton récit. Alors, donc, tu te trouvais seule au manoir...

— Oui. Le personnel était en congé, mais, d'après ce que tu m'avais dit, les caméras de surveillance fonctionnaient et donc, je n'avais rien à craindre.

— Ce jour-là, comme par hasard, le système de sécurité était défaillant et j'ai fait depuis un procès à cette société de surveillance, mais continue.

— Une fois mes bagages posés dans notre chambre, j'ai pris une douche puis je me suis servi un verre en attendant ton retour que j'espérais aussi rapide que possible.

— Chérie !

Le mot si tendre l'incita à se blottir un peu plus encore contre son mari.

— Je n'avais aucune idée de l'heure à laquelle tu rentrerais et j'avais hâte de faire l'amour avec toi, d'oublier notre stupide querelle.

L'acuité de sa mémoire était telle, à présent, qu'évoquer ce qui allait suivre lui arracha un frisson de terreur.

— Soudain, j'ai entendu la porte du rez-de-chaussée s'ouvrir en grinçant.

— Continue.

— Mon cœur s'est mis à battre, car j'imaginais qu'il s'agissait de toi. J'étais étendue sur le lit. J'ai fini mon verre de sherry en pensant à ce que nous allions faire ensemble.

— Il ne t'était pas venu à l'esprit que quelqu'un d'autre que moi pouvait être entré en douce au manoir ?

— Pourquoi aurais-je eu des inquiétudes puisque le système de surveillance vidéo relié au commissariat était censé fonctionner ? Seules les personnes autorisées pouvaient, en principe, mettre les pieds chez nous.

— Et précisément, ce jour-là, les caméras étaient inactives. Comme je m'en veux de ne pas avoir été là pour te protéger !

Elle soupira.

— Je suis donc descendue croyant que c'était toi. J'étais encore sur l'impression de notre dispute en Italie, avant que je ne m'envole pour Londres, et j'espérais que tu ne m'adresserais pas des reproches.

Damon lui caressa doucement les cheveux.

— Et que s'est-il passé ?

— Eh bien, ça n'était pas toi que j'ai aperçu dans le hall, mais mon père : un vrai choc.

— Vous vous étiez vus en Angleterre, n'est-ce pas ?

— Précisément. Il voulait que je divorce sous prétexte que tu m'avais épousée par intérêt financier, pour toucher l'héritage McNeill.

— Il n'avait décidément aucun scrupule. Et tout ça parce qu'il espérait mettre le grappin sur Transparent et me chasser de mon siège de P-DG.

— Hélas, oui. Mais à l'époque, je ne savais pas moi-même quelles étaient ses véritables intentions. Sa présence chez nous a été pour moi un vrai choc et je lui ai demandé ce qu'il me voulait, sans même m'étonner qu'il ait pu entrer sans clé, sans sonner non plus...

— Et, que t'a répondu ton père, alors ?

— Après notre entrevue à Londres et mon refus de divorcer, il revenait à la charge.

La violence du souvenir lui fit serrer les poings et ses ongles mordirent dans ses paumes.

— Oh ! Damon, tu ne peux pas savoir ce que j'ai éprouvé devant cet homme, mon propre père, qui me fixait avec colère en disant pis que pendre de toi.

Comme je lui répétais que je t'aimais et que je ne te quitterais pas, il a claqué dans ses doigts et deux individus en costume sombre ont surgi à ses côtés.

D'abord, j'ai cru qu'il s'agissait de ses gardes du corps, mais ces types avaient une façon de me dévisager qui m'a mise mal à l'aise. Leurs regards étaient... Enfin, je ne peux te dire ce qu'a été ma peur quand ils se sont avancés vers moi...

— Les salauds ! Si jamais je les tenais...

Sa mémoire revenue, le rôle joué par son père dans son enlèvement lui apparaissait dans toute sa vérité.

— Oh ! Damon... Jamais je n'aurais pensé que papa oserait s'en prendre à sa propre fille !

Il glissa une main au creux de ses reins.

— Et moi, je suis désolé de ne pas avoir été là pour te protéger. Si j'avais seulement su...

— Justement, tu ne pouvais pas savoir, ni te douter. C'était terrible ! Mon père écumait et me regardait avec une hargne qui me glaçait jusqu'au plus profond des os. Soudain, il a remarqué le collier que j'avais au cou, le fameux collier à motif de marguerites que tu m'avais offert.

— En quoi ce bijou le dérangeait-il tant ? s'étonna Damon.

— Il a deviné qu'il venait de toi et m'a demandé quand et où tu me l'avais offert. Il était pâle et serrait les poings... Avant même que j'aie pu répondre, il s'est approché et m'a arraché le collier avec une telle violence que ses ongles m'ont griffé la poitrine, puis il l'a jeté à terre et l'a piétiné.

— Quel monstre !

— Il avait perdu la tête, je crois bien. Ses sbires m'ont saisie par-dessous les bras de façon à ce que je ne puisse ni m'enfuir ni me défendre. Je pleurais. Papa m'a presque cisaillé les doigts pour s'emparer de mes bagues...

— Si je tenais ton père, là, maintenant, je te jure qu'il passerait un mauvais quart d'heure ! déclara Damon d'une voix furieuse.

Elle lui caressa la main.

— Calme-toi. Les faits dont je te parle se sont produits il y aura bientôt un an. Et à l'heure qu'il est, mon père doit être en train de rendre des comptes à la police, qui ne va pas le ménager...

— C'est vrai. Et sur ma vie, je te promets que plus jamais ni ton père ni ses acolytes ne te feront du mal.

Au moins était-elle parvenue à sauver Transparent de la convoitise paternelle.

— Je sais désormais quel homme tu es, quel bon mari tu as été pour moi, dit-elle du plus profond de son cœur.

Sans la force virile de Damon, sans son appui indéfectible, où serait-elle aujourd'hui ? Entre les mains d'un père félon, contrainte à elle ne savait quel exil ?

Damon la regarda avec tendresse.

— Que s'est-il passé après ?

— Papa était comme fou. Jamais je ne l'avais vu dans un

état pareil. Il m'a demandé si j'étais prête à divorcer, à revenir dans sa sphère d'influence, à l'aider à prendre le contrôle d'autres entreprises du même modèle que Transparent...

— Et... Qu'as-tu répondu ?

— J'ai refusé, bien sûr, et lui ai dit de partir en emmenant ses deux gorilles. S'il l'avait fait, j'aurais accepté de ne pas alerter la police, car j'aimais encore mon père, à ce moment-là.

Elle se tut, le temps d'essuyer les larmes qui roulaient sur ses joues.

— Caroline..., fit Damon, en la serrant contre lui.

— Il m'a injuriée, traitée de minable, et puis il a menacé de me faire enfermer dans un asile si je ne lui obéissais pas. Ses sbires ont commencé à me rudoyer et...

— Ne dis plus rien !

Mais sa récente victoire lors du conseil d'administration lui insuffla la force de continuer.

— Si, j'y tiens ! L'un des deux types m'a bâillonnée, l'autre m'a entravé les poignets et j'ai été emmenée manu militari jusqu'à l'une des deux limousines garées devant l'entrée.

— Et ton père, que faisait-il ?

— Il donnait ses instructions aux deux gorilles qui m'ont allongée sur la banquette arrière. Puis la voiture a démarré... Je ne savais pas où on me conduisait, bien sûr, et j'avais peur, si peur... L'un des types m'a retiré le bâillon et m'a fait boire quelque chose qui avait un goût amer. Je ne songeais plus à protester ni à crier tant j'étais persuadée que ma vie ne tenait qu'à un fil...

Damon l'embrassa au coin des lèvres.

— Je crois comprendre ce qui a pu se passer. Pendant que ses hommes t'emmenaient loin du manoir, ton père a organisé la mise en scène devant donner l'impression d'un départ volontaire. Outre le fait de laisser ton alliance et ta bague en évidence sur mon bureau, il aura pris la précaution de vider ton placard de tes affaires afin de faire croire que tu avais quitté les lieux.

La voix calme de Damon eut sur elle un effet apaisant.

— C'est certainement ainsi que les choses se sont passées, approuva-t-elle, tandis que Damon pianotait déjà un texto sur son portable.

— Voilà ! Downey sait désormais que tu es en mesure de témoigner sur les circonstances de ton enlèvement et qu'il ne faut surtout pas que ton père puisse se retrouver en liberté, expliqua son mari.

— Tu as bien fait, dit-elle, avec un pincement de remords.

Son père ne méritait rien d'autre que ce qu'il venait de récolter et pourtant, comme elle avait mal au fond d'elle-même, et comme c'était maintenant, en cet instant précis, que le soutien de Damon lui aurait été le plus précieux, sa chaleur et ses baisers aussi...

14

Bien qu'elle en mourût d'envie, Caroline résista à la tentation de poser sa tête sur l'épaule de Damon.

Toujours sa méfiance !

— Et moi qui t'ai raconté mes malheurs alors que tu avais quelque chose à me dire, dit-elle en échappant doucement à son étreinte.

Damon ne s'en formalisa apparemment pas, car il lui sourit.

— Ce que j'avais à te dire peut attendre et je me réjouis de voir que la mémoire t'est enfin revenue. Ne pas connaître les circonstances exactes de ton enlèvement devait être horriblement frustrant pour toi.

— Oh oui ! s'écria-t-elle dans un élan. Et je te suis reconnaissante de m'avoir soutenue et écoutée après cette épreuve.

Quand Damon la serra dans ses bras, elle n'eut cette fois-ci ni la force ni l'envie de s'écarter de lui.

Depuis le premier regard, la première caresse échangée dans son bureau de P-DG, puis cette promenade dans le jardin de la Winchester Mystery House, l'offrande de ce collier qui allait tant déplaire à son père, n'était-il pas déjà l'homme de sa vie, le seul, l'unique ?

— Au fait, qu'avais-tu donc de si urgent à me dire ? demanda-t-elle.

Damon la fixa de ses yeux si bleus.

— Eh bien, que tu es une femme merveilleuse...

Une vague de chaleur l'envahit et, pour la première fois peut-être, l'avenir lui apparut plus serein.

— J'aurais dû comprendre qu'une femme comme toi ne trahit pas, poursuivit-il, et je veux que tu saches que je t'aime, Caroline. Que je t'ai toujours aimée.

Si seulement c'était vrai !

Son désespoir, à New York, quand, après leur brûlante étreinte, Damon ne lui avait pas murmuré un mot affectueux, encore moins une parole tendre.

— Je me suis mal conduit, insista-t-il.

— Tu n'aurais pas dû me laisser dans l'ignorance de tes sentiments envers moi. Souviens-toi comme je t'implorais du regard, à New York, quand nous étions allongés côte à côte.

— Caroline, je...

Elle le coupa d'un geste.

— Pourquoi devrais-je croire aujourd'hui en ta sincérité ?

Certes, elle aimait Damon, mais pas question de se fourvoyer dans une relation fausse avec lui.

— Mais parce que je le suis, sincère ! rétorqua-t-il. Combien de fois dois-je te le dire ?

Provenant du couloir, des voix animées et des bribes de discussions témoignaient que le conseil d'administration venait de s'achever, mais, contrairement à ce qu'elle s'était imaginé, Damon n'y prêta pas la moindre attention.

— Toi et moi, nous nous sommes désirés au premier regard, lui rappela-t-il en la serrant dans ses bras.

Sa virilité manifeste lui arracha un frisson.

— À l'époque, reprit-il, tout ce qui comptait était cette fascination réciproque l'un pour l'autre, cette excitation de tous les instants quand je te croisais à Transparent, et que nous n'avions rien de plus pressé que d'aller nous isoler dans un bureau vide...

— Je n'ai pas oublié, fit-elle, nostalgique.

— Je ne pensais alors qu'à faire l'amour avec toi, à te faire mienne...

Un flot de souvenirs délicieux l'envahit.

— Et moi, je rêvais de toi et je m'imaginais dans tes bras, nue, offerte, déjà consentante, osa-t-elle lui répondre dans un élan d'absolue sincérité.

Sa gorge brûlait d'émotion et il lui fallut se faire violence pour ne pas se blottir contre son mari, au plus près de sa chaleur virile.

— Notre attirance mutuelle a été instantanée, reprit Damon, mais peut-être aurions-nous dû nous accorder plus de temps avant de succomber l'un à l'autre.

Sans doute trop de précipitation, de confiance imprudente, avait hâté leur déconfiture conjugale.

Damon lui caressa la joue, le front, puis, d'un geste encore plus doux, la commissure des lèvres.

— Nous nous connaissions si peu et nous réclamions déjà le bonheur absolu. Cette querelle, durant notre lune de miel, a été la première alerte. Sans elle, jamais je n'aurais pu imaginer, en ne te voyant pas à Los Altos Hills, que tu avais décidé de mettre un terme à notre mariage, que tu ne voulais même plus me voir, comme l'affirmait alors ton père.

— Cette dispute aussi m'avait chagrinée et avait sapé les bases de ma confiance en toi, en nous, en notre mariage, admit-elle tristement.

Damon la regarda d'un œil tendre.

— Nous étions un couple encore inexpérimenté qui se cherchait... Ta disparition aurait dû me convaincre que tu étais en danger alors que, pendant quelque temps, j'ai cru qu'en effet, tu ne désirais plus me voir et que le conte de fées s'achevait.

L'émotion la submergea.

— C'était faux ! Bien sûr que je t'en voulais un peu, après notre dispute en Italie, mais jamais je ne me serais sauvée de cette façon-là et, surtout, tu me manquais et je brûlais de t'appartenir de nouveau.

Sentir son mari lui caresser les cheveux et la nuque lui arracha un frisson.

— J'aurais dû savoir que ton départ ne pouvait pas avoir été volontaire, déclara Damon d'un ton pénétré. Te revoir a été un choc pour moi, un grand bonheur aussi, jusqu'à ce jour où tu m'as révélé la vérité sur notre fils... Là, je n'ai pas compris pourquoi tu m'avais caché son existence et j'avoue avoir eu des doutes te concernant...

— Je ne peux te le reprocher, bien sûr, mais la situation était alors si confuse que j'ai agi au mieux, dans l'intérêt de Lucas.

— Tu te demandais peut-être quelle serait ma réaction en apprenant que j'étais papa ?

Elle décida de jouer cartes sur table.

— Exactement. Et au cas où tes sentiments pour moi auraient changé, je ne voulais pas prendre le risque de t'encombrer avec un fils dont tu n'aurais pas voulu.

Damon hocha la tête d'un air sceptique.

— Mais enfin, quelle réaction insensée ! Tu aurais dû me faire confiance, savoir que la venue de notre enfant ne pouvait que me rendre heureux !

— Tu oublies que j'avais été droguée et que, pendant des semaines, mon père n'avait cessé de me dire pis que pendre des McNeill et surtout de toi. Selon lui, si tu m'avais épousée, c'était par intérêt financier, rien de plus.

— Quel mensonge !

— Je n'aurais pas dû douter de toi, de nous deux, mais j'étais affaiblie, malade, puis je me suis retrouvée enceinte et en plus je souffrais d'amnésie, ce qui n'arrangeait rien.

Le regard de Damon se fit tendre et compatissant.

— J'oublie trop facilement tout ce que tu as subi pendant ta captivité.

— J'ai réagi comme une mère, comprends-tu ?

— Bien sûr, dit-il en lui caressant le bras. Et de mon côté, je m'efforcerai d'être un bon père pour notre Lucas.

— Oh ! Damon, je n'en attendais pas moins de toi, dit-elle, la gorge serrée, en se pressant contre lui.

— Ma Caroline !

— Oui, ta femme... Comme avant.

Damon lui sourit.

— Pourquoi ne ferais-tu pas une déposition à la police concernant les circonstances de ton enlèvement et le rôle joué par ton père ?

— Quitte à l'envoyer en prison ?

— Vois-tu une autre solution pour nous placer à l'abri de ses manigances ?

— Non, hélas... Mais que deviendraient alors mes frères ?

— Nous pourrions en demander la garde légale et nous occuper d'eux.

— Vraiment, tu ferais ça ?

— Bien sûr.

Touchée et soulagée, elle appuya sa tête sur l'épaule de Damon.

Cette solution mettrait ses cadets à l'abri des dangers, tout en leur offrant un père de substitution, et quel père !

Qui d'autre que Damon aurait fait preuve de tant d'altruisme envers les enfants de son ennemi juré ?

— Si tu veux mon avis, poursuivit Damon, nous devrions les retirer de leur école au plus vite et les emmener en vacances avec nous, histoire de nous changer les idées.

Elle qui avait cru toucher le fond du désespoir avait désormais l'impression de vivre un conte de fées.

— Bravo, mais où pourrions-nous aller ?

Damon la regarda avec malice.

— Oh ! je connais un endroit enchanteur...

— New York ?

— La Martinique. Une île pleine de fleurs, de senteurs, et où les plages de rêve ne manquent jamais. De cette façon, tes frères rencontreront leur cousin Jason.

Après un silence, Damon prit sa main dans la sienne et la serra avec force, sans la quitter des yeux.

— Je te demande pardon, Caroline, pour n'avoir pas su te dire plus tôt combien je t'aimais. Aujourd'hui, je veux que tu le saches...

Doucement, ses doigts caressèrent les siens.

— L'autre soir, à New York, je me suis conduit comme un imbécile pour ne pas avoir réagi à tes paroles d'amour. J'étais comme paralysé, mais crois-moi, je n'en pensais pas moins.

Enfin !

— Tu me crois, n'est-ce pas ? ajouta-t-il d'un ton anxieux.

Tandis qu'un sentiment d'allégresse la gagnait, une larme roula sur sa joue.

— Oui, je te crois et si je n'avais pas été en état de choc après ma détention, j'aurais senti que tu m'aimais au lieu de douter de toi.

— Ma chérie !

— C'est vrai, Damon... Tu avais des attentions pour moi et, alors que tu ne connaissais pas ma sœur Victoria, tu as tenu à lui donner une protection pour qu'elle ne coure aucun danger, une fois de retour dans son université. Et même maintenant, tu es si généreux avec mes frères.

— Je ferais tout pour toi, mon ange, tout ! Et durant le conseil d'administration, j'aurais mille fois préféré renoncer à Transparent plutôt qu'à toi.

Alors que Damon posait des lèvres tendres sur ses larmes, elle ferma les paupières pour savourer la magie de leurs retrouvailles.

— Ferais-tu encore une chose pour moi ?

— Quoi donc, mon amour ?

Le mot amour l'incita à ouvrir ses yeux et à plonger son regard dans celui, clair et sincère, de son mari.

— Mon alliance et mon autre bague. Je les avais ôtées pour mieux tromper mon père, pour qu'il croie que je ne t'aimais plus. À présent, je voudrais que ce double symbole de notre amour retrouve sa vraie place.

— Où sont-elles ?

— Les voilà, dit-elle en les lui remettant.

Damon lui passa chacun des anneaux au doigt, lentement, en la regardant dans les yeux.

Dans le bureau inondé de lumière, les diamants brillaient de tous leurs feux et, pour la première fois peut-être, elle eut le sentiment que la vie reprenait son cours normal, celui qu'elle n'aurait jamais dû quitter.

— À quoi penses-tu ? l'interrogea Damon en lui caressant la joue.

— À mon père. J'ai pitié de lui, mais, d'un autre côté, la certitude qu'il ne pourra plus te chasser de Transparent me rassure.

— Je te dois beaucoup, répondit Damon en se penchant pour l'embrasser au creux du cou. Et savez-vous quoi, ma chère épouse ?

— Non, quoi donc ?

— Ce cou si gracieux se verra bientôt paré du plus beau des colliers. Un collier à motifs de...

— Marguerites ?

— Exactement. Dès demain, j'en commanderai un similaire, mais cette fois-ci tout en or, perles et diamants.

Elle l'aurait dévoré de baisers pour la peine.

— Mon chéri, je n'en demande pas tant. Et sais-tu ce qui me plairait vraiment ?

— Quoi donc ?

— Que tu m'emmènes pique-niquer à la Winchester Mystery House et que, ensuite, tu m'offres un collier à marguerites identique au premier. Tout simple. Un souvenir pour touristes...

— Pourquoi ? Tu mérites ce qu'il y a de mieux et...

Elle le coupa.

— Le seul luxe auquel j'aspire est d'être heureuse avec toi et avec Lucas. Dès que je t'ai vu, j'ai su que je t'aimais, que je n'aimerais jamais que toi et, vois-tu, ce sentiment a balayé ce sens des affaires que m'avait inculqué mon père et que je prenais alors pour argent comptant.

— Vraiment, tu m'as aimé tout de suite ?

— Vraiment, mon chéri. Et la suite, tu la connais, bien sûr.

Damon la regarda au fond des yeux.

— Je suis fier d'aimer une femme telle que toi.

— Et moi, je veux t'aimer et me sentir aimée de toi. Je veux élever Lucas sans souci de bilans financiers...

— Mon amour !

— Je veux profiter de toi, de nous, de la chance que nous avons de nous aimer, et ce, tant que cette chance durera.

— Je souscris à tout ce que tu viens de dire, l'assura Damon en l'enlaçant.

Le regard qu'ils échangèrent, à cet instant précis, fit se dissiper à jamais ses souffrances et ses doutes.

— Aime-moi simplement, sincèrement, tout autant que je t'aime, et nous serons heureux, fit-elle d'une voix rauque en lui tendant ses lèvres.

Épilogue

Un mois plus tard

Après avoir couché Lucas dans son berceau, Damon sourit à ce fils qu'il aimait déjà tant.

Depuis quinze jours, lui, Caroline, Lucas, et les deux jeunes frères de sa femme qu'il considérait déjà comme ses enfants, avaient pris racine dans l'un des bungalows d'hôtes du Birdsong Hotel, propriété de son frère Gabe en Martinique, l'occasion rêvée d'un nouveau départ.

Ayant obtenu de son université la permission de prendre une semaine de congé, Victoria, la sœur de Caroline, s'était elle aussi jointe à eux, et tous passaient leurs journées sur cette plage idyllique des Caraïbes, loin de l'agitation médiatique provoquée, en Californie, par les démêlés de Stephan Degraff avec la justice.

Lucas…

Regarder son fils dormir l'emplissait de joie et il s'émerveillait chaque jour un peu plus de sa chance.

Qui l'eût cru ?

Alors qu'il avait vécu des mois de chaos, de solitude, loin de Caroline dont il ne parvenait pas à retrouver la trace, voilà que le destin venait de la lui rendre plus belle que jamais avec, en prime, le plus adorable petit garçon qui ait jamais existé.

Et, malgré le refus de Degraff de signer les papiers d'adoption, il était décidé à accompagner dans la vie, jusqu'à leur majorité, les deux jeunes parents de sa femme.

Une fois réglé le volume sonore du babyphone, il vérifia la netteté de l'image transmise par le système vidéo, s'assura que Caroline et ses frères ne couraient pas de danger en faisant du paddleboard, puis il alla rejoindre Gabe qui l'attendait sur le porche abondamment fleuri.

— Tes devoirs de père modèle t'autorisent-ils à boire une bière en ma compagnie ? ironisa Gabe en s'emparant du décapsuleur.

— Oui, à condition de rester vigilant, répondit-il en s'asseyant sur une chaise longue, un œil rivé sur l'écran du babyphone et l'autre sur les estivants.

— Rassure-toi, je surveillais ta petite famille pendant que tu t'occupais de Lucas, lui dit Gabe avec un sourire.

Ils échangèrent un regard affectueux, puis son frère lui tendit une bière.

— Alors, content de retrouver notre Martinique ?

— Un rêve ! Et depuis que nous n'avons plus besoin de gardes du corps, tout semble plus facile.

— Pour quelqu'un qui a vécu des moments aussi difficiles que toi, tu t'es débrouillé comme un chef, déclara Gabe avec une pointe d'admiration.

— L'amour peut beaucoup, admit-il.

— Heureux homme, soupira son frère, quitté par sa compagne et seul pour élever leur fils.

Degraff en prison, Damon espérait que jamais son épouse ne se lasserait de lui et de la vigilance dont il l'entourait, elle et les siens.

— Peut-être ai-je tort de les surprotéger comme je le fais, en particulier Caroline, ajouta-t-il.

— Ta femme t'adore et serait plutôt la première à te demander de t'occuper d'elle, répondit Gabe avant d'entrechoquer sa bière et la sienne.

Ses regards se portèrent vers Caroline qui, majestueuse de beauté, revenait vers lui, le sourire aux lèvres.

— Je l'espère. Dans tous les cas, merci de nous accueillir comme tu le fais.

Gabe lui sourit.

— C'est moi qui suis heureux. Jason est encore très jeune, mais c'est une chance pour lui de découvrir ses cousins et de jouer avec eux.

— Quand le verrons-nous ? demanda-t-il, car il s'était déjà attaché à son turbulent neveu.

— Dès que sa sieste sera terminée. En attendant, pourquoi n'irais-tu pas te promener un moment avec ta chère et tendre pendant que je garde un œil sur le babyphone ?

Les reins ceints d'un paréo fleuri, Caroline n'avait jamais été aussi séduisante et, plutôt qu'une balade avec elle, ce fut un désir d'un autre ordre qui le mordit au ventre.

— Et si tu allais plutôt tenir compagnie à tes neveux adoptifs et à mon adorable belle-sœur ? suggéra-t-il.

Une attirance était née entre Victoria et Gabe, ce dont il se réjouissait.

— Pourquoi pas ! fit son frère, le sourire aux lèvres, en se mettant debout.

Alors que Gabe se dirigeait vers la plage, il ouvrit ses bras à Caroline.

— Tu m'as manqué, lui glissa-t-elle à l'oreille.

— Et toi donc !

Sa crème solaire sentait la noix de coco et, quand il l'embrassa, sa bouche avait un léger goût de sel.

— Tu m'aimes ? lui demanda-t-elle.

— Plus que jamais, mais j'ai peur de te lasser si je le répète trop souvent.

— Je ne me lasserai jamais de te l'entendre dire, répondit-elle en caressant sa joue du bout des doigts.

Un échange de regards plus tard, il chuchota à l'oreille de sa femme non seulement les mots attendus, mais, aussi, quelques autres qui ne se prononcent, en principe, que dans l'intimité.

Caroline se serra passionnément contre lui.

— Si tu savais comme j'ai moi aussi envie de faire l'amour, mon chéri, mais commençons déjà par aller voir Lucas, notre petit miracle...

Un miracle !

C'était exactement ce qu'il pensait de leur fils, autant que de sa chance d'avoir rencontré Caroline et d'être aimé d'une femme comme elle.

Pour Caroline, pour Lucas, il aurait déplacé des montagnes...

— Chaque jour, je remercie le destin qui nous a réunis, dit-il en se levant, le babyphone dans sa main droite et les yeux posés sur cette femme qu'il désirait plus que tout au monde.

— Et moi, jusqu'à la fin de mes jours, je veux profiter de toi, de nous, comme d'une nouvelle lune de miel, renchérit Caroline, avec un sourire plein de confiance.

Sur un ultime regard échangé, tous deux se dirigèrent alors vers le bungalow, vers la chambre de Lucas, du pas tranquille de ceux qui ont enfin trouvé le bonheur.

SALMAN RUSHDIE

Salman Rushdie est né en 1947 dans une famille bourgeoise musulmane de Bombay, en Inde. Il reçoit une éducation anglophone et anglophile avant d'être envoyé, en 1961, dans la fameuse école privée de Rugby, au centre de l'Angleterre. Il étudie ensuite l'histoire au King's College de Cambridge, de 1965 à 1968. De retour au Pakistan, où se sont installés ses parents, Salman Rushdie entre à la télévision pakistanaise comme producteur. Y subissant une censure continuelle, il s'échappe pour Londres, où il travaille dans plusieurs agences de publicité jusqu'en 1981. Son premier roman, *Grimus*, paraît en 1975. Le deuxième, *Les enfants de minuit* (1981), reçoit le Booker Prize et lui apporte une renommée internationale. Mais cette allégorie comique de l'histoire de l'Inde est interdite en Inde : Salman Rushdie y dessine de trop peu flatteurs portraits d'Indira Gandhi et de son fils Sanjay.

Les livres continuent pourtant à se succéder : *La honte* (1983, prix du Meilleur livre étranger), *Le sourire du jaguar* (1987) et *Les versets sataniques* (1988). Dès sa parution, ce dernier roman est interdit en Inde et en Afrique du Sud, et brûlé dans les rues de Bradford (Yorkshire). Le 14 février 1989, l'ayatollah Khomeiny lance une fatwa condamnant à mort son auteur, qui dès lors entre dans la clandestinité. L'auteur partage aujourd'hui son temps entre les États-Unis et l'Angleterre. Il continue d'écrire et de publier sans relâche : *Le dernier soupir du Maure* (1995), *La terre sous ses pieds* (1999), *Furie* (2001), *Franchissez cette ligne...* (2003).